今朝有錢今朝賺

3 完

風文創 1290

綠色櫻桃 著

風文創 1290

目錄

第二十一章 …… 005
第二十二章 …… 027
第二十三章 …… 047
第二十四章 …… 067
第二十五章 …… 089
第二十六章 …… 111
第二十七章 …… 135
第二十八章 …… 157
第二十九章 …… 181
第三十章 …… 203
番外一　前世篇：死同穴 …… 233
番外二　來生篇：生同衾 …… 263

第二十一章

皇宮，華陽宮。

謝詞微的身子好了不少，可臉上的戾氣極重。

方情也不敢上前伺候，垂手侍立一側。

自從來人回稟，老太太也去惠康坊看了陸伊冉後，謝詞微的臉色就沒好過。

哪知，不長眼的殿外公公偏挑這時又來通報。

「娘娘，不好了！皇上剛剛在奉天殿准了鄭泊禮求娶元柚公主的婚事，聽說聖旨都擬好了！」公公還想繼續說，見方情連連擺手，他才悻悻地住了口，躬身退了出去。

方情見謝詞微半天都沒動靜，輕聲喊道：「娘娘？」

謝詞微臉上青筋浮現，面目陰狠，喝道：「都該死！本宮辛辛苦苦養大的花朵，到最後竟然還是便宜了那個瞎子，本宮卻沒撈到一點好處！還有陸家那個小賤人，一次又一次地從本宮手上逃掉，她的命可真大！如今母親被她氣病在榻上，本宮怎能嚥下這口氣？」她大袖一揮，說道：「吩咐下去，在謝都督回來之前，殺了惠康坊那個賤人，本宮賞黃金萬兩！」

方情並未馬上去辦，唯唯諾諾地勸道：「娘娘，侯爺此次帶王爺去歷練，回來若知道是我們的人傷了陸氏，只怕不好交代……」

差點被氣憤沖昏了頭，經身邊人提醒，謝詞微才冷靜下來。

如今瑞王的荒唐事在朝上鬧得人盡皆知，要不是謝詞安想出帶趙元哲出尚京歷練這個法子，只怕日後趙元哲在朝堂上很難再受人擁戴。

不能在這個時候為了陸氏與謝詞安翻臉，只能另想辦法了。

謝詞微不甘心地啐道：「陸氏一家都是狐狸精！」

方情見她依然沒有消氣，小心翼翼地說道：「還有……」

「還有什麼?!」謝詞微一臉猙獰，咬牙怒斥。

「侯爺留下的那個侍衛武功不弱，聽鄧公公說，他傷了我們好些侍衛。」方情再害怕謝詞微的狠毒，也不得不如實交代，又怕謝詞微把心中的怨氣發在自己身上，忙出點子討好謝詞微。「娘娘莫惱，侯爺此次讓瑞王出去歷練，還是念及了你們姊弟之間的情分；不如我們等侯爺回來後，讓舅老爺再去侯府一鬧，侯爺定會給您和陳家一個交代，休了那陸氏，到時我們就……」

謝詞微沈吟半晌，沒有拒絕，可下一瞬，她直接變臉反駁道：「不行，只怕安兒的心早靠向她那邊了，到時她枕頭風一吹……既然我們的人殺不了她，安兒又把她護得這麼嚴，當個寶，那就換個方子離間兩人，讓安兒不再受她的蠱惑，並恨不得自己親手殺了她！」

日子過得真快，不知不覺又到了臘八節。

謝詞安離開尚京也有二十多日了。

不能出府的日子，陸伊冉就和雲喜、阿圓待在一起，又回到以前做糕點和膳食的日子。

之前在侯府時，方嬤嬤的廚藝最好，如今主僕三人，就數陸伊冉的廚藝尚可。

平常給謝詞安準備的膳食，都是雲喜從府上大廚房提回來，再放到小廚房用小火溫著的。

兩人在小廚房忙碌著，阿圓就陪著循哥兒在院子裡玩耍。

還好有隻乖巧、通人性的小狐狸陪他，他鬧了好幾次要去坊院玩，每每走到院門口，小狐狸的嘴就咬著循哥兒的褲腿往院子裡拖拽，不讓他出門。

如果換成阿圓或者雲喜擋他，只怕早就哭鬧不停了。

沒過多久，老太太就派身邊的老嬤嬤來送臘八粥。

每年臘月初八，老太太都會和僕人一起熬煮臘八粥，再分發到每房，就連每房的僕人都有份，寓意家人身體康健好運來。

童嬤嬤帶著仙鶴堂的小廝，提了滿滿一木桶粥來。

如意宅人人都有份，就連童飛和暗衛們也每人都分到一碗。

睡到半夜時，陸伊冉被熱醒了，全身躁熱，衣服濕透。

體內好似有一股邪火，流竄她的全身。

她為人婦幾年了，如何不明白這種感覺？忙下床榻，想喝杯涼茶緩解。屋中沒有留燈火，漆黑一片，她伸手去摸茶盞。

結果一摸，卻摸到一具溫熱的身子，她睜大眼睛一看，嚇得一聲尖叫。

此時她面前正佇立著一個面目不清的陌生男子。

那男子的氣息直往陸伊冉的鼻子裡鑽，越發刺激著她體內的渴望，當即便明白了這是有人要害她。

陸伊冉害怕極了，憑著僅剩不多的理智往外跑。

那男子步步緊逼，聲音沙啞地說道：「夫人，沒用的，妳跑不了了，今晚就讓小的來好好伺候妳吧！」

陸伊冉忙找出口，這時她才發現，這裡根本不是她住的閨房。她大聲呼喊起來。「阿圓、雲喜，快救我！救我呀！」慌亂中，她終於找到了門，使勁拍打起來，但任憑她喊破喉嚨也無人過來，而那男子卻離她越來越近了。「你別過來！你別過來，我求你……」

「夫人，妳錯了，我不是來害妳的，我是來救妳的。」

隨著男子的靠近，陸伊冉僅剩的理智也越來越薄弱，她竟然開始把那名男子幻想成了謝詞安的模樣，男子的臉也慢慢變成了謝詞安那張熟悉英俊的臉龐……

陸伊冉猛地把自己的手臂含在嘴裡，用盡全力咬住，藉此來保持最後的清醒，嘴裡全是血腥味，她依然不鬆口。

男子每往前走一步，身上的衣服就脫掉一件。

陸伊冉狼狽地後退，語氣加重地吼道：「不要過來！滾開、滾開！」她看不清屋內的情況，不是撞翻了凳子，就是碰到了櫃子，她害怕地大聲哭喊起來。「謝詞安！謝詞安你快回來呀，謝詞安救我！」最後她被逼至角落，男子的氣息越來越近，而她已無力抵抗，身子十分渴望男人的觸碰，腦中想的依然是謝詞安。她合上眼，絕望地大聲喊道：「謝詞安救我呀！快救我，謝詞——」

突然，門「砰」的一聲被人大力踹開。

那男子還沒反應過來，一把長劍已刺穿了他的胸膛。

隨後，陸伊冉被擁進一個熟悉的懷抱。

「冉冉，對不起，為夫來晚了。」

次日，陸伊冉睜眼時，人正躺在謝詞安精壯的身子上。

她臉上一熱，昨晚自己纏住謝詞安的那些親熱畫面，再次在腦中浮現。抬眸一看他胸口的抓痕，臉到脖子倏地通紅一片。

她忙把謝詞安散亂的袍子繫好，動作不大，卻驚醒了他。

四目相對，陸伊冉慌忙移開視線。

謝詞安以為她藥效還未過，忙按住她的雙手。「冉冉，我的身子無妨，可妳不能再縱——」

「謝詞安，你閉嘴！」陸伊冉羞得使勁拍打謝詞安的胸膛。手臂上的袖子滑落，露出她自己咬得血肉模糊的傷口。

謝詞安眼中一痛，拉過她的手臂，憐惜地親吻起來。「還疼嗎？」嗓音沙啞疲憊。

傷口已塗過藥膏，痛感減輕了許多，陸伊冉不自然地掙開，輕輕搖了搖頭。

他身子一動，沒繫好的袍子一鬆，露出他寬厚的胸膛和肌理分明的線條，他下半身也只穿了一條褲子。

陸伊冉忙轉過身去，不敢再看。

看到她嬌羞的模樣，謝詞安嘴角揚起，臉上也露出一絲淺笑，埋首到她的耳旁低聲道：「昨晚，為夫的表現如何？夫人可滿意？要了我——」

「不准說！」陸伊冉難堪地用手捂住了謝詞安的嘴。

「好，為夫錯了，不說。」想起昨日她淚流滿面、慌亂害怕的樣子，哪還有心思逗弄她？內心愧疚，伸手摟過陸伊冉的身子，下巴緊貼著她的頭頂，呢喃道：「冉冉，妳再給我一些時間可好？她欠妳的，我會一樣一樣替妳討回來。」

陸伊冉神色一頓，心中冷笑，只怕她永遠等不到那日了。

自從和離後，她的人生軌跡與上一世已徹底錯開，根本窺探不到一點先機。她只能堅持之前的計劃，依然遠離尚京，遠離謝詞安。

難得見她這般溫順，謝詞安哪捨得放手？耳鬢廝磨間，又想繼續貪歡。

循哥兒卻在外面，把房門拍得砰砰作響，喊道：「爹爹、娘，起來了！循兒要進去！」

陸伊冉醒過神來，忙推開謝詞安，穿好衣袍，去給循哥兒開門。

昨日，老太太送來的臘八粥被人動了手腳。

一桶臘八粥放倒了整個府上的人，除了循哥兒沒喝以外，其餘人全部中招。

欲對陸伊冉不軌的男子，就是昨日與童嬤嬤一起來的小廝阿德。

見眾人都暈倒後，那小廝便把陸伊冉扛到偏僻的客房，並點上了催情的香。

幸好謝詞安回來得及時，讓他們的奸計落空。

書房內，童飛正在向謝詞安稟報昨晚審問了一夜的結果。

「侯爺，屬下避開老太太，把仙鶴堂的所有人都審了一遍，只有阿德是今年年初進的仙鶴堂，其餘的人在仙鶴堂當值已久，並無異常。屬下也審過童嬤嬤，她一概不知。」

謝詞安坐於書案後，神色莫測，思慮一番後說道：「把仙鶴堂的人全部換掉，今日就去買一批傭人回來；把童嬤嬤送回莊子，她在帳房的兩個兒子也撤走，只留田嬤嬤一人。」田嬤嬤是老太太的陪嫁丫鬟。

這些年老太太身邊忠心的人走的走、散的散，也就剩下個田嬤嬤了。

童嬤嬤原來在榮安堂當值，後來才到仙鶴堂。

阿德當場就被謝詞安刺死了，一場風波看似只是阿德一人所為，實則若沒有人幫他，他一個進府不到一年的小廝，根本就沒機會入惠康坊。

謝詞安公務繁忙，是他疏忽了，不敢再把這些人留在他祖母身邊。

見童飛踟躕不動，謝詞安重複道：「即刻帶人去辦。」

「侯爺，屬下怕驚動了老太太。聽管家說，老太太這幾日身子一直不好。」

謝詞安、余亮和童飛主僕三人，都是在老太太身邊長大的。在侯府除了謝詞安，童飛和余亮最尊重的就是老太太了，為此，童飛才會沒有任何防備地用了臘八粥。

「無妨的，這點事還驚動不到她，有些事她早晚得知道。」

「是。」童飛不再多問，轉身出了院子。

謝詞安本想在府上多陪陪母子倆，並處理公務，但辰時還沒過半，皇上身邊的公公便來傳召他入宮。

一路趕到奉天殿，以為皇上有什麼急事，誰知卻見皇上是一臉喜色。

「謝都督，朕常說你兩頭跑辛苦了，說多了好似一句空話，今日就讓朕給你點實質的好處。」而後孝正帝收起笑容，轉頭看向身旁的薛祿。

薛公公拿過御案上的黃色聖旨，嚴肅道：「謝都督，還不快跪下接旨。」

謝詞安不明情況，撩袍屈膝跪地。

「奉天承運皇帝，詔曰：後軍右都督謝詞安，為了大齊的安危，不顧個人艱辛往返奔跑，忠誠勇敢，戰功卓著，特此晉升為一品後軍大都督，欽此。」

謝詞安一臉茫然，愣在原地。

薛公在一旁催促道：「謝大都督，還不快接旨？」

「臣，領旨謝恩。」謝詞安回過神來，當即叩謝皇恩。

「幾日前，朕准了王愛卿告老還鄉的摺子，他為大齊操勞大半輩子，朕心中雖有不捨，但也只能成全。大齊需要你這樣的能臣，後軍大都督的職位也只有你最合適，希望謝愛卿以後再接再厲地輔佐朕，與朕一起守護這大齊的太平盛世。」

孝正帝一次又一次地示好，對自己的防備也越來越鬆，謝詞安又如何不明白他的意圖？謝詞安心中冷笑，臉上卻不顯露半分。「多謝皇上，臣定不負厚望。」

謝詞安人還未回侯府，前去侯府道喜送賀禮的人早已堵在正門。門房的人不敢妄動，依然按照之前的規矩，把人統統趕出了侯府，禮一件也沒收。如今謝詞安已成了尚京城大權在握的一品大員，誰不想巴結一番？

老太太在仙鶴堂裡，聽到這個消息時，臉上卻沒半點喜色。

今日仙鶴堂的動靜太大，謝庭芳怕母親多想，一直陪著她。

聽到院子響起沈穩有力的腳步聲，謝庭芳笑道：「母親，安兒來了。」

老太太忙起身，一臉慈愛地看向門口，隨後就見謝詞安高大的身子撩簾而入。

老太太向謝詞安招手道：「安兒，快過來。」

「祖母，您身子可好些了？」

「我這把老骨頭了，不要緊。昨日都怪我，你媳婦……」自從童飛來告知後，老太太自責擔憂了一天。

「與祖母無關，冉冉無事，只是受了些驚嚇。」謝詞安接過田嬤嬤的手爐，放到老太太手裡。

「安兒，如今你手上的權勢越來越大，你切記要擦亮雙眼，要對得起謝家的列祖列宗。」經過此事，老太太也看明白了謝詞微的惡毒。

之前若有人說謝詞微的閒話，她都會嚴厲喝斥，不願相信。可接連兩件事，她也算看明白了，謝詞微的所作所為實在讓她心寒。

在仙鶴堂用過晚膳後，謝詞安才回惠康坊。

看到陸伊冉屋內還亮著燈，謝詞安長腿一邁，走了進去。

陸伊冉漱洗後，已上了床榻，聽見動靜，知道是謝詞安回來了，依然不願理他。

給熟睡中的循哥兒蓋嚴被褥後，拿過身旁的刺繡書冊，翻看了起來。

往日，循哥兒睡得沒這麼早，因為今日終於能去坊院了，他與其他孩子瘋跑了一整日，所以累得沾床就睡。

謝詞安知道她臉皮薄，心中還在與自己賭氣，便厚著臉皮坐到床榻邊。

「侯爺稍等，奴婢去端菜。」雲喜施禮後，就要去廚房。

謝詞安手一揮。「我用過了，妳們先出去吧。」

雲喜拉著阿圓應下就出房。

眼看他要上床榻，陸伊冉忙阻止。「侯爺，你的床榻在書房。」

「夫人這麼快就忘記了妳昨晚說的話？」

陸伊冉有些心虛，氣勢也弱了些。「我、我說什麼話了？」

「妳答應我的，妳說以後要與我同床共枕不分離。」

陸伊冉臉上一紅，馬上反駁。「我沒說過！」

謝詞安一本正經地道：「我說的話，妳點的頭，也是一樣的。」

「謝詞安，你個混蛋！」陸伊冉拿起引枕就往謝詞安身上打。

謝詞安任由她撒氣，也不阻止，等陸伊冉打累了，他才湊近她耳語道：「娘子將為夫吃乾抹淨後，就想賴帳……」

惟陽郡主知道謝詞安回京了，兩日後，就找上門來。

徐蔓娘也跟了過來。她嫁到謝家，還是新婦，本應在家伺候公婆，但謝詞淮一上衙，她就出了府。鄭氏管不了，謝庭舟一個公公更不好說什麼。

三人繡花一起繡，煮茶一起煮，嘰嘰喳喳就是一整天。

惟陽郡主來的主要目的，就是找謝詞安問問趙元哲的情況。

結果三人在一起，有聊不完的話題，反倒把正事忘在一邊。

閒聊時，阿圓在一旁無意間說漏了嘴，惟陽郡主和徐蔓娘這才知道，陸伊冉在西郊有塊可以賽馬的草坪。

兩人當即興致勃勃就要前往，然而徐蔓娘身邊的奶娘徐嬤嬤卻是極力反對。

三人年齡相仿，又有共同喜好，一起鬨，只怕陸伊冉也架不住兩人的熱情。

然而徐蔓娘與謝詞淮兩人成婚也有半月了，如果有了身孕，到時出了意外，陸伊冉即便渾身是嘴都說不清。

陸伊冉後知後覺地思及此，心中很感謝徐嬤嬤的提醒。

直到傍晚時分，謝詞安從衙門回來時，惟陽郡主和徐蔓娘兩人還沒回府。

謝詞安進院子時，故意把動靜弄大，依然沒能打斷屋裡談話的三人。

他也不好多說，臉色陰沈地進了書房。

房裡傳出來的歡笑聲，讓謝詞安聽得非常刺耳。他覺得兩人礙眼得很，搶了他在陸伊冉身邊的位置。

當聽到陸伊冉在院中吩咐，讓雲喜今晚多加幾道菜時，他的忍耐達到了極限。

謝詞安對一旁的余亮沈聲道：「讓淮弟過來把三弟妹接走，此刻就去。」

天色漸晚，謝詞淮接走了徐蔓娘，但卻還有個惟陽郡主。

有外人在陸伊冉房中，雲喜只好把膳食端到謝詞安的書房。

謝詞安等得有些不耐煩，問道：「郡主何時要離開？」

雲喜聽出了他的言外之意，小心地回道：「郡主今晚準備歇在府上，還說要和我們姑娘同榻而眠。」

謝詞安把手上的公文重重一放，冷聲道：「讓她馬上回自己府上去！」見雲喜和余亮兩人一臉為難，這才想到趙元哲讓他帶回來的東西。謝詞安從箱籠中拿出一大疊信件，對雲喜吩咐道：「把這些信件交給她，讓她回府去看。」特意咬重「回府」二字。

「是。」雲喜拿過信件，不敢多言，立即退了出去。

趕走惟陽郡主後，謝詞安這才大步走進陸伊冉的房間。

陸伊冉正在教循哥兒寫名字。

小孩子耐心有限，一個字還沒寫好，見到謝詞安進來就更坐不住了，起身喊道：「爹爹，循兒要舉高高！」

「那得先問問你娘親答不答應。」

「娘？」循哥兒眼巴巴地看向陸伊冉。

「我在教孩子，你別搗亂！」陸伊冉瞪了眼謝詞安，繼續把循哥兒按在自己身前。

「謝家的哥兒，都是五歲啟蒙，他才三歲，不必著急。」

他湊近陸伊冉身邊，濕熱的氣息噴在她的耳背上，引起一片酥麻。

陸伊冉忙與他拉開些距離，冷聲道：「侯爺要辦公，還是回書房吧，我房裡太吵。」

「書房大，人少，冷得很。」

陸伊冉心中冷嗤，以前他在府上辦公時，只要有人出一點聲音，他都會皺眉。如今沒人進他書房了，他又嫌人少。

她不信他的話，決定不再聽他胡攪蠻纏。「屋中燃了兩個炭爐，還冷？」

「炭爐熄了。」謝詞安一面說，一面坐到母子倆身邊。

陸伊冉看向一旁送東西過來的余亮，想證實此話真假。

然而余亮悶不吭聲，放好箱籠就出了屋子。他怕自己忍不住，說出實話——炭爐是侯爺用水潑熄的。

陸伊冉正想用別的法子趕謝詞安，就聽謝詞安說道——

「冉冉，妳可還記得丘河的老夫婦？」

「記得。」她一臉意外，不知謝詞安為何會突然提到那對老夫婦。

「他們有話帶給妳。」

「他們還記得我？帶了什麼話？」陸伊冉想到當初打攪人家許久，卻走得突然，一聲都沒說，人家還給她帶話，她當然想知道。

「說太多了，我一時也記不清，就寫下來了，妳看看。」

陸伊冉一臉迷茫，也不知他們究竟帶了多少話，還在愣神時，謝詞安已打開了信箋，展示在陸伊冉眼前。

看著，看著，她就知道上當了。

明明全是謝詞安自己寫的渾話！她氣得當即就想把他往外推。

下一瞬，身子突然騰空，母子倆被謝詞安輕鬆地抱了起來，三人像疊羅漢一般。

陸伊冉驚呼一聲，循哥兒則哈哈大笑。

「謝詞安，快放我下來！」陸伊冉氣得粉拳一陣亂捶。

「不放，還有兩封，妳看完我就放。」

「我偏不看！」陸伊冉氣急，與他槓上了。

趁陸伊冉不備，謝詞安快速低頭輕啄了一下她飽滿紅豔的唇。「妳不看，我就一直親。」

循哥兒捂住眼，呵呵笑道：「爹爹羞，娘也羞！」

偷香成功，謝詞安心情極好，開懷大笑。

很少聽到謝詞安這麼爽朗的笑聲，院中的雲喜和阿圓都是一愣。

次日早朝後，群官們陸陸續續離開。

陳勁舟出了西華門，卻並未急著離開，而是等在自己的馬車前。

片刻後，謝詞安健步如飛，從西華門走了出來。

當目光接觸到陳勁舟時，他腳步一頓，神色一沈，半晌後，才慢慢走了過去。

「不知舅父找甥兒有何事？還特意等在這宮門口。」

「都督大人公務繁忙，如果下官不來此等候，只怕都督是無暇見下官的。畢竟都督回到尚京後連自己的母親都沒空見一面，何況是下官？」語氣疏遠，嘲諷之意明顯。

謝詞安臉色冷清，語氣平靜地回道：「甥兒還有公務在身，舅父如果有要事，不妨直說，如若是旁的事，改日再談。」

「倘若我說朝中一品大將不孝敬自己的母親，還縱容妖妻頂撞婆母，把婆母氣病在床榻上，這樣的事算不算要事？」

自從陳若芙被逼嫁給汪家後，陳勁舟對謝詞安的怨恨也達到了頂點，他把所有的罪責都怪在謝詞安不願休妻再娶自己女兒的頭上。

自己女兒嫁得不如意，而謝詞安卻大權在握，風光無限。再一看，汪連覺連給謝詞安提鞋都不配，心中就更加不甘了。

人心就是這般複雜，你弱他強時，他會瞧不起你；你強他弱時，你就有罪了。

尤其知道謝詞安處處護著陸氏，甚至為了她搬出侯府，他心中的嫉妒就猶如熊熊烈火，直衝頭頂。

後來聽聞陳氏被陸氏氣病，他就更不想讓陸氏好過。

偏偏謝府的老太太極力維護那對母子倆，讓他不能如願。

聽說謝詞安自從回京後，只去過一次榮安堂。

陳勁舟想用維護妹妹的名頭，以長輩的身分來訓斥謝詞安幾句，如此自己心中也會好過些。

殊不知，謝詞安聽到「妖妻」那刻，眼中翻湧的戾氣卻讓陳勁舟心中不由得一顫。

謝詞安也不顧及親戚關係了，寒聲道：「我妻陸氏，她賢良淑德。我謝某有幸能娶到她，此生再無任何遺憾。妖妻這個稱呼，還是比較適合你女兒。再者，陳大人不願應謝某這聲舅父，那麼謝某以後也不會再喚了。我再提醒一句陳大人，護國侯府主家姓謝，不姓陳，你的手也莫要伸得太長了。」

陳勁舟見謝詞安不留一點情面，與他當場翻臉，讓他有些意外。本想先給謝詞安一點下馬威的，誰知卻徹底惹怒了謝詞安。

「你母親把你含辛茹苦養大，如今你卻為了一個女人這樣對她？」想到自己接下來要找他辦事，陳勁舟又假意為自己妹妹出頭。

謝詞安冷笑道：「既然陳大人要與我說道家中事，那我不妨提醒你一句，我謝某做事從來問心無愧。倘若你要替母親不值，等她好些不妨去問問她，這些年對我妻做了多少過分之事？」言畢，懶得再與陳勁舟廢話，逕自離開。

陳勁舟一臉沮喪地回到府上。

戚氏忙問道：「怎麼樣？他可有答應？」

今日陳勁舟的本意，是想讓謝詞安在禮部為汪連覺謀份官職，把他調回到尚京來。這樣汪連覺到了尚京，他們也能管束一二，且陳若芙又能回到尚京。

陳勁舟去了禮部幾次，但孫尚書都不願接納汪連覺。

一聽汪連覺不但是外縣人，甚至比尚京城的紈袴子弟還要頑劣，當場拒絕得不留一點情面。

禮部孫尚書原是謝詞安祖父的文書，後來謝老侯爺見他有些才能，便推薦他去了禮部。如果說承上一輩的情有些遠了，但這一輩孫尚書的兒子，又是謝詞安的副將。所以說，只要謝詞安一句話，汪連覺的事情就成了。

「我替芙兒不值，罵了一句陸氏，就惹惱了他，此事應當是不成的。」

戚氏對陸伊冉也是恨得咬牙切齒，因此不但沒有責怪自己的夫君，心中也支持他。

「那我們去求求娘娘。」

陳勁舟苦澀地道：「後宮的事去求娘娘還成，朝中的事，她也是鞭長莫及。」

臘月開始，家中的婦人們就得忙碌起來。

府上雖然有秦嬤嬤管事，具體的安排還得問主子。

尤其這幾日，天天有人上門來問，謝詞安的生辰要在哪裡辦壽宴？

剛剛換的門房不敢去問謝詞安，只好把這個難題交給秦嬤嬤。

眼看新歲快到，秦嬤嬤也不知府上的主子是要回侯府，還是在惠康坊這邊過新歲，因此年貨採買她也拿不定主意。

這段時日，謝詞安回來得都挺早的。

今日他人一進院門，秦嬤嬤就忙追上去問了。

「侯爺，這幾日天天都有人上門，詢問您的生辰要在何處設酒宴，老奴拒了也沒人聽。還有新歲採買的年貨也該辦了，不知今年新歲，您和夫人是回侯府，還是在府上過？老奴心中也好有個數。」

之前到侯府給謝詞安送高升賀禮的同僚們，禮都沒能送出去。

有消息靈通的，就偷偷往惠康坊這邊送，結果正好被回來的謝詞安碰到，他並未喝斥，也沒隱瞞，只是退了回去，也沒否認這宅子裡住的就是他的女眷。

為此，他們的膽子就更大了，知道謝詞安的生辰快到了，便直接上門來打聽。

秦嬤嬤是老太太身邊的人，從小照看著謝詞安，回老家一年後，再回來侯府時，謝詞安就讓她來了惠康坊。

「如果有人來問我的生辰，就告訴他們，今年照樣不辦酒宴，再送禮，就讓他們往皇城司送；至於今年新歲……我們一家三人就在府上過，不回侯府。」說罷，步子就往伊冉苑邁。

「好呢，老奴知曉了。」

遊廊盡頭一拐彎，謝詞安就看到了甬道口的陸伊冉和循哥兒。

顯然剛剛的話，她也聽到了。

「爹爹回來了、爹爹回來了！」循哥兒懷中抱著小狐狸，歡快地跑過去。

謝詞安一把抱起循哥兒，就去牽陸伊冉的手。

陸伊冉掙扎著甩開，見謝詞安一臉落寞，她也懶得理他。

快到院門時，陸伊冉才問道：「你新歲不回侯府，不怕祖母傷心嗎？」

「祖母會理解的。」他隨即放下懷中的循哥兒，正色道：「如今，我不會為了旁人，再讓妳受委屈了。」

陸伊冉不自然地移開視線，悶悶道：「何時變得這般油嘴滑舌？越來越不像你了。」

「以前的那個我，讓妳傷透了心，妳卻依然在意。妳不知道，我有多羨慕曾經的自己，同時就有多憎恨那個自以為是的自己。」

他滿眼的柔情和酸楚，看得陸伊冉一陣迷茫，心中也不知是什麼滋味，只好避開這個話題，繼續問道：「那你的生辰呢？」

「我不喜應酬，但總歸是侯府的人，回去用過午膳就會回來了。為夫的生辰快到了，不知夫人可有給為夫準備禮物？」

陸伊冉想起自己生辰時，謝詞安花了不少心思，禮尚往來，她確實也應該備一份。「你想要何禮？」

「我什麼都不想要，只想要妳陪著我。」

陸伊冉未說話。

第二十二章

臘月二十八這日，尚京城下起了鵝毛大雪，處處銀裝素裹，大地上鋪滿了厚厚的積雪，像一張巨大的白色絨毯。

護國侯府自然也不例外。

陳氏經過十幾日的調理和靜養，總算能下地走路了，就是說話還有些不清楚。

這段時間裡最無措的人就是謝詞儀了，她母親生病了，再也沒人為她打理一切，老嬤嬤又要照顧她母親。

那日梁國公過生辰，她作為準孫媳婦，送出去的禮卻惹了大笑話。

因沒人給她出主意，她自己去陳氏的私庫隨意挑選了幾件，也沒拆開仔細看看。後來國公府的人一拆開，才看到全是婦人的補品和女子穿的料子。

謝詞儀的未婚夫本就不喜歡她，當即就變了臉。

她想要退了這門親事，但她長姊謝詞微就是不答應。

府上人人都說她兄長又升了官，這兩日甚至還為他操持著要辦壽辰宴。

這些日子，府上來看她母親的人很少，除了自己的三姑母，便再也沒人來榮安堂過問她們母女倆半句。

大家都在熱熱鬧鬧地置辦年貨，只有榮安堂，即便屋中燒了兩個炭爐，還是冷清得很。

此時，謝詞儀手上拿著她明年的嫁衣，心不在焉繡的花樣也粗糙得不像樣。

「姑娘，今日是侯爺的生辰，府上的姑娘們都備了禮物，您是他的同胞妹妹，怎能不備一份禮呢？」謝詞儀的奶娘溫氏開口提醒她。

「我才不要給他備禮！那狐狸精把我母親害成這樣，他不但不為母親主持公道，還處處護著那女人，我恨他都來不及！」

溫氏見謝詞儀都快出閣的人了，還是一副孩子心性，心中無半點城府和心機，遂耐心開導起來。「姑娘，您不明白，婆母和媳婦之間的矛盾，幾乎每家都會遇到，您不能把這些遷怒到侯爺身上。侯爺也沒有不管太夫人，秦大夫醫治得這般盡心，且那些藥材都是余亮送過來的，不然太夫人哪有這麼快就能下地走路呢？」溫氏畢竟是謝詞儀的奶娘，不想再看她這麼愚昧下去，處處得罪人、吃悶虧。

謝詞儀嘴上不服輸，與溫氏爭辯道：「可他為何不懲罰陸氏那個女人？」

「姑娘，那是人家夫妻之間的事，我們作為外人不好插手。」

謝詞儀大聲反駁道：「陸氏才是外人！我們可是兄長的親人！」

溫氏性子溫順，聽她這樣一說，氣得差點暈過去，心中不由得擔憂起來，以後進了梁家內宅，謝詞儀怎麼生存得下去？

說不通，溫氏只好改變方法。「您看皇后娘娘，可有當面去找侯爺問罪？她都怕得罪了侯爺啊！我的姑娘，石頭能與雞蛋碰嗎？您碰到過嗎？侯府上下，人人巴結他還來不及，只有您和太夫人把他往外推，這對您一點好處都沒有啊！遠的不說，就說您和梁家的婚事吧，太夫人病成這樣，皇后又在宮中，到時若侯爺真不管您了，我看您該怎麼辦！」

一通點撥，謝詞儀終是明白了奶娘的一番苦心，這些話，只怕她長姊都不會與她明說。

她訕訕地點頭答應道：「奶娘，我聽妳的就是。」

午膳設在敞廳，照樣男女各一桌。

大房的周氏難得出來用膳，袁氏也不敢再把田婉喊出來了。

二房就謝詞儀一人。

三房全部到齊。

至於男席這邊，坐的依然是大房謝庭毓和他兒子謝詞佑、孫子玉哥兒，以及二房的謝詞安、三房的謝庭舟和他兒子謝詞淮。

謝詞佑見周氏今日願意出來走動，並把兩個孩子也帶出來了，臉上也有了些笑容。

大家興致濃，連一向沈默寡言的謝詞淮，今日都能多說幾句。因為謝詞安的關係，他在翰林院過得如魚得水，照這樣下去，三年後他順利入六部也不是什麼難事。

三房的謝庭舟由衷為姪兒高興。他這輩子沒什麼大本事，前輩子靠自己的爹娘，後半輩子就得依靠兒子和姪子的照拂了。心頭歡快，他也不顧自己長輩的身分，提壺為謝詞安斟酒。「安兒，今日是你的生辰，三叔借此機會敬你一杯。此次高升，我們謝家也算是在朝中站穩了腳跟，以後你就是我們謝家的頂梁柱了。」

謝詞安恭敬地接過酒盞，沒有喝，溫聲道：「今日多謝伯叔、兄長和三弟的心意。謝家的門楣不是姪兒一人撐起的，離不開大哥和三弟的功勞。」

「對、對，三叔剛剛說得不對，你們三兄弟都有出息，謝家得靠你們！」

謝詞淮見自己父親連飲幾盞，說話都有些不清晰了，忙出聲勸道：「父親，您少喝些。」

「無妨的，淮兒，你讓他喝吧，今日他是真開心。」謝庭毓今日心情也不錯，難得放鬆一回。

謝詞安在侯府用過午膳後，連衙門都沒去，就回了惠康坊。

屋內炭爐燒得旺，暖和得很，一進屋子，他就脫了裘袍大氅。

陸伊冉今日親自下廚，為謝詞安準備了一大桌菜，都是他平常愛吃的。

他在侯府時只喝了一盞酒，膳食也沒用幾口，就惦記著家中的味道。

那天，陸伊冉問他想要什麼生辰禮物，他胡鬧一通後，說想吃她親手煮的菜。

謝詞安喜歡食魚，最愛吃陸伊冉做的釀魚。

他進廂房後，雲喜才把各種菜餚一一端上桌，有酥黃獨、滿山香、東坡脯、酥骨魚、山煮羊、滋補的參湯。

最後一道釀魚裝盤後，陸伊冉才放下炒勺，反手正要解開身上的圍腰，就被謝詞安從背後擁在懷中。

「夫人，辛苦了。為夫今日好高興，妳還記得為夫的喜好。」

陸伊冉怕人瞧見，掙扎起來。

謝詞安卻不放手，埋首親向她的額頭，然後是雙眼、雙頰，再是鼻子，最後輕咬了一口陸伊冉的紅唇。

一共七下，速度極快，親得陸伊冉發愣。

「為夫的謝禮，一共七道菜。」

陸伊冉滿臉通紅，正想喝斥他胡來，他已越過她，端起灶臺上的釀魚，拉著陸伊冉往廂房去。

循哥兒吃了兩口，無心用膳，就去院中玩耍。

今日謝詞安沒有攔他，往日早喊人把他抱回來了。

兩人落坐後，謝詞安也不留人伺候。

陸伊冉為謝詞安挾了兩塊最肥美的魚肉放到他碗中，問道：「侯爺，推掉了這麼多酒宴，就為了吃這些，值得嗎？」

「自然值得。如果每年的今日，都有夫人在我身邊，謝某這一生便知足了。」

她手上的筷子一停，心中一窒，臉色平靜後，本想勸阻他不要再自稱「為夫」，話到嘴邊又收了回去。

「我爹今日來信了，年貨是你給他們買的對嗎？」

謝詞安溫聲道：「妳買的或我買的，不都一樣嗎？」

見他又要給自己倒酒，陸伊冉忙按住酒壺。「你不能喝酒。」

「今日高興，沒有美酒助興實在無趣，我喝半盞可好？」謝詞安據理力爭。

想到今日是他的生辰，陸伊冉猶豫了一息，正想答應，就想起他那日吐血的景象，於是依然堅持不讓。

愣神間，謝詞安已拿走酒壺，自顧自地倒滿了酒盞。

陸伊冉寸步不讓，又緊緊捂著他的酒盞。

「那夫人替我喝了吧？可不能浪費好酒。」謝詞安見她倔起來和循兒一樣，心中一暖，嘆道。

「好吧。」她沒有多想，一口飲下，想早些了事。

哪知，她一盞酒還沒到喉嚨，謝詞安突然湊近她，乘機含上她的嘴，舌頭一吮，把她嘴裡的酒全吸了過去，並加深了這個親吻。

直到陸伊冉渾身無力，他才戀戀不捨地鬆嘴，卻依然不放開她的人，兩人氣息不平，額頭相抵。

「謝謝夫人，讓為夫飲上了世上最美味的酒。」

陸伊冉暗惱自己定力不足，正想罵某人幾句時，就見謝詞安已為她盛滿了一碗參湯，放到她面前。

「今日是我生辰，夫人別生氣可好？」

「哼！」陸伊冉一臉防備地瞧了他許久，見他又優雅用膳，這才作罷。

膳畢，母子倆在院中打雪仗。

謝詞安在書房裡，聽到他們歡快的笑聲，忍不住放下了手上的公文，推開轉窗一看，就見兩人打鬧的場景。

陸伊冉鮮活靈動的樣子，讓他怎麼看都看不夠。

他嘴角微揚，駐足在窗前，久久不願離去，想把這個畫面永遠刻在腦中。

突然，他快速走到書桌旁的畫卷盆前，拿出繪畫的宣紙，移步坐到轉窗下的炕上。

他下筆嫻熟快速，集中精力幾筆下去，陸伊冉秀美飽滿的輪廓就躍然紙上。

母子倆已深深地印在他的腦海中，不需要抬頭看，就能把母子倆畫得維妙維肖。

循哥兒玩累了，開始尋找謝詞安的身影，抬頭就看到窗前的謝詞安，立即歡喜地跑進書房，踮起腳尖就看到畫中的自己，開心地用手指道：「這是循兒、這是娘！循兒要看！」

謝詞安神色一慌，快速想把畫捲起來。

循哥兒也看出了自己爹爹的意圖，他眼疾手快地搶了過來。

謝詞安措手不及，硯臺被打翻，墨汁也灑了他一身。

「循兒要給娘看！」循哥兒拿著還沒乾透的畫卷，就往陸伊冉跟前跑，獻寶似的喊道：「娘，您看！」不顧身後謝詞安的呼喚聲。

陸伊冉正在與雲喜堆雪人，她神色一愣，接過循哥兒手上的丹青，看到畫上的循哥兒和自己時，臉上一樂，可看到被隔在一牆之外，眼中有淚還一臉落寞的謝詞安時，她心中突然湧起一絲無言的酸楚，有些逃避，不願再看。

循哥兒又搶了過去，說道：「娘，爹爹哭了！」

謝詞安來到母子倆身邊，臉色不自然地奪過那幅畫。「爹爹沒哭，是墨暈到了。」嘴上說得毫無波瀾，神色卻是小心翼翼又滿含期待地看向陸伊冉。

陸伊冉卻低頭躲開，不願回應。

謝詞安苦澀一笑，卻緊握著陸伊冉冰冷的手不放。

青陽，汪府。

自從陳若芙嫁到府上後，汪連覺沒規矩幾日，又開始本性暴露，流連煙花之地。

陳若芙本就不在意，也懶得管他，甚至與汪連覺分房睡。汪府上下的內宅事，她也一概不管。

這也引來汪樹的不滿，把怨氣直接撒在自己兒子身上。

汪連覺兩頭受氣，更加不願回府了。

府上一直是管家在操持，實在拿不定主意，就去找大姑娘汪連容。

今日管家要採買陳若芙新歲回娘家的禮品，不知道要備多少。

陳若芙一直不出院門，管家也不敢進她的院子，只好找上汪連容。

汪連容向來囂張慣了，家裡突然來了個陳若芙，讓她也受了不少悶氣。

之前礙於是自己的表姊，她處處讓著陳若芙，誰知陳若芙越來越過分，府上的事一律不聞不問，連回娘家要送禮都假裝不知。

數日的積怨徹底爆發，汪連容帶著她的丫鬟直奔陳若芙的院子。

明年她也要出嫁了，剛好趁這個時候，把家中的事情一併轉交給陳若芙。

一進院子，陳若芙就對汪連容客氣有禮，態度溫和。

伸手不打笑臉人，汪連容步子一頓，氣也消了不少。

以汪大姑娘往日的性子，只怕今日少不得對陳若芙使一頓鞭子。但如今她終於尋到如意郎君，性子也收斂不少，稍稍冷靜後，想到不能由著自己的性子，以後回娘家了，還得仰仗陳若芙，因此語氣也軟了不少。

「大嫂，妳既然嫁到我們汪家，總不能什麼事都不管吧？汪叔今日要去採買新歲送的禮品，妳娘家須備多少份，妳得告訴他。還有我們汪府新歲要送哪些禮，妳心中也得有數。」

「妹妹說得是，只是妳也知道，妳哥哥是如何娶到我的，我心中難受，也操不了別的心。要不，妹妹讓我緩緩，等過完新歲再說可好？」

一時間，汪連容還真不知該怎麼反駁，事先想好的一肚子話，到頭來半句都沒說，反倒安慰起她來。「大嫂，妳好好歇息，這些事妹妹會看著辦的。」

汪連容離開後，陳若芙才露出狠毒的表情。

侍女銀兒憤憤不平地說：「姑娘，您何必理她？說不定明年您和姑爺就能回尚京了，這種小地方我們又不久待。」

陳若芙厲聲喝道：「不准喊姑爺！他不配！」

銀兒嚇得住口，縮在一邊。

屋中沒外人，陳若芙不用再偽裝，她兩手緊握，咬牙道：「我是要回尚京，只不過是我一人。那個窩囊廢，他進尚京只會壞了我的名聲，還會拖累我父親。汪連覺毀我清白，我豈會輕饒他？還有汪家的人，都該死！」

新歲這日，尚京城的花炮從午膳後就沒停過。

謝家的男丁在祠堂祭拜完後，就各自離去。

就在這時，謝庭毓卻叫住了謝詞安。

「安兒，聽說你今年新歲不在府上過，你的事，大伯也不好多問，只是，你該讓循哥兒來祭拜謝家的祖先，畢竟他可是你們二房的長孫。你如今身處要位，莫要讓有心之人鑽了空子。」

謝庭毓是謝家棄武從文的第一人，他性子溫和，在晚輩前也沒什麼架子。

謝詞安對他一直很尊重，知道他也是為自己好，遂溫聲回道：「多謝大伯父的提點，今日太冷，姪兒怕他出府染上風寒，等明年稍大些，再帶他來。今夜守歲，姪兒不在府裡，還望大伯父照顧好祖母和我……母親。」

自己這個姪子的性子，和自己的二弟很像，說一不二。謝庭毓不好去評判二房的家中事，畢竟他大房也好不到哪裡去，便嘆息一聲，頷首答應。

謝詞安從祠堂出來後，在遊廊處，正好碰到出來透氣的陳氏，兩人都是一愣。

躊躇一番，謝詞安還是走上前去，禮數周到地問候。「母親的身子好了不少，孩兒也就不打擾了。」昨日他就讓余亮帶人買了許多禮品送到榮安堂，也算盡到了責任。

陳氏好了許多，不但能正常下地走路，說話也索利多了。

她見到謝詞安出現在自己眼前時，身子氣得直發抖，吼道：「今日新歲，你就丟下我……和你妹妹……」

身旁的嬤嬤怕她一激動又犯病，忙安撫她，耳語道：「太夫人，您別激動，想想四姑娘吧！」

謝詞安也不再多言，越過她們，繼續往前走。

陳氏想起謝詞儀快近的婚事，不得不壓下怒火。「站住，你……你可是我的孩兒，我是……是你母親呀！」

謝詞安腳步一頓，沈默半晌後，轉身說道：「如果那年孩兒癱在榻上一輩子，母親可還會這樣說？如果我平庸、無能，對娘娘和你們沒一點用處，您還會認我這個孩兒嗎？從孩兒懂事起，您從未像別的母親那般照顧過孩兒一次，如若不是祖母，孩兒能有今天嗎？」

謝詞安從小安靜，人人都以為他不愛說話，其實卻是他不敢說。

他怕自己說錯話沒人護著他，人家有父母親護著，他就只有祖母。

父親長年駐紮在陳州，母親對自己也是不聞不問。

後來祖母見他這樣的情況越來越重，才買回童飛和余亮兩人陪著他。

陳氏一臉蒼白，不敢與謝詞安對視，心虛地後退幾步，喃喃道：「母親那……那是……」最後，就連她自己都分辯不下去；可想到自己這個樣子，二房的雜事沒人打理，而陸伊冉做事條理分明、聰慧能幹，陳氏不得不放低姿態。「這次的事情我不追究了，你把你媳婦喊回來，讓她繼續打理──」

謝詞安青筋突起，兩拳緊握，大聲吼道：「夠了！妳一句輕描淡寫的不追究，就想讓事情過去？一句讓她回來，還以為對她是多大的恩情？她早已不留戀這府上的一切！我的孩兒已經三歲了，妳可有抱過他一下？可有像別的祖母那樣關心過他？還有，我那沒出世的孩兒，如果當初不是母親罰她，只怕如今也是……」說到後面，謝詞安眼眶微紅，心痛難忍，再也說不下去了。

為何陸伊冉至今都不願接納他，他心中明白，因為有些傷，只怕一輩子都治癒不了。何況陸伊冉嫁到侯府這幾年，日日都受到這樣的折磨。什麼家族利益，都是為了別人，一次一次傷害著自己最親近的人。

他恨傷害陸伊冉的人，更恨他自己，卻只能可恥地緊緊抓住她不放。

見識過冷漠無情，用利益維持的親情後，陸伊冉往日對他的深情就顯得更加可貴了。以往他不在意，失去過一次後才知道，過去的自己有多糊塗。

他知道陸伊冉想逃開，可他捨不得放手，只能一次又一次地想著法子挽留。

陳氏愣住，無法言語。

「母親，孩兒再說一次，別再做傷害她的事了。我不能動妳，可妳身邊的人，我一個都不會放過的，尤其是妳最在意的人。如若不信，妳可以去問一下宮中的娘娘。」

說罷，謝詞安決絕地轉身離去，可那份狠戾還留在原地。

陳氏和她身旁的嬤嬤嚇得一動都不敢動。

回過神來後，陳氏癱坐在遊廊的美人靠上，囁嚅道：「他是不是知道什麼了？他一定是知道什麼了……」

消息很快傳到了華陽宮。

謝詞微並未像往常一樣怒砸東西來發洩心中的不滿，而是單手撐額，沮喪無措。

她心中跟明鏡一樣，知道謝詞安已經開始對她身邊的人下手了。

她手下幾個忠心的暗衛被人神不知、鬼不覺地除掉。

在青陽刺殺陸伊冉的人，她用的是江湖上令人聞風喪膽的如煙閣殺手，但幾日後，那批殺手卻無緣無故的離奇死亡，且死法極其殘忍，他們的雙手都是被人一刀砍掉的。

甚至連如煙閣也在一夜之間消失得無影無蹤。

謝詞安回京後，她手上精心培養的暗衛沒留下一個活口。

與她母親一同去惠康坊抓陸伊冉的旁支堂叔們，全部被逐出尚京，偌大一個南城老祠堂，只留下三房一家。

謝詞微從沒這麼迷茫過，她以為謝詞安還會像往常一樣支持自己，畢竟他們都是謝家人，可自己這個同胞弟弟卻斷了她的左膀右臂。

他雖沒捨棄自己的兒子去選擇別的皇子，看似還是一如既往地站在自己這邊，可細思極恐，許多近日發生的事，都好似和他有關……

謝詞安巡視完城外的軍營後，才回到惠康坊。

廚房裡，陸伊冉帶著雲喜、阿圓和裊裊正在準備今天晚上的守歲宴。

謝詞安佇立在院中，感受著這份難得的幸福，聽到陸伊冉的聲音，他才覺得一整日空落落的心口終於被填滿。

「阿圓，去把我釀的菊花酒倒一盞來。」陸伊冉手上不得空，對著擇菜的阿圓說道。這菊花還是她和循哥兒在丘河無事時採摘的野菊花，阿圓心眼實，離開時全裝進包袱，陸伊冉不想浪費，就將之全釀成了酒。

那晚阿圓偷喝過，味道不錯。

阿圓以為這些鄉野的東西，侯爺和她們姑娘都看不上，自然她就能獨享了。從小流落街頭，養成了護食的習慣，除了循哥兒，誰都治不好她這個毛病。

「今晚不喝菊花酒，該喝屠蘇酒吧？」阿圓站在原地，有些不情願。

雲喜早看出了她的心思，把她往門口推。「還不趕緊去？姑娘煮菜用的，一小杯就行了。」

「嗯！」阿圓聲音響亮，飛快出了廚房。出門時差點撞到在院中漫步的謝詞安，阿圓忙藏起自己的小心思，屈膝施禮後，越過他往庫房去。

不料謝詞安卻攔著阿圓，淡淡道：「把菊花酒搬到我書房。」

阿圓不樂意，卻又不敢反駁，只能垂著腦袋說：「侯爺，您不能喝酒……」

謝詞安乘機說道：「用一年的五香糕換。」

阿圓心動，一臉喜色，但想起陸伊冉的叮囑，忙搖頭。「我不敢，姑娘說您不能喝酒。」

謝詞安聞言非但不氣，反而心情開懷。想到陸伊冉對自己還是有幾分在意，遂笑道：

「我不喝，看著就好。」

看著就能讓他想起，他們一家三口在丘河時短暫而快樂的日子。

傍晚時分，終於備好一桌膳食。

又一輪的花炮聲響，此起彼伏地響徹整個惠康坊。

循哥兒今日高興得很，他喜歡看花炮，要不是謝詞安攔著，只怕早跑出去了。

他今日穿了一身大紅的錦緞長袍，外披正紅色縴絲貂皮襖。長得玉雪可愛，穿得又喜氣，人人見了都想逗一逗、抱一抱。

菜餚上齊後，一家人正準備開席時，門房的小廝就來通報——

「夫人，有人說是您的故人，在門口等您。」

雲喜和阿圓到門口一看，竟然是方嬤嬤一家人！

陸伊冉雖然很高興能在尚京見到方嬤嬤，但心中有太多的疑問也隨之湧現。

今晚守歲宴，不太方便過問，只能抽空再說了。

晚膳後，陸伊卓帶著循哥兒還有裊裊，在坊院放花炮；雲喜和阿圓則帶著方嬤嬤一家去後罩房安置，屋中又剩下兩人。

本來陸伊冉想隨循哥兒他們去放花炮，謝詞安卻提醒她，不要去打攪陸伊卓兩人。

屋中沒了旁人，陸伊冉也不願遮掩，直言問道：「是不是你的人把嬷嬷一家接到尚京來的？」

「夫人，妳錯怪為夫了。妳人不在青陽，碧霞和如風也去了別處，此事與我無關。」

除非他主動告知，不然任憑陸伊冉想破腦袋，也想不出頭緒來。

她計劃過了正月十五就動身回青陽，這下方嬷嬷拉家帶口來尚京，又影響了她的計劃，她又不好開口拒絕。

心中生著悶氣，謝詞安給她煮的茶，她也不喝，輕哼一聲，並狠狠瞪他一眼。「等我問過嬷嬷就知道了，到時……」

「到時，為夫任妳罰就是。」謝詞安又堅持把一盞消食的清甜果茶推到她跟前。

陸伊冉很喜歡這個果茶，心中想著不喝，可香味實在誘人，忍不住淺飲一口，結果停不下來，又連著喝了幾口，才悶悶糾正他。「說了，不許再喊我夫人！」

她水潤飽滿的紅唇一張一合，半嗔半惱，面頰泛紅，杏眼瀲灩，在謝詞安眼中成了無法抵抗的誘惑。

謝詞安壓抑著體內的衝動，湊近陸伊冉，耳語道：「那我就喚妳冉冉，可一喊這名字，為夫就想與妳親熱。」他眼神熾熱如絲，眼底的情愫也翻湧上來，喉結加速滾動。

陸伊冉臉色微紅，不自然地看向他那處，果然起了反應。

她馬上移開視線，離他遠遠的，心中暗罵一聲。

見她一臉戒備，他心中一軟，責備起自己太過孟浪。

謝詞安平復好自己的情緒後，把一個精緻的手爐塞到陸伊冉手上。

陸伊冉心頭有氣，又把手爐塞回他手裡。「不稀罕！」並嗔怪道：「動不動就立起來，你就不能控制一下？」

「沒辦法，妳也不想想，妳冷落它多久了？它就想立起來看看妳，看不到，聞聞也行。」謝詞安手持香茗，一本正經地答道。

不說還好，這一說還更過分！陸伊冉氣得一張臉通紅，起身下榻。

謝詞安忙拉著她，改口道：「今夜守歲，夫人就別和為夫置氣了。看看手爐上的花紋，妳可喜歡？」

她低頭一看，才發現這是一個新的手爐，上面的花紋是她喜歡的茶花。

「這是為夫去銅匠鋪子親手雕刻的，妳一個，祖母一個。」謝詞安低聲下氣，又把手爐塞到陸伊冉手上。「別氣了可好？」

亥時一過，惠康坊又恢復了安靜。

今夜守歲，陸伊冉告誡自己一定要堅持到天亮，可剛到亥時，人就睏得不行。

循哥兒的被褥踢了幾次，她就蓋了幾次，呵欠連連。

「妳去睡吧，我來守。」謝詞安見她實在睏倦，不忍心地勸道。

「不行，去年就是你讓我先睡的，今年我才險些沒──」最後一個「命」字還沒說出來，就被謝詞安用手捂住了嘴，擋了回去。

陸伊冉還在疑惑，謝詞安從不信鬼神的人，竟然也會忌諱她說出冒犯神靈的話？結果就聽到他自責地道──

「夫人實在要怪，就怪為夫吧。去年守歲，後半夜我急著去處理公務，耽擱缺席了守歲，以後不會了。」

陸伊冉心想，原來如此，就不該信他！

她倔強堅持著，最後依然沒撐過一個時辰。

第二十三章

次日一早，陸伊冉是被謝詞安叫醒的。

元月初一，他們要去宮中拜新歲。

陸伊冉沒睡飽，不想起身，從謝詞安手中扯過被褥，把自己包裹嚴實。「我還想睡，你別吵我……」

見她滿頭烏髮鋪滿整個枕頭，一張雪白的小臉微皺在一起，實在嬌憨可愛，謝詞安忍不住低頭吻了吻她的額頭。

陸伊冉用手推也推不開，濕熱的氣息把她的睏意也攪沒了，一個枕頭不留情地甩在謝詞安臉上。

謝詞安不但不氣，還撥開她臉上的亂髮，輕聲細語地勸道：「不是為夫不讓妳睡，別讓安貴妃等久了，回來再歇息吧？」

他沒提去華陽宮，陸伊冉意外的同時，心情也分外高興。

隨即又想，他提不提，她都不會再去華陽宮請安了。

謝詞安把母子倆送到清悅殿附近，就去了早朝的太乙大殿。

天冷，循哥兒不願下地，纏著要陸伊冉抱。

這時正好看到巡邏的侍衛經過，循哥兒見他們一臉肅穆，人人腰腹上配著一把長刀，他心中懼怕，不敢再吵鬧，就任由陸伊冉牽著往前走。

他緊緊回握著陸伊冉的手，眼睛直勾勾地盯著侍衛們的腰腹，小聲道：「娘，姑奶奶家裡有好多人哦，他們手上都有刀。」直到那些侍衛離開後，他才把小腳一跺，自顧自地給自己打氣。「哼，我爹爹也有刀，循兒不怕！」

而一旁的陸伊卓卻是另一番心境。

這是他第一次進皇宮，卻不見一點緊張。

尤其看到那些巡邏的侍衛，就忍不住駐足張望，兩眼憧憬，想著自己以後也能成為他們當中的一員，就渾身充滿了力氣。

心情一好，他就拿循哥兒尋開心。「小笨蛋，你爹爹用的是佩劍，不是刀。」

「就是刀、就是刀！」循哥兒嘴巴一噘，鼓起肉嘟嘟的臉頰，已是一副欲哭模樣。

本來就不想走了，這下陸伊卓又惹到他，他乾脆站在路上，伸手讓陸伊冉抱。

陸伊卓只顧自己高興，沒注意眼下的場合，一時不察，惹到了循哥兒，才知自己又摸到了小老虎的屁股上，馬上改口哄道：「舅舅抱可好？」

「不要舅舅抱！要娘抱！」

只剩幾步就到了，但母子倆都穿得厚實，腳下又是剛融化的雪水，抱起來走路實在有些吃力。

這時，路的盡頭傳來安貴妃的呼喊聲——

「循兒，你看姑奶奶給你買了什麼？」

「是鳥鳥！」

一個紙鳶，讓循哥兒瞬間變得乖巧。

九皇子和元昭公主去給太后請安了，就剩下安貴妃在殿中等著陸伊冉姊弟。

等了許久都不見他們，她就帶著連秀到院門口來迎。

這一迎，正好為陸伊冉解決了麻煩。

循哥兒伸手拿紙鳶的那刻，陸伊冉提醒道：「今日見到姑奶奶要說什麼？」

「姑奶奶，新歲大吉！」

他一個拱手禮學得有模有樣，頭上戴了頂老虎帽，又穿著一身紅，模樣喜人，聲音軟糯，聽得安貴妃的心都要化了，忍不住一把將他抱了起來，把一個喜袋塞進循哥兒懷中。

回到殿中，隨後又給陸伊冉姊弟倆一人一個喜袋。

「多謝姑母！」姊弟倆歡喜接過鼓鼓囊囊的荷包。

「姑母您偏心，姊姊的銀子多些，我一摸就摸到了！姊，把妳的給我！」陸伊卓本來心情就好，在自己親人面前更加無拘無束，言辭也隨意了起來。

「討打是不是？這可是在宮中。娘不在，我依然能收拾你！」陸伊冉擺起臉色來，有幾分江氏的氣魄。

「妳柔柔弱弱的，除了能收拾姊夫，還能收拾誰啊？」

「你……」陸伊冉臉色微紅，不敢再說下去，就怕他在長輩面前胡說。

自從上次陸伊卓夜裡睡不著出去練劍時，撞見謝詞安抱著陸伊冉在院門口忘情擁吻，他咳嗽了幾聲，陸伊冉才推開還癡纏不放的謝詞安後，陸伊冉在陸伊卓心中的地位就直線下降，不具任何威力了。

姊弟開心打鬧，好似又回到了小時候。安貴妃又想起了家中的老父親，頭一抬才把淚水憋了回去。

這紙鳶是安貴妃讓人在宮外買的，精緻又華貴，成功奪走了循哥兒所有的注意力，也不再哭鬧。

姑姪三人不約而同想起小時候在青陽過新歲的場景，他們一大家子可熱鬧了，忍不住一陣唏噓。

眼看快到午時，連秀在一邊提醒道：「娘娘，齊宣大殿那邊午膳宴要開始了，我們還是趕緊過去吧，遲了怕皇后要不高興。」

這時，陸伊冉才知宮中還有午宴。「姑母，不是說晚上才有宮宴嗎？」

安貴妃知她心思，解釋道：「昨日皇上臨時改的主意。這幾日太后不小心摔了腿，皇上怕晚上路滑，這類情況再次出現，就把晚宴改成了午宴。」

到了宮中若不出席，實在說不過去，對安貴妃的名聲也不好，有心之人稍加挑撥，又將成為皇后為難陸佩瑤的理由。

於是陸伊冉拉著循哥兒，緊緊跟在安貴妃身後前去赴宴。

陸伊卓則是被人帶去了男席。

姑姪倆到時，女席這邊的官宦家眷們也基本到齊了。

他們一入席位，所有人的目光都看了過去。

近日謝詞安高升大都督，再加上他與正妻的矛盾，還有他養外室的風波都沒停過，因此尚京城這幾日的話題，大都是圍繞著謝詞安。

大家都打著看陸伊冉笑話的心思，她自然成了大殿的目光聚集點。

大殿正中主位那桌，是太后娘娘和謝詞微以及幾位貴妃的席位。

太后娘娘摔了腿不能出席，謝詞微還沒到場，因此兩個主位空著，幾位貴妃就依次而坐。

謝家的女眷們緊靠在謝詞微右側的一桌，除了陳氏和老太太沒來，其餘基本上都到齊了，女眷裡只有謝詞婉和徐蔓娘起身與陸伊冉打招呼。

安貴妃並未入席主桌，而是坐到稍稍靠邊，只有元昭公主一人的那一桌。

她見陸伊冉緊跟著自己，忙讓連秀送他們母子倆去謝家女眷那桌入席，就怕陸伊冉惹怒了皇后，又要受罰。

安貴妃和元昭公主母女倆在宮中被皇后孤立，無論是宮中的妃嬪，還是群臣的家眷們，都不敢與陸佩瑤同席。

包括長公主都不會在這種場合與皇后對著幹。她帶著惟陽郡主與其他幾位公主，坐在主桌左側的位置，與陸伊冉微微頷首示意。

惟陽郡主卻是激動不已，起身就拉著陸伊冉不放。

長公主急忙制止。

大家都以為，陸伊冉依然會像往常一樣，坐到謝家女眷那桌。

誰知，她卻不顧安貴妃的勸告，執意坐到她姑母身邊。

整個大殿瞬間響起一片抽氣聲。

元昭公主也是一臉驚慌，衝著陸伊冉輕輕搖頭。

陸佩瑤臉色蒼白，小聲叮囑道：「冉冉，今日不可任性，不能在這種場合與她撕破臉。」

想起自己的姑母和元昭公主，每次都是孤孤單單的兩個人，陸伊冉心中就難受。

她恨謝詞微的歹毒，更恨從前那個軟弱可欺的自己。

她眼眶微紅，神色堅定地道：「以後，就讓我陪著姑母。無論她是誰，我都不會再害怕。」

「冉冉，不可意氣用——」陸佩瑤有些著急，聲音也失了冷靜。

話沒說完，就聽到伺候的公公大聲宣道：「皇后娘娘駕到！」

謝詞微受過眾人施禮落坐後，眼神狠戾地盯向只有陸伊冉他們四人的那桌。

太后不在場，她想要懲罰姑姪倆，隨便一個藉口就行。

眾人的心也都提到了嗓子眼，有暗暗替姑姪倆擔心的，有幸災樂禍看熱鬧不嫌事大的。

前年新歲的晚宴上，她們親眼看見，只因為與安貴妃打招呼，陸伊冉就被罰跪在冰天雪地的路邊。後來還是她夫君謝詞安知道後，趕來帶走她。

今日，正當她們以為陸伊冉又要再次跪雪地時，謝詞微卻臉色平靜，淡淡地說道——

「諸位久等了，開席吧。」

大家心中都一陣驚訝，不敢相信謝詞微竟會饒了陸伊冉。

其實不是謝詞微突然變得大度了，而是因為她過來時，謝詞安特意等在路上，委婉警告過她。謝詞微不會忘記謝詞安眼中的狠戾，那是她第一次看見，既讓她陌生，也讓她害怕。

她不敢再無視謝詞安的「忠告」，且為了自己兒子的大業，謝詞微只能先忍下這口惡氣，等待時機除掉陸氏姑姪倆。

謝詞安已給她留足了臉面，倘若他執意進來帶走陸伊冉，只怕她在後宮的地位將岌岌可危。她能在後宮呼風喚雨，倚仗的便是謝家的軍功和謝詞安手中的權勢。

謝家女席，袁氏和周氏婆媳倆見陸伊冉安然無恙，一臉不甘，她們期待的好戲並未上演。

鄭氏不敢明說，但今日她還是有些替陸伊冉擔心的。畢竟往日在侯府時，陸伊冉對她還算客氣，有時甚至還倒貼自己的東西給她。知道自己管家無望後，她內心還是希望陸伊冉能回來管家，畢竟陸伊冉比大房那婆媳倆公正多了。

元昭公主和陸佩瑤皆驚魂未定，兩人都不敢相信皇后娘娘今日竟然沒有罰陸伊冉。

午宴結束後，貴婦們陸陸續續離開大殿。

陸伊冉也不能多留，與安貴妃和元昭公主道別後，帶著循哥兒就出了大殿。

一出大殿，就看到謝詞安等候在大殿外的身影。

他也不避諱這是女眷出入的地方，許多女眷見了他，都是一臉的驚訝。

女眷們嘰嘰喳喳小聲議論起來，說的都是傳聞中謝詞安如何厭惡和冷淡陸伊冉，說得有鼻子有眼的，好似比他這個當事人還要清楚夫婦兩人的過往。

她們就是謝詞安想掐死的造謠者之一。

無奈大庭廣眾之下，不能動手，也不能動口，他一記寒光掃過，嚼舌根的婦人們才慌張狼狽地四散離開。

謝詞安一臉冷意地盯著大殿出口，直到陸伊冉母子倆出現，臉上才難得地露出一絲淺笑。

「爹爹！」循哥兒老遠就看到了謝詞安，高興地跑了過去。「爹爹，看！」手上揮舞著紙鳶。

路上濕滑，循哥兒的小短腿跑得飛快，謝詞安怕他摔倒，忙大步上前抱起自己的兒子，並一臉寵溺地看向幾步之遙的陸伊冉。

循哥兒發現爹爹的關注力又放到了娘親身上，隨即從懷中拿出自己的喜袋交給爹爹。

謝詞安柔聲道：「回頭給娘親。」

「娘親有，姑奶奶給的！舅舅也有，就爹爹沒有！」

他嘰哩咕嚕說一大串，謝詞安心中微暖，揉了揉循哥兒的臉龐，而後又去牽陸伊冉的手。

陸伊冉不自然地掙開，冷著臉。

謝詞安也沒堅持，以為她在惱自己，忙解釋道：「我也不知宮中設的是午宴。今日是元月初一，夫人笑笑可好？為夫最喜歡看夫人笑了。」

「爹爹，循兒也喜歡笑，您看！」循哥兒咧著嘴，笑得比哭還難看。

陸伊冉噗哧一聲，嗔怪道：「哪兒都有你！」隨後，又輕聲對謝詞安說道：「我沒有怪你。好好走路，別讓宮人們看笑話。」

「他們羨慕我有嬌妻在旁還來不及，哪裡會笑？對不對循兒？」

「對！」循哥兒最喜歡讓爹爹抱著走了，站得高，看得遠。

父子倆笑鬧之際，陸伊冉才抬眸看向身旁一臉淺笑的某人。

想起剛剛在大殿時，看到謝詞微吃人的目光，她心中還是有些緊張的。

自己已做好了與她硬槓的決心，本以為會被人拖出大殿，或者又會被人強制地按在冰冷的濕地上罰跪。

在她緊張和擔憂時，一個宮女卻來到她身旁，她抬頭一看，竟是之前在青陽保護她的碧霞。那一刻，陸伊冉的心才落到實處，再接觸到謝詞微狠戾的眼眸時，也才能堅定挑釁地回視。

想起謝詞微咬牙切齒，卻動不了她時，陸伊冉心中十分愉悅。

她怕自己表情失控，為此一路都冷著臉，後來沒繃住，被自己兒子整笑了。

謝詞安見她臉上有了笑容，也是愉悅一笑。

他是在早朝時，才知道宮中的宴席改在午時。他心中始終牽掛著，知道陸伊冉不願在宮中露面。

在太乙殿中，皇上也難得放鬆一回，並未提及國事，還在朝臣賀喜後，賞賜了六部多位功績突出的大臣。

謝詞安心不在焉，直至聽見薛公公讀到他的名字，才不得不集中精神。

早朝一結束，他就讓童飛把碧霞安排到陸伊冉身旁保護她，並在午宴開席前，特意等在謝詞微的必經之路「叮囑」一番，就怕她再次為難陸伊冉。

女席這邊的情況，有人事無鉅細地稟告給他，謝詞安才能在酒宴上情緒穩定，與同僚們傳杯換盞。

新歲這天，陸宅一家也很熱鬧。

江氏把老宅的一大家子都接了過來，並未因為姊弟倆不在，就失去了新歲該有的氛圍，一大家子在一起開開心心地過守歲宴。

然而，陸宅的大門卻在此刻被縣衙的捕快十萬火急地敲響。

大門一開，那鄧捕快顧不得平常的禮數，就往陸佩顯的主院衝進去。

陸佩顯聽到院中吵鬧聲，出來一看，正想喝斥他兩句，就聽見他慌慌張張地說道——

「大人，出大事了！汪家……汪家出命案了！」

「何時的事？何人所為？」陸佩顯也是一愣，半晌才問道。

「一個時辰前！是汪府自己人做的案，連傷三命！」

鄧捕快已到過現場，對情況有了大致的了解。

屋內的江氏等人聽到這個驚天的消息，都嚇得說不出話，個個臉色慘白。

陸佩顯沒再多問，跟著鄧捕快就出了陸宅，往汪府趕去。

快馬加鞭，到達汪府門前時，周圍的鄉鄰已把正門圍得水洩不通，七嘴八舌地議論起來——

「那可是尚京來的貴女呀，長得和天仙似的，就這樣被汪家的大姑娘給殺了！」
「汪家大姑娘平時只喜歡抽鞭子，怎麼會殺人了？」
「難道汪家大姑娘瘋了不成？不但殺了嫂子和未婚夫，連自己哥哥也不放過？」
「這下好了，那惡人天收……」
「你不想要命了？」
眾人不知事情真相，你一言、我一語的，讓事情變得更加撲朔迷離。
其實這樣的案件不算懸案，陸佩顯是不用親自到場的，但因涉及到汪府，情況又特殊，還牽扯到陳家和秦家，陸佩顯怕中途另起變故，所以親自走一趟心中才踏實。
天黑路滑，他讓差役把人群驅散。
走進汪府後，縱然陸佩顯見過無數命案現場，也忍不住倒抽了一口氣。
院中躺著三具蓋著白布的屍體，滿院的血跡無人清洗。
汪樹生無可戀地坐在正廳，而汪連容卻是一臉平靜，坐於廊簷下的石階上。
陸佩顯站在院中，向汪樹長袖一揖，說道：「大人請節哀，既然有人報了官，下官也只能按大齊律令來審理此案。」
是陳若芙的侍女銀兒到衙門報的案。
汪樹目光呆滯，看陸佩顯的神色茫然無緒，許久才說了一句。「紅顏禍水，害得我汪家家破人亡……」

「陸大人，一人做事一人當，這對姦夫淫婦是我殺的。他們害死了我哥哥，我只是在為我哥哥報仇。」汪連容平靜地道出自己的殺人原因，無半點懼怕和悔意。

「汪姑娘，原告還在衙門，妳只能與本官走一趟了。」

汪樹連受打擊，行動也有些遲緩，許久才明白過來，自己女兒要被關押受審。「等等，不，你不能帶走容兒！我就只剩下這麼一個孩子了！」

「還請大人莫要為難本官，如今人人都知道汪大姑娘連殺兩人，下官也只是秉公辦理而已。」

那銀兒今日從汪府逃走後，跑了一路，喊了一路，就算汪樹想為汪連容隱瞞，也是瞞不住了。

汪連覺一死，汪樹好似沒了主心骨兒，汪府也成了一盤散沙，否則以往日汪樹的陰狠，銀兒哪還有命逃去官府報案，並一路叫喊呢？

汪連容遭到了未婚夫的背叛，好似心已死，被帶到衙門後，她便全盤托出。

昨晚，汪連容的未婚夫秦少陽主動到汪府來，說要與大舅哥汪連覺痛飲幾杯。

支走下人後，秦少陽就在酒中偷偷下了毒。

今天早上起來，汪連覺已死在他新收小妾的房中。

這樁栽贓陷害本來天衣無縫，誰知那秦少陽太過心急，傍晚就偷偷進了陳若芙的院子去邀功，想與她歡愛一場。

秦少陽早就對陳若芙情根深種，之所以答應與汪連容的親事，也是為了好接近陳若芙。

這本就是陳若芙蓄謀已久的計劃，她對秦少陽只是虛與委蛇罷了，因此當場就變臉，聲稱此事與自己無關。

這時，秦少陽才如夢初醒，發現自己遭陳若芙利用，做了她手上的那把刀，兩人當即吵鬧起來。

結果，被一路偷偷跟隨秦少陽的汪連容聽到了事情真相——哥哥並不是被他的小妾所害，真正的兇手是這對狗男女！

想到自己一腔深情錯付，汪連容一氣之下，拿出廚房的長刀衝進屋內，一連殺了毫無防備的兩人。

從府外回來的銀兒正好看到這一幕，嚇得撒腿就往衙門跑。

汪連容陳述完後，刑房中的陸佩顯卻顯得心情十分沈重。

站在私人的立場，汪家落難對他大有益處，可他見汪連容與陸伊冉年紀相仿，卻因為放縱自己的心性而害了自己一生，不免唏噓。

「汪大姑娘，妳也得因為別人的罪責而賠進去一生，可有後悔過？」

汪連容一臉凝重，冷靜下來後她才明白，此次就連她爹都保不了她了。

按照大齊律令，故意殺人罪，是要終生流放到極寒的關外之地，一生都不能返回。

陸佩顯無法明說的是，陳家如何會饒恕她？這事只怕就連汪樹都不能善了。而她未婚夫秦家的人，聽到消息後應該也很快會找上門來。

秦家不僅在青陽有頭有臉，在尚京也算是名門望族，秦少陽的家人也不會罷休的。

汪樹在青陽作惡多端一輩子，欺壓百姓，橫徵暴斂，沒想到最終卻報應到自己的一雙兒女身上，死的死，流放的流放。

如果兄妹倆能換個家庭，或許結局就會不一樣了。

謝詞安是在第三日，也就是元月初二這日清晨，才知道汪府發生的命案，是他青陽的暗探飛鴿傳書回來的消息。

他十分慶幸自己能娶到陸伊冉，心中再一次感謝當今皇帝和御史臺的文御史，當即就讓童飛給文御史送了一罈珍藏的美酒。

一向不喜多言的童飛，不由得問出他的疑惑。「侯爺，您是不是記錯了？昨日該送的禮都送完了，且文御史向來與您不和，動輒就在朝上彈劾您，您確定要屬下送他千金難買的竹葉青酒？」

謝詞安這幾日心情好，也沒與他計較，只催促道：「去辦吧，告訴文御史，這是四年前的五月，那數份彈劾我的摺子的謝禮。」

文御史酷愛美酒，但出身寒微，又家風清正，根本沒有多餘的銀錢去買珍貴的美酒。

就因為他一張嘴，得罪光了大齊的官員，因此當年是狀元入仕的他，如今十多年過去了，還只是一個四品御史官；就連皇上都忌憚他的剛正不阿，一直沒有擢升他。

四年前的五月，文御史數次彈劾謝訶安，說他罔顧聖意、禮法，不與正妻同房。

童飛聽得一愣，怔在原地。

新歲有半個月可以休沐，可謝訶安卻無法掉以輕心，時刻關注著丘河和城外軍營的情況。

從城外軍營巡查完回來後，路過康記的包子鋪時，謝訶安在路邊駁停了馬兒。

陸伊冉最喜歡吃康記的菹菜包，這家的包子口味和青陽菜極為相似。

他記得，陸伊冉懷循哥兒時，方嬤嬤她們曾特意到這家鋪子來給她買過包子。

這幾日，開門做生意的商戶很少，所以到這家鋪子來買包子的人很多。

想到陸伊冉昨兒晚膳都沒用就歇下了，謝訶安特意下馬排隊為她買包子。

周圍都是嬤嬤和丫鬟，只有他一個大男人，身穿勁裝，排在隊伍中與周圍的人格格不入。

回到府上，陸伊冉還未起身。

循哥兒在院中玩耍，推著謝訶安親手製作的木輪車，把小狐狸放在上面，滿院子跑。

謝訶安見他玩得高興，也沒喊他，逕自進了陸伊冉的房間。

這幾晚，他還是睡在書房。陸伊冉嚴防死守，他也無奈。

「夫人，起來了，看為夫給妳買了什麼？」

雲喜和阿圓見他進來，隨即退了出去。

撩開床帳，謝詞安把油紙包湊近陸伊冉。

陸伊冉被逼得睜開惺忪的雙眼，鼻子翕動，小聲道：「是康記的菹菜包。」

她還沒睡醒，謝詞安也不忍叫她起身，直接拿出一個湊到她嘴邊。「夫人鼻子真靈，快吃吧！」

她昨日和元昭公主還有惟陽郡主幾人一起去了西郊草坪騎馬，玩到天黑才回府。

如今不住侯府，年初一也沒有那麼多應酬，不用走親訪友，就去做自己喜歡做的事。回來時精疲力盡，連晚膳都沒用，沾床就睡，這下子肚子的確有些餓了，哪會拒絕送到嘴邊的食物？當即坐起身子，接過包子就吃了起來。

吃了一口後，她停下問道：「循兒可有用膳？」

謝詞安一面用手理了理她臉上的亂髮，在背後給她墊上引枕，一面說道：「問過了，嬤嬤說用了一碗肉粥，」

她又客氣地問道：「侯爺可用過早膳？」

謝詞安心中一暖，答道：「我在軍營用過了。」

美食在前，陸伊冉也拒絕不了了。「真好吃！就是這個味道，和我祖母生前做得一樣。

這個菹菜要冬至前就醃製才好吃，我祖母手巧，做的這個菹菜燉魚，我爹爹最愛吃了，所以他才能考中進士。」

謝詞安很喜歡聽她說些小時候的家中事，因為那些時光他從未有過。他一臉不解地問道：「吃魚和考中進士有何關係？」

「吃魚的人聰慧呀！我小時候不愛吃，嫌麻煩，現在想補，晚了。」

謝詞安見她眼神靈動，模樣俏皮，一頭緞子似的長髮，女兒家所有的美好模樣，此刻她都一一呈現在自己眼前。

他心癢難耐，一時心中情愫驟起，靠近她，調侃道：「無妨的，為夫也是進士及第，比岳父大人的名次靠前許多，渾身是寶，所以妳讓為夫晚上到妳榻上來給妳進補可好？」

陸伊冉一聽，噎得咳嗽起來，臉都咳紅了。

謝詞安忙給她端來茶水，她喝下後，才好些。

「是為夫不對，夫人莫惱，快些吃，冷了就不好吃了。」謝詞安忙獻殷勤，又是捶背，又是遞茶。

陸伊冉白了他一眼，又繼續啃起包子來。提起往事，總讓人有說不完的話題，她意猶未盡，繼續說道：「那時我才……五歲不到吧，就可以自己吃完三個包子呢！」

謝詞安一臉寵溺，心中柔軟，時不時地用手帕擦拭她的嘴角，撫過她臉上的亂髮，眉目也緊緊盯著陸伊冉不動。

「只可惜，後來……」

謝詞安聽她嘆氣一聲，問道：「後來如何了？」

「只可惜後來我祖母得病去世了，我再也吃不到她親手做的包子了。」

「無妨的，只要妳愛吃，為夫去給妳買就是。」

陸伊冉目光微閃，有那麼一瞬間，她的心滿是苦澀，眼眶濕潤，心想著，如果在前世時他這樣對自己該多好？自己就不會有那樣的結局了。

可惜，前世他把自己放在別院，不管不顧，那是她心中永遠過不去的坎。

接連吃了兩個，她就吃不下了。

「怎麼不吃了？」謝詞安問道。

「覺得今日有些油了。」

謝詞安不再勉強，猶豫一番後，正色道：「新歲之夜，陳若芙被汪家大姑娘刺死在家中。」

陸伊冉猛地一抬頭，難以置信地看向謝詞安。她不敢相信，陳若芙就這樣死了。

今生有太多變故，都超出了她的預期，這樣謝詞安與陳若芙就徹底沒了交集。

那是不是，這一世謝詞安與她的結局會不一樣？姑母和九皇子的結局也會不一樣？

這種假設，陸伊冉也只是想想，她再也不敢把全家人的希望都寄託在一個人身上了。

腦中越發堅定了，要帶陸伊卓回青陽的想法。

第二十四章

華陽宮內。

謝詞微剛讓人送走給她請安的謝家女眷們，外面伺候的公公就來通稟，說太后娘娘的人等在外面，讓皇后去一趟永壽宮。

自從太后娘娘摔了腿後，謝詞微與皇上去看過一次，就再沒去過永壽宮。

今日她特意來邀請，謝詞微有些遲疑，心中不願。喝完一盞茶後，讓隨侍的宮女帶上兩瓶藥膏，還是起身去了。

謝詞微客氣地施禮後，坐到太后娘娘左側的玫瑰椅上。

「兒臣看母后氣色好了不少，兒臣也就放心了。這兩瓶金瘡藥膏藥效顯著，母后早晚塗，加之太醫的湯藥，不出半月，母后定能恢復如初。」

太后娘娘，讓人給謝詞微看好茶後，一臉慈祥。

「皇后有心了，有妳和皇上對哀家的一片孝心，哀家死也知足了。」

「孝敬母后是兒臣和皇上應當做的，母后切莫說這個字，不然兒臣寢食難安。」

兩人言不由衷地說著違心的話，心中各自想著該如何算計對方。

太后娘娘並不是表面上這般歲月靜好，她看似是一個被皇上當作籌碼的人質，實際上私底下沒少為自己的兒子秦王謀劃。
她與皇后娘娘陣營敵對，沒有正事兩人也很少見面。
謝詞微柔聲說道：「不知母后今日要兒臣來，有何事吩咐？」
「哀家聽說新歲那日，在齊宣大殿妳受委屈了，哀家不放心，就想著把妳喊來看看。」
太后娘娘笑意不達眼底，眼神中流露出一絲狡黠，嘴角微微上揚，帶著不易覺察的冷笑。
氣氛瞬間變得壓抑，看似平靜和諧，實則暗潮洶湧。
謝詞微拿茶蓋的手一頓，微瞇雙眼，淡然一笑。
「多謝母后關心，這只是兒臣的家事，哪能說委屈？讓母后見笑了。」
謝詞微三言兩語就揭過這個話題，不願多談陸伊冉當眾讓她出醜的事。
誰知太后卻又當面再次揭開她的傷疤。
「母后怎麼會笑話妳？心疼妳還來不及呢！這陸氏年輕又姿色過人，只怕沒幾個男人能逃過她的枕邊風，皇后妳也得留個心眼。謝都督血氣方剛，能禁得起陸氏吹幾次枕邊風？倘若哪日徹底吹翻了，得勢的會是誰，皇后心中應當比哀家更明白。」
先是試探，接著是挑撥。
謝詞微心中一緊，心中恨極，放下茶盞，廣袖下的兩手緊緊捏在一起。
不知太后暗中知道她多少事？就算知道，她也不會自亂陣腳，更不能讓對方看出破綻。

「多謝母后提點，兒臣娘家的人，兒臣了解，她區區一個陸氏，還翻不出兒臣和兒臣二弟的手掌心。母后還是多擔心擔心自己的身子吧，不然佛經抄太多都沒用。」

劍拔弩張的氣氛，再次瀰漫開來。

「是哀家多管閒事了，皇后莫要惱。哀家只是替妳不值，竟找了這樣一個弟媳。」

「多謝母后關心，兩人是皇上賜婚，兒臣不敢多言。」

「唉，哀家老糊塗了，今日說錯話了。還請皇后大量，不要與哀家計較。」

永壽宮中，謝詞微離開後，太后身邊的老嬤嬤說道：「太后，皇后只怕不會上當。」

太后娘娘一臉平靜，輕聲道：「以哀家對她的了解，她自不會輕信哀家，只不過在心中總會有所動搖的。」

謝詞微的表面平靜，也只維持到出永壽宮那一刻。

一回華陽宮，謝詞微便一臉狠毒，冷聲問道：「謝叔可有做好我交代的事？」

「回娘娘，他不敢忘，惠康坊他也去過幾次。」身邊人謹慎地答道。

城外百姓們，過新歲時更加熱鬧，尤其是江錦萍家附近的桂花街，什麼都有，阿圓最喜歡這條街了。

午膳後，阿圓拉著陸伊冉和雲喜不放。

循哥兒則有方嬤嬤帶著，和鈴鐺玩得不亦樂乎，哪還記得他娘？

今日侯府要宴請客人，謝詞安要回侯府應酬。

有阿圓和雲喜在旁邊嘰嘰喳喳的，陸伊冉很快便從迷茫中醒過神來。

主僕三人像小時候那樣，準備從街頭吃到街尾。

「姑娘，這個好吃，還有這個！」

油烹的、水煮的、氣蒸的，樣樣給她選了一大油紙包。

雲喜和陸伊冉吃兩樣就飽了，只有阿圓，那肚子就如一個無底洞，怎麼吃都吃不飽。

「幸好是姑娘把妳撿了回來，換成別人，誰養得起啊？」雲喜撫了撫陸伊冉被人擠亂的衣袖，打趣道。

「嘿嘿，誰叫阿圓有福氣？這輩子我就跟著姑娘過，誰也別想和我搶姑娘！」阿圓吃得滿嘴油光，大聲說道。

「膽子不小，敢搶我的夫人！」

聽到身後清冷的聲音，三人嚇得忙轉身，就看到謝詞安和余亮不知何時來到了她們身邊。

一見是謝詞安，阿圓知道自己說錯了話，眼眶微紅，怕侯爺罰她。

「不准瞪她！她又沒說錯什麼！」陸伊冉拿手帕擦了擦阿圓眼眶的淚水，冷睨一眼謝詞安。

謝詞安特意找來此處，可不是來聽兩個丫鬟聒噪的，他淡淡對余亮吩咐道：「我與夫人有正事要談，帶她們去別處。」

「侯爺，屬下能不能只帶雲喜？」剛剛想著能和雲喜單獨相處，余亮才高興地跟了過來，這時謝詞安卻變了卦，他心中的苦水實在無處訴說。

謝詞安可不管余亮的心酸，他把一個鼓鼓的荷包扔到余亮手上。

「你這是做什麼？她們在我身邊又沒礙著你什麼事！」陸伊冉不願，拉著阿圓就走。

「一年的五色糕。」謝詞安跟在身後，就只說了這麼一句。

「姑娘，我還是和雲喜姊姊他們一起，您陪侯爺吧！」

話音方落，阿圓忙推開陸伊冉，後退幾步，挽上雲喜的手，往另一個方向走去。

余亮苦著一張臉，跟在兩人身後。

「哼！」見兩個丫鬟都被謝詞安支走，陸伊冉也不理他，自顧自地往前走。

謝詞安連著問她好幾句，她都悶不吭聲，不回答一句。

直到走得有些累了，陸伊冉心中的怨氣稍減，她靠在橋邊停了下來，才願意和跟在自己身後的謝詞安說話。「你來做什麼？」

「自是找我的夫人和孩兒。」

見陸伊冉有些累了，謝詞安解開身上的大氅，鋪在地上，示意陸伊冉坐下歇歇。

陸伊冉懶得和他客氣，一屁股坐了下去。

「你把雲喜和阿圓支走，我也不想繼續逛了，回去吧。」陸伊冉興致缺缺。

謝詞安屈膝靠近陸伊冉，拉過她有些冰冷的雙手，包裹在自己手掌中來回搓揉，半晌後才說道：「再等等，我讓童飛去把循哥兒帶過來，我們去為他辦件正事。」

陸伊冉連抽幾次，才抽回自己的手掌，白了他一眼。在這行人來來往往的街衢巷口，不好吵鬧，遂語氣不善地問道：「他這麼小，能有什麼正事？」

謝詞安在陸伊冉面前臉皮越來越厚，淺笑道：「循兒在府上沒有玩伴，總想往外跑。他要妹妹的這個願望，我這個當爹爹的只怕實現不了了，但能幫他做另一件事，就是提前給他找個媳婦，這樣他的孩提時光就不會孤單了。」

陸伊冉無語。

以前她就聽說過，尚京城有個專門領養童養媳的姻緣橋，一些養不起孩子的爹娘，怕自己的孩兒餓死，又不想送她們去煙花之地，就會帶到姻緣橋來。

富貴人家子嗣稀少的，就會給自己的孩子領個童養媳回去。

沒有賣身契，只要去衙門登記就好，主家不願養時，可以送回；同樣地，爹娘有能力了，也可以領回自己的孩子。

有傳言稱，正月領的童養媳吉利，大都能如願成為真正的兒媳。

童飛把循哥兒從江錦萍家抱出來後，陸伊冉才不情不願地拉著循哥兒上了馬車。

童飛的馬車駛得又快又穩，片刻工夫就來到了雲山寺旁邊的姻緣橋。

沒來之前她不信，今日謝詞安把陸伊冉帶到此處後，她都有些傻了，竟然真的有這樣的地方。

「你是要給循哥兒領個童養媳？」陸伊冉啼笑皆非地扶額一嘆，才明白過來謝詞安的意圖。

謝詞安把循哥兒放到地上，回答道：「妳不答應？那我們就再給循兒生個妹妹也行。」

那高興的語氣，聽得陸伊冉臉色一紅，低聲嗤道：「堂堂大都督，竟幹孟浪之事！」

謝詞安把循哥兒往有女童的地方推。「循兒，去找一個喜歡的妹妹或者姊姊，給爹和娘帶回來。」

「哼，循兒不去！循兒只喜歡和鈴鐺姊姊玩！」循哥兒一臉不悅，兩臂抱胸，嘟嘴說道。

他和鈴鐺玩得正高興時卻被童飛強行帶走，心中很不情願，把童飛的臉上抓出了幾條血痕，他才停止哭鬧。

謝詞安五、六歲時，老太太見他一整天沈默得像個小老頭，就把他帶到這裡來，準備給他挑選一個童養媳，誰知他比循哥兒還果斷，掉頭就走。

老太太問他為何？他說不喜歡女的，她們話太多。後來，老太太才買回童飛和余亮。

謝詞安本想著，給循哥兒也買兩個男童回去陪他。

後來仔細一琢磨，男童性子皮，與循哥兒一起玩鬧，難免要打鬧不休。

陸伊冉心善，會不忍說教，他怕累到她。女童聽話乖巧，教起來也省心些。

「這不是胡來嗎？循兒才多大！」陸伊冉忙阻止。

謝詞安不依不撓地道：「怎麼不行？給循兒找個玩伴有何不妥？妳看他多黏鈴鐺；再者，等你們回了青陽，循兒找爹時，有個媳婦出來擋擋也行。」

那哀傷的語氣聽得陸伊冉心中酸澀，半天都沒說一句話。

循哥兒剛剛還極力反對，但一看有幾個乖巧的小姑娘，就開始和她們玩耍起來，還把手上的糖果分給她們。

幾個女童的爹娘見謝詞安和陸伊冉的衣著華麗，氣質尊貴，就知他們身分不凡，又看陸伊冉面善，便連連哀求她把幾個女童都領回去。

陸伊冉心中是拒絕的，可看著孩子們稚嫩又期待的樣子，她又不好直接說出口。這樣領回去，以後名聲也不好聽。她們的一生還那麼長，就要陪在循哥兒身後，實在有些草率。

她猜測謝詞安的用意，是在提醒她占著侯府夫人這個位置，又不能生育子嗣。而且他作為一個血氣方剛的男子，身子久曠，到時憋出了毛病，追究原因，她也有責任。

二房子嗣單薄，他的生養計劃還沒完成就得一身病，也不好對老太太交代。

陸伊冉把謝詞安往角落一帶，輕聲道：「你也別太早給循哥兒挑媳婦了，我知道二房的子嗣的確太少了。過幾日我就回青陽，走時向祖母說明你我二人的情況，讓祖母給你重新找一門……親事，你如今的身分想要什麼樣的女子沒有？最多半年，你又能……有子女，循哥兒也有兄弟姊妹了，到時……」

陸伊冉每說一個字，謝詞安的心就痛一分。他只是想給循哥兒找個玩伴，卻被陸伊冉曲解成這樣的藉口來。

見她把離開自己說得這般輕鬆，沒有一點在意，謝詞安的心再次被她捏得稀爛，痛得他臉色蒼白。

陸伊冉話還沒說完，謝詞安掉頭就走。他怕自己憤怒過後，會做出傷害陸伊冉的事，便乾脆離開。

陸伊冉怔在原地，心中五味雜陳。

沒過多久，余亮帶著阿圓和雲喜找了過來。

陸伊冉把幾人身上的銀子全都拿出來，不多不少，剛剛好湊齊五十兩銀子，讓雲喜分給剛剛幾個女童的爹娘。

見有銀子領，越來越多的人蜂擁而上，把他們圍在中間，余亮才護著她們離開。

接連幾日，謝詞安都沒回府，不是住在軍營大帳，就是住在皇城司衙門。

他不在府上，院子顯得有些冷清。

尤其是晚上用膳時，循哥兒雖不會像以前那樣去巷口找，但也會問陸伊冉「爹爹怎麼還不回來」。

正月十二這日，陳若芙被殺的消息傳回了尚京。

聽說陳勁舟和戚氏當場就暈死過去。

陳氏本來養得差不多的身子也再次發作，癱在床榻上徹底不能動了。

華陽宮的皇后聽了，也是一臉沮喪。

她之前本來就反對這兩家的婚事，怕兩家萬一鬧翻，會對自己不利。

如今擔憂變成現實，她眼前的麻煩事一件接著一件。

謝詞微單手撐額，沈默半天，才對方情吩咐道：「妳此刻就去一趟陳國公府，告訴舅父，汪樹現在還動不得，叫他莫要衝動，到時我會給軒表弟指一門好親事。」

等空下來，陸伊冉才問起方嬤嬤一家來尚京的緣由。

和陸伊冉猜想得大概一致，是因為汪連覺找羅明海和韻娘的麻煩，方嬤嬤他們不想給陸伊冉的爹娘惹麻煩，不得已才拉家帶口來尚京投奔謝詞安。

但如今汪連覺一死，汪樹也無力再掀風浪，裊裊和方嬤嬤一家回青陽便沒後顧之憂了。

陸伊冉不願再留下去，更不願辜負上天給她的機會。

就這幾日，她決定儘早動身回青陽。

離開尚京前，她要把手上的現銀，大部分都匯回青陽。

長公主每月送給她的馬場紅利，加上她糕點鋪子一年的利潤，帳面上還有七千兩的銀子。

陸伊冉讓陸叔留了二千兩備用，其餘全部匯回青陽，不給自己留餘地。

謝詞安送給她的田產，她沒有拿，西郊的草坪她很喜歡卻帶不走，只當這一切是一場夢。

今年十月，陸伊卓要進宮選侍衛，陸伊冉不會讓他如願，到時會想個法子把他哄回青陽。

至於姑母他們不能去吳郡封地，她目前還沒想出更好的辦法，只能先走一步、看一步了。

方嬤嬤有太多的不願，也只能忍著，畢竟陸伊冉才是主子。

方嬤嬤的孫子才剛滿五個月，未免來回奔波，陸伊冉讓她留在尚京待一段日子再回青陽。

她再一次收拾東西，有種落荒而逃的感覺。

循哥兒彷彿也看出了娘親的決定，見娘親只裝自己和他的衣袍，他立即邁著小短腿，特意跑進謝詞安的書房，扯下圈椅上謝詞安平常沐浴時穿的敞袍，拿到陸伊冉跟前。「娘，爹爹的。」

陸伊冉手上動作一停，心口一窒，哄道：「爹爹要上衙，不得空，得留在尚京。娘親和循兒回青陽，外祖父和外祖母還在等著我們。」
循哥兒眨著黑漆漆的眼，愣愣地看著陸伊冉半天，才明白她是何意。
「循兒也要留在尚京，等爹爹。」
陸伊冉默不作聲，突然不知怎麼和孩子解釋，也不開口，繼續收拾循哥兒的衣物。
方嬤嬤知道陸伊冉是個倔性子，決定好的事，一般不會更改，也說不動她，就抱著循哥兒去院子玩耍。
阿圓和雲喜不敢作聲，悶頭做事。
方嬤嬤把循哥兒抱到院子後，又獨自轉身進了屋子，神色鄭重地說道：「姑娘，您這月的月事，已經遲了好幾日了。」
平地驚起一聲雷，一番話讓幾人都怔在原地。
陸伊冉每月的月事準得很，都是月初一、初二，今日都十二了。
她徹底慌了手腳，身子重重地坐在身後的軟榻上。
方嬤嬤馬上扶起陸伊冉，在她身下又墊上一層柔軟的被褥。
陸伊冉沈思不語半天，按捺住心中的慌張，思忖一番後說道：「嬤嬤，妳此時就去做些糕點，我想去看看鈴鐺。」
方嬤嬤瞬間明白是何意，帶著兩個丫鬟到廚房忙碌起來。
新歲全朝官員休沐，林院判的岐黃班也要等到正月十六才開課。

她不願相信，只好去找郭緒幫她把脈。

之前安子瑜曾說過，她身子受損，這一、兩年內很難有孕。

殊不知，意外卻來得那麼快。

府上的大夫叫不得，只要一有風吹草動，謝詞安必然會知曉。

這件事她不能讓他知道，否則她是回不了青陽的。

冷靜下來的陸伊冉摸向自己的小腹，一時心慌得很。之前她渴望得到過，卻無力保護孩子，如今最不願時，難道那孩子又悄悄降臨了？

那次與謝詞安是迫不得已的，她也忘記事後要喝避子湯。

這些日子無論謝詞安如何纏磨自己，她就是不讓他如願，不讓他碰自己，就是希望快刀斬亂麻，走時不拖泥帶水。

陳氏徹底癱了後，謝詞儀的事便無人再管。

她新歲期間去了梁國公府，給梁老太爺和老太太請安時，才發現梁既白這兩日收了他的表妹做妾室。兩人正是情濃之時，根本沒把她這個未婚妻放在眼裡。

謝詞儀當即就去宮中哭鬧一番，但謝詞微依然不為所動。

「長姊，我不要嫁給梁既白，他眼中根本就沒有我！」

謝詞微難得有耐心，勸道：「儀兒，不就是收了一個妾室，有何要緊？以後梁國公府，妳才是主母。母親如今病重，妳不可再這般任性。有本宮給妳作主，妳去了梁家後無人敢欺負妳的。」

謝詞儀許久沒體會到家人的關心了，越想越覺得委屈。

「長姊，梁既白的小妾都敢對著我指指點點了，還不算欺負我？梁家就是個火炕，儀兒不想跳！」這門親事，謝詞儀心中本就排斥，她與梁既白早就結下了梁子，怎會解得開？

可謝詞微眼中只有利益，哪會真心為自己妹妹考慮對方是不是良人？值不值得託付？「儀兒，長姊需要梁家，等哲兒以後榮登大寶，這些人長姊再幫妳收拾可好？妳放心，出嫁時，長姊會給妳多派幾個可靠的人。」

梁家世代忠良，梁國公乃三朝元老，且有從龍之功，梁既白的父親又是御林軍統領。梁家是名門大族，在尚京的地位僅次於他們護國侯府謝家。

最後，謝詞儀無功而返，茫然地出了皇宮。她兩眼無神，不知該向何人求助。

方嬤嬤手腳麻利，不到一個時辰，就做好兩鍋糕點。

陸伊冉把循哥兒放在家中，收拾好自己後，帶著雲喜就要往江錦萍家去。

豈知江錦萍夫婦倆竟在此時急急忙忙地找上門來，把大門拍得砰砰作響。

陸伊冉一出院門，差點就與表姊撞個滿懷。

江錦萍抱著奄奄一息的鈴鐺衝了進來。「冉冉，救救鈴鐺，救救……」她哭喊著，後面一句話已說不出來了。

郭緒後一步趕了過來，氣喘吁吁地說道：「鈴鐺吃了毒菇，我救不了她，救不了她……」他說到最後，也是泣不成聲。

鈴鐺已是出氣多，進氣少了，陸伊冉哪還有心情在意自己的事？她腦子轉得飛快，一把拉起自己的表姊，說道：「萍姊姊，我知道誰能救她！走，我帶你們去！」

陸伊冉帶著江錦萍夫婦倆，坐上馬車，往城外的軍營趕，她要去找安子瑜。

路上，鈴鐺的情況越來越嚴重，她口吐白沫，渾身抽搐，雙腳亂蹬。

幾人的心都提到了嗓子眼，江錦萍也徹底慌了神，抱著鈴鐺痛哭失聲。

郭緒不停地拍打自己的腦袋，罵自己無用。

陸伊冉見兩人已失去了冷靜，勸解無用，只好一次又一次地催促車伕再快些。

幾人趕到軍營時，守衛的將士不認識他們，不讓他們進，甚至還要驅趕他們。

一籌莫展時，陸伊冉聽到練武場上的操練聲，知道謝詞安人在軍營。

這幾日將士們都在休沐，如果他不來軍營，是不會操練的。

陸伊冉把手上的茶花手爐遞給看門將士，語氣凝重地道：「人命關天，如果你不想受罰，把這個給你們主帥，他定會出來的。」

那士兵愣了愣，見陸伊冉的樣子不像是戲言，遲疑瞬間後，終是向練武場上跑去。

幾人一臉期待地看向那將士離開的方向，果然片刻後，就見謝詞安健步如飛地走了過來。

看到他出現的那一刻，江錦萍彷彿看到了希望，她抱著鈴鐺跑到謝詞安面前，哽咽道：「妹夫，救救我的女兒！」

謝詞安深深地看了眼陸伊冉，把手爐塞到她手上後，什麼話都沒說，從江錦萍手上接過鈴鐺，大步往軍營奔去。

他的步子比江錦萍夫婦快了許多，眨眼間，就不見了蹤影。

陸伊冉也小跑著跟在他們身後，也許是許久沒這麼跑過了，沒跑幾步，小腹處就傳來一陣不適。

她腳步一停，下意識地捂住自己的小腹。

雲喜也發現了異樣，忙攔住她，小聲問道：「姑娘，肚子怎麼了？」

陸伊冉就近坐在一處木階上，囑託道：「無事，我有些累了。雲喜妳快去看看鈴鐺，我在此處等妳。」

「不行！姑娘如今的身子，奴婢哪能讓您一人在這裡？」

「歇歇就好，練武場上這麼多人，我無妨的。」

陸伊冉一再堅持，雲喜也只能照辦，一路追了過去。

謝詞安抱著鈴鐺，像一陣風似的，闖進安子瑜的醫帳。

安子瑜嚇得從小杌凳上跳了起來，正要向謝詞安行禮。

謝詞安把鈴鐺放在榻上，揮手打斷他。「安子瑜，快過來看看。」

安子瑜一看見鈴鐺衣襟處的污穢物，問道：「她吃了什麼？」

正好跑過來的江錦萍回道：「山上的毒蘑菇。」

「多久了？」

郭緒一臉懵。

江錦萍說道：「一個時辰前。」

安子瑜忙餵鈴鐺服下一顆藥丸，隨即按壓住鈴鐺左手的內關穴和頸下幾處穴位。

鈴鐺吐出一大口髒物後，幽幽地睜開了眼，手腳也不再抽搐，臉色也正常了些。

她喃喃道：「娘、爹……」

江錦萍小心翼翼地握著鈴鐺已有些溫度的手，小聲哽咽道：「鈴鐺別怕，沒事了、沒事了。等會兒我們就回家，找哥哥他們。」

「娘，我想去找循兒和冉冉姨，我剛剛聽到了冉冉姨的聲音。」

「好，我們去找冉冉姨。」

「大夫，謝謝你救了我女兒。郭某同為大夫卻技不如人，實在慚愧。」郭緒的醫術在他們住處周圍還算拔尖，但醫毒方面的見識不多，的確欠缺經驗。

起初，他掉以輕心，只給鈴鐺服了一般的解毒藥丸。

同樣是藥丸，藥效卻是微乎其微，不到半個時辰，鈴鐺就開始抽搐，昏迷不醒了。

這時他才慌了手腳，一時亂了方寸，開始配湯藥。

一碗湯藥下去，不見絲毫好轉，鈴鐺的臉色也開始發青。

江錦萍不想讓女兒再被試藥耽擱，抱起孩子坐上鄰居家的牛車就往皇城內趕。

隨後，安子瑜又配製好湯藥，讓鈴鐺服下，並要求再停留一段時間，觀察無礙後才能離去。

夫婦倆自當配合。

雲喜見鈴鐺無甚大礙，想著把這個消息告訴陸伊冉。

謝詞安卻先一步攔住了她。「妳在這裡幫幫他們，我去。」

陸伊冉沒跟進來，他本就有些不放心，幾日沒見，正好有個適當的理由去見她。

謝詞安慢慢走到陸伊冉身邊，兩人多日不見，四目相對時，她發現謝詞安看上去頗為憔悴，消瘦了不少，眼下的烏青也清晰可見。

陸伊冉愣了愣，有些逃避兩人之間的問題，遂問：「鈴鐺如何了？」

「放心，已無大礙。」

陸伊冉暗鬆了一口氣，又沈默下來，不知該如何開口。

「這裡冷，隨我去大帳，鈴鐺還要待些時候才能離開。」謝詞安不捨的目光在她臉上停駐一息後，又強逼自己移開。

此時正是將士們用午膳的時候，旁邊都是走動的人群，待在這裡，人人時不時會張望一眼，她遂輕聲應下，隨謝詞安去了他的大帳。

大帳裡放著兩個大火盆，進去後身子才暖和了起來。

陸伊冉剛坐下，就有灶房的小卒前來給謝詞安送午膳，顯然沒想到帳內多了一個人，遂道：「都督，屬下再去備一份。」

陸伊冉連連擺手，開口解釋。「不用了，我稍後就回府。」

謝詞安知她心地良善，不忍造成別人的麻煩。

他心中欣慰，對那小卒吩咐道：「這裡你不用管了，安軍醫那邊，多送三份膳食過去。」

「是。」

小卒離開後，陸伊冉不想耽擱謝詞安用膳，把食盒推到他跟前。

「你不用管我，先用吧，別讓飯菜涼了。」

謝詞安卻沒有動，不捨的目光始終看著陸伊冉。

「看我做什麼？我讓你用膳！」陸伊冉被瞧得有些惱火，語氣也不自覺地加重。

「妳好看。只要每日能這樣看上妳一眼，我就知足了，可惜妳不願給我這樣的機會。」

謝詞安語氣落寞，一臉沈痛。

兩人都沈默了。

恰巧，陸伊冉的肚子不合時宜地咕嚕叫了起來。

早上因為嬤嬤提醒，她也沒心情用早膳，加上鈴鐺的事，一路奔波，如今一停下來，肚子終於開始抗議了。

謝詞安嘴角一揚，從食盒中端出幾盤葷素均有的菜餚，最後是一大碗羊肉湯，擺到她跟前。「附近的農戶今日給灶房送的羊肉，妳嚐一嚐。」

陸伊冉不喜歡吃羊肉，卻很喜歡喝羊肉湯。

見陸伊冉依然不搭理自己，謝詞安乘機盛了一碗羊肉湯推到她跟前。

香味直往陸伊冉的鼻子撲，陸伊冉冷睨一眼謝詞安，心想自己如果真有了身孕，他就是罪魁禍首，憑什麼讓他吃，自己看？往日都是他先吃，今日就把這規矩反過來有何不可？

這兩日她正好胃口大開，把他的飯菜吃完，餓死他最好！

陸伊冉也不再與他客氣，端起來就喝。

不料剛喝兩口，一股腥味就從喉嚨往上湧，她「哇」的一口吐了出來，濺得自己滿身髒污。

謝詞安一臉擔憂，忙放下手上為陸伊冉挾菜的筷子。

她心中有了不好的預感，為了不讓謝詞安發現異樣，忙說今日的羊肉湯羶味太重了。

謝詞安也沒嫌棄，拿過陸伊冉手上的手帕，仔細為她擦乾衣裙上的髒污。

陸伊冉呆呆地看著謝詞安，前世她盼了一輩子，也不見謝詞安對自己這般憐惜過，為何要等她都放手的時候才這樣？她心中一酸，眼中泛起霧氣。

第二十五章

謝詞安緩緩抬頭，就見她慌亂地擦淚、揉眼，頓時有些不知所措，他很少看到陸伊冉在他面前哭。不知自己何處又惹到了她，心疼的同時，他立即想著法子要逗她開心。

「今日與為夫無關，都是灶房廚子的錯。為夫罰他一個月內只能煮肉，不能吃肉，如何？」謝詞安一面為陸伊冉擦眼淚，一面打趣道。

「關人家廚子什麼事？是我自己喝不慣這個味。」陸伊冉揮開謝詞安的手，說道。突然，她腦中靈光一現，不悅地道：「不用罰廚子，卻要罰另一個人，安子瑜。罰他一個月內只能喝湯，不能吃肉！」

「這是為何？他可是剛剛救了鈴鐺一命呢！」謝詞安有些不明所以。

「他是救了鈴鐺，卻——」陸伊冉急忙打住。理由不能說，遂搪塞道：「罰不罰？不罰我就走了，飯菜你自己吃吧！」

她語氣嬌軟，聽得謝詞安心情大好。「好，為夫罰他就是，誰讓他惹到我夫人了。」

「還有，說了多少次了，不准叫夫——」

「為夫知道了，快些用吧，都涼了。」

陸伊冉又吃下幾口素菜，才壓住那股腥味。

用完一盞黍米後，連著一碟春餅也進了她的肚子。
謝詞安一口也沒用，就看著她吃，不時給她挾菜，一臉滿足。
她是真餓了，不知不覺就把謝詞安的那份膳食都用完了。
一看裝飯食的大碗，就剩個底朝天。
陸伊冉把自己都嚇了一大跳，自己的胃口怎麼越來越大？想起這幾日，似乎也頓頓都是兩、三碗黍米。
她懷循哥兒時，吃什麼、吐什麼，懷孕前三個月，人都瘦成了皮包骨。
再看看自己現在，她放下碗盞，捏了捏自己的手腕，兩指都圈不住了。照這樣看來，她暗自斷定與懷孕無關，定是月事不規律！
心情一愉悅，她便客氣地問道：「侯爺，那你吃什麼？」
謝詞安柔聲道：「午膳就不用了，等到晚膳再用。不知為夫今晚可有口福吃到伊冉苑的釀魚？夫人不會拒絕為夫吧？」
哪能拒絕？鈴鐺的事今日多虧了他，甚至如意宅都是他買的，晚膳他要回來用，就算陸伊冉心中不願，也不好推辭。
「今日我累了，讓嬤嬤做吧，她的手藝比我的好。」
「好，無論是誰做，只要用膳時妳在我身邊就好。」謝詞安又把手爐塞到陸伊冉手上，低聲說道。

陸伊冉心想，這個要求很好滿足，兩人一道在軍營用過晚膳不就成了，幹麼非要回惠康坊？但又想到今日受他恩惠，吃人嘴軟，只能把怨言放在心裡，嘴上還是客氣地道：「今日，鈴鐺的事多謝侯爺——」

她話還沒說完，謝詞安就連忙打斷。「那妳要怎樣謝我？在軍營陪我可好？這裡實在太過冷清了。」

軍營冷清？陸伊冉忙道：「侯爺，你還有公務要忙，我去找表姊他們了。」

見她要走，謝詞安忙拉住她的手，從背後擁著她。「冉冉別走，為夫想妳了。我們有七、八日沒見，每晚夜深人靜時，為夫腦子裡想的全是妳。別走，陪陪我。」

他這般低聲下氣，陸伊冉聽得一愣，隨即氣憤地推開謝詞安，恨他時不時就偷襲自己。本想暗諷幾句解氣的，突然身子騰空，人已被謝詞安抱起。

謝詞安見她有些倦怠，不顧她的反對，彎腰把陸伊冉抱上床榻。「妳先在榻上躺躺，為夫等會兒叫醒妳。」

榻上的被褥，是陸伊冉熟悉的清冽味道，蓋在她身上，讓她睏意更濃了。

掙扎無果，且萬一吵鬧起來，怕讓表姊他們看笑話，遂勉強答應道：「那你等會兒可記得叫醒我。」

「好，睡吧。」

謝詞安幫她脫下鞋子，為她蓋實被褥，一抬頭，陸伊冉已合眼睡著了。

余亮正好趕過來，給謝詞安送公務，看到榻上的陸伊冉時一愣，輕聲把案桌上的東西收拾後，自覺地退出大帳。

不一會兒，陸伊冉均勻而輕柔的呼吸聲傳來。見她睡容恬靜，謝詞安哪還有心思辦公務？

這幾晚，他夜夜夢見陸伊冉帶著循哥兒回了青陽，每次都是母子倆棄他而去的畫面，讓他寢食難安。

他脫下長靴，鑽進陸伊冉的被窩，把她緊緊擁在懷中，吻了吻她的額頭，下巴靠著她烏黑的青絲，聞著熟悉的幽香味，心裡終於踏實，也睡了過去。

兩人這一睡，就睡到了傍晚。

先醒過來的是陸伊冉，她見是謝詞安，倏地起身，動作太大，也驚醒了他。

陸伊冉埋怨道：「叫你喊我，你自己也睡著了，我表姊他們……」

「余亮已經帶他們回府了，妳不用擔心。不是為夫不喊妳，妳沒睡飽時，起床氣重，為夫也怕妳的枕頭。」

他說得倒也沒錯，陸伊冉頓時沒了底氣罵人，趕緊下榻收拾妥當。

謝詞安也穿上了大氅。傍晚的天冷得很，謝詞安又取下另一件厚實的裘袍裹緊陸伊冉。

回到府上，方嬤嬤已做好了晚膳，正等著兩人。
江錦萍見鈴鐺無事，話也多了起來。
膳廳中，她一聲又一聲的「妹夫」，聽得謝詞安渾身舒暢，一掃連日來的沈悶。
這幾日，安子瑜要給鈴鐺配藥，所以母女倆只能暫時住在如意宅，陸伊冉回青陽的計劃只能再往後延了。
循哥兒知道鈴鐺生病了，不敢去打擾她，只在門口探頭張望，也不進屋。

三日後，是正月十五上元節，鈴鐺康復後，郭緖來接母女倆回家。
在方嬤嬤的一再催促下，陸伊冉才不得不讓郭緖給她把了脈。
診出來是喜脈。
陸伊冉再一次希望落空，心也跟著墜入冰窖。
只有她身邊的人和江錦萍夫婦倆知道，謝詞安那邊算是瞞住了。
江錦萍離開時，有些憂心兩人時好時壞的關係。她看出了陸伊冉不想要這個孩子，叮囑陸伊冉定要保護好肚子裡的孩子，才擔憂地離去。
一整日，陸伊冉都有些恍恍惚惚，不知自己該如何決斷。
她若頂著一個大肚子回青陽，不光自己爹娘臉上無光，只怕連腹中的孩子生下來後，都會遭受一生的白眼。

可讓她與謝詞安就這樣過下去，那依然難逃上一世的結局，她也不願，且自己之前的努力豈不是白忙一場？她不甘心。

如果打掉肚子裡的這個孩子，她又心疼難捨。

一時間，陸伊冉不知自己該怎麼辦。

皇宮內，元宵節也是喜氣一片，各宮內苑都掛著喜氣的花燈。

清悅殿中，安貴妃帶著元昭公主，兩人一起繡元昭公主的嫁衣。

見元昭公主的繡技越來越好，安貴妃心中欣慰，不時地誇上兩句。

元昭公主得到鼓勵，繡得更起勁了。

九皇子則在一邊認真地翻閱書籍。

其樂融融，安貴妃心中滿足，一臉寵溺，視線也在兩個孩子身上游走。

華陽宮內，惟陽郡主剛離開，謝詞微則一臉陰沈，側身躺在軟榻上。

她這個兒媳，是越來越不把她這個婆婆放在眼裡了。

趙元哲沒回京，惟陽郡主守歲夜在長公主府過，上元節依然也在那裡過，全然不聽她的勸告。

她心情不暢，把殿裡伺候的宮女都趕了出去。

方情就在這時慌張地走進來，一進廂房就關緊門窗。

謝詞微看得心煩，不由得喝斥道：「今日怎麼這般冒失！有何事讓妳這樣慌慌張張？」

方情不敢答話，只悄悄把一條手帕遞給謝詞微。

是一條淡藍色的手帕，邊角繡著紫薇花，上面一行小楷：微兒，我回來了。

短短幾個字，卻驚得謝詞微失了沈穩，她倏地起身，趿拉著鞋子，滿臉期待地問道：「他沒死？他人呢？」

「是一個宮人塞到奴婢手上的，等奴婢回頭，那人已經走遠了。」

謝詞微心中狂喜，一臉溫柔，和平常判若兩人，喃喃道：「本宮就知道，他不會輕易死的……不急，他定會來尋本宮的！」

護國侯府布置得十分隆重，就連府上的下人們，也都穿得吉利、喜氣。

因二房太過冷清，老太太就把陳氏和謝詞儀母女倆喊到仙鶴堂。

謝庭芳要忙府上雜事，三人在仙鶴堂也算有個伴，老太太也能趁此教謝詞儀一些內宅的事務。

三房有新婦在，鄭氏和謝庭舟也早早就忙碌了起來。

謝庭舟不敢總留在柳氏的院子，怕鄭氏吵起來不好聽，他一個做公爹的人了，也害臊。

大房的氣氛卻降至冰點。

本來周氏和袁氏的矛盾有所緩解了，誰知謝詞佑連著在田婉房裡多住了兩日後，周氏和謝詞佑的關係又鬧僵了。

這不，田婉剛要去幫袁氏的忙，周氏就撂下手上謝詞婉的嫁衣，掉頭就走。

袁氏和謝詞婉母女倆也是左右為難。

謝詞安午時離開衙門後，沒去侯府，徑直就回了惠康坊。

一進院子，循哥兒就衝著他要花燈。

今日在坊院玩耍時，稍大的孩子就告訴他了，今日要耍花燈籠。

回來後循哥兒就去陸伊冉面前嚷，但陸伊冉無心應付他，方嬤嬤便把他哄了出去，正好看見謝詞安歸來。

聽循哥兒一說，謝詞安抱著他進了書房，吩咐余亮去理竹篾，自己則帶著循哥兒在書房裡先剪好花紙。

父子倆在書房中忙碌開來。

循哥兒親手參與，畫得一團糟，謝詞安也不制止，還出聲鼓勵。

謝詞安小時候，除了學好六藝外，就愛看府上的下人們編製這些手工藝品。

他學會後，親手給他祖母和陳氏各紮了一個。老太太倒是高興，讓人掛在廊簷下；可惜陳氏根本就沒放在眼裡，當面客氣收下後，轉頭就讓身邊的嬤嬤拿走了。

一個時辰後，循哥兒的小燈籠就做好了，他高興得手舞足蹈，帶著小狐狸到府上人人面前顯擺一回，想讓陸伊冉陪自己出府，無奈他娘親今日一整天都不願起身。

阿圓見狀，只好把人帶到坊院去玩。

等謝詞安專心致志地做好第二個兔子燈籠時，已到酉時。

他拿著燈籠，進了陸伊冉的廂房，撩開床帳，就見她滿臉淚痕還來不及擦乾。

陸伊冉怕他發現異樣，忙轉過身去，背對著他。

「今日我有些累，你晚上帶循兒去看燈籠吧，他吵了一天了。」陸伊冉懨懨地說道。

床榻一陷，謝詞安不但沒走，反而坐了下來，一手貼上陸伊冉的額頭，擔憂道：「可是身子不適？」

陸伊冉怕他叫秦大夫過來，忙否認。「沒有，我想一個人清靜清靜，你就別來煩我了。」

見她一臉憂傷，又不願說出來，謝詞安哪還有心思出去玩？

用過晚膳後，謝詞安把幾人都打發出去，吩咐余亮和雲喜帶好循哥兒，自己則待在陸伊冉的房間，一面翻看書籍，一面陪著陸伊冉。

陸伊冉心中有氣，一轉身就看到謝詞安一臉風輕雲淡的在看書，頓時氣不打一處來，想起兩人的那晚，恨自己也恨謝詞安，偏偏不能明說，她心中憋著一口悶氣，不發出來又不甘心。

聽到床榻上的動靜聲，謝詞安以為她口渴了，倒了一杯熱茶端到陸伊冉面前。

想著自己為難困擾了一整日，再看謝詞安吃得好、睡得好，還有心情扎燈籠，心中的怒火被徹底點燃，陸伊冉第一次任性地把茶盞推翻在地。

「我叫你出去，你聽不見嗎？非要杵在這裡做什麼？我只想自己靜一靜！現在才來做這些有什麼用？我叫你離我遠遠的，為什麼不聽？我不要你補償，不要你對我好，只要你離我遠遠的不行嗎？」當年那些讓她過不去的坎，再一次想起，她一股腦兒地吼了出來，忍不住哭出了聲。「你要做你的大事，就放開我這個絆腳石！尚京的貴女你去選呀，環肥燕瘦任你這個大都督挑！為什麼就抓住我不放？我不想回尚京，不想再與你們謝家的人有牽扯！」說完，陸伊冉越想越委屈，又扯出之前自己在侯府時的遭遇。「你在尚京城也算是能呼風喚雨的人，為什麼卻連我肚子裡的孩子都保不住？你知不知道，那日我有多痛？我好希望你能來救救我們，可你人呢？不但沒能護住孩子，到後來還聽信她們的話，來問我的罪！

「我有什麼罪？我的罪就只是因為我太過在意你的感受，怕你看不上我！每日上衙時，明明知道我在身後，也不回頭看看我；府上的人知道你不在意我，人人都在看我笑話！明明是你非要在書房要我的，你才是真正的狐狸精，為何挨罵、罰跪的永遠是我？我真恨我自己，被你一副好看的皮囊迷住了眼、困住了心！」

謝詞安見她哭得傷心，心疼難忍，眼眶赤紅。他緊緊抱住陸伊冉，也不多做解釋，就這麼任憑她打，任憑她鬧，悔恨的淚水順著側臉滑落到陸伊冉的頭頂。

他又何嘗不痛？可惜他明白得太晚了。

越說到後面，陸伊冉越是破罐子破摔起來。

「就知道欺負我，明知我臉皮薄，卻憋著壞點子，次次讓你得逞。我都說不要你了，還天天纏著我不放！那晚誰要你救我了？藥死我最好，就不會有這麼多無窮無盡的麻煩了！」

謝詞安根本就不明白陸伊冉為何會扯出那晚的事，只知道一切都是他的錯，知道她心中有苦，都是自己一手造成的。

可要他徹底放手，猶如在他心頭生生剜走一塊肉。

一日不見就使勁地想，何況要一輩子與陸伊冉斷乾淨？他不知道他能堅持多久。

新歲一過，他就開始擔心陸伊冉要回青陽，只希望時間過得慢一些，最好一日就是一輩子。

可看著陸伊冉待在他身邊這般痛苦，他又不得不逼自己妥協。

謝詞安哽咽道：「冉冉，對不起，是我的錯，我恨我自己明白得太晚了。妳想怎樣都可以，我只想妳好好的，看妳這般難過，我也不好受。」

發洩一通後，陸伊冉人也平靜了不少。

她推開謝詞安，又躺了下去，有些後悔自己的衝動。

發生的事又改變不了，他悔過又能如何？兩人的命運是注定了的，按自己的計劃往前走就是，不能再停下腳步。

哭鬧一場，也消耗了不少精力，她人困頓得不行，終於睡了過去。

謝詞安就坐在床榻邊，握著陸伊冉的手，腦中不知在想些什麼，就這般癡癡地看著她，坐了一夜。

陸伊冉自己的事情還沒解決，裊裊又出了事。

昨晚陸伊卓帶著裊裊和七月出去看花燈，三人在街邊猜燈謎猜得正起勁時，突然冒出個一直糾纏陸伊卓的林姑娘。

這林姑娘一來就猜中幾個，成了全場的焦點。

連陸伊卓都一改往日的態度，對她刮目相看，出聲稱讚她文武雙全。

林姑娘有些拳腳功夫，每日都會等在陸伊卓回住處的路上，定要與他切磋一二。

裊裊也是近日因為七月說溜嘴，才知道的。

裊裊心中警鈴大作，軟綿的性子頓時變得暴躁起來，當場就出言暗諷林姑娘跟蹤他們。

陸伊卓是個榆木腦袋，以為人家只是碰巧遇見而已，出聲幫腔，喝斥了裊裊幾句。

裊裊心中本來就有些自卑，又見陸伊卓當面維護那女子，傷心之餘，當即氣憤地跑開了。

本以為她只是耍耍小性子，自己回了惠康坊，誰知今日一早，木香院的丫鬟葵兒才發現裊裊一整晚都沒回府。

葵兒這時才著急忙慌地前往伊冉苑，要找陸伊冉，結果剛好在院中碰到要去上早朝的謝詞安。

見葵兒一臉慌張地往院中跑，怕她吵醒陸伊冉，謝詞安喝斥一聲，問她發生何事，葵兒才說明情況。

謝詞安急著要上早朝，便讓余亮帶人去附近尋找。

陸伊卓聽到這個情況後，也沒去武館，和七月一起出去找人。

陸伊冉睡醒後，聽方嬤嬤提起，才知此事。

她忙起身，帶上府裡所有的丫鬟、婆子，去平時裊裊會出入，或者可能去的地方，通通找了一遍，但依然沒有一點蹤跡。

余亮也到糕點鋪去看過了，甚至還派人到碼頭打探，仍是沒有一點收穫。

陸伊冉又讓人去京兆府，看是否有人報官，回來的人帶的消息也是一樣。

焦頭爛額之際，陸伊冉把陸伊卓叫過來就是一頓訓斥。「我問你，你對裊裊究竟是什麼心思？昨日對她說了什麼？她若出了什麼事，你跟我一輩子都不能安心！」

陸伊卓一言不發，半天才委屈地回道：「我什麼都沒說，只是語氣稍微重了些，她就受不了了。我對她本就沒有男女之情，是妳硬要把她塞給我的。」

陸伊冉神色一僵，臉色蒼白，猶豫地問道：「那你對誰有男女之情？難道是……坊院的那位林姑娘？」

「不是她！」陸伊卓氣急敗壞，倏地起身，想要離開。

陸伊冉追問道：「那是誰？」

「姊，妳別問了！」到最後，陸伊卓竟然紅了眼眶。

陸伊冉有些愣怔，她自己的感情一團糟，卻要介入弟弟的生活，心中越發自責。

當初她只是因為想救裊裊，見裊裊對弟弟有那種心思，就起了撮合之意。

可來了尚京大半年，陸伊卓從未在自己面前表明他對裊裊有那種心思，如果強逼他們在一起，只會害了兩人。

就如同她自己，全憑一人的付出，是維持不了多久的。

一輩子那麼長，感情是不能勉強的。

陸伊冉看他也有些內疚，一味地指責他也解決不了問題，遂語氣稍緩地說道：「卓兒，是姊姊不對，你的婚事姊姊也作不了主。我們找到裊裊後，如果她願意，我們剛好一起回青陽。你與裊裊清清白白，到時你想娶誰，我讓爹娘去提親，我們不入宮可好？你還有別的出路，姊姊回去後給你開個武館吧？你現在武藝精進不少，定會有學生上門與你學藝的。」

陸伊卓本要坐下的身子，又倏地站起來，大聲道：「姊姊，我再說一遍，我來尚京堅持這麼久，不是為了與你們賭氣，我一定要進宮入選侍衛，誰都改變不了這個決定！」說罷，頭也不回地出了陸伊冉的屋子，就連循哥兒喊他，他都不理。

到處找了都沒人，陸伊冉也是一籌莫展。

方嬤嬤知道她此時有身孕，不能急躁，前前後後安撫了一通。

為了肚子裡的孩子，陸伊冉草草用了幾口膳食，便又帶人繼續去找。

正無頭蒼蠅到處瞎找時，余亮把人帶了回來，一起來的還有表姊江錦萍。

原來昨晚裊裊無處可去，就搭著一戶人家的馬車，去了城外的江錦萍家。

人平安無事回來了，陸伊冉才暗鬆一口氣。

江錦萍今日是要來給鈴鐺換藥的，因此余亮把裊裊送回來後，又馬不停蹄地帶著江錦萍就要去往城外軍營。

陸伊冉心中過意不去，給雲喜使了個眼色。

雲喜臉上一紅，從廚房中拿出兩張春餅塞給余亮。

這一塞，讓余亮渾身有勁，腿也不軟了，咧嘴一笑，想找雲喜再說兩句話，可看到院門口的陸伊冉，又只好作罷。

屋中沒有旁人後，陸伊冉拉過裊裊，決定和她好好說說。

「伊冉姊姊，我昨日太衝動，讓你們擔心了，以後不會了。」裊裊緊緊抱住陸伊冉。她在尚京沒有親人，陸伊冉對她事事關照，冷靜下來後，她才知自己給陸伊冉添了多大的麻煩。

「無妨的，人沒事就好。冉冉，汪家出了命案後，也算敗落了，日後沒人會再強逼妳了。姊姊要回青陽了，妳可願和我一起回去？」

㚷㚷急了，緊緊抓住陸伊冉，像是抓住最後一根稻草。「伊冉姊姊，你們別不要我！」自從她娘親去世後，就再也沒人像陸伊冉這樣對她好過了。她想嫁給陸伊卓，一半的原因，是想多一個對她好的親人。

「傻丫頭，自從我讓人送妳來尚京那刻，就沒把妳當外人，怎會不要妳？卓兒他老惹妳生氣，妳做我的妹妹可好？妳以後就是我們陸家的二姑娘，再也沒人會欺負妳了。姊姊給妳找個心疼妳、不讓妳生氣的郎君。到時我會給妳備一份豐厚的嫁妝，妳不想認妳爹爹，陸家就是妳的第二個家，妳——」

㚷㚷哽咽不止，連忙打斷陸伊冉。「不、不！姊姊，我這輩子除了陸伊卓，誰也不嫁！我知道他心中有別人，我願意等他，他對我不是沒有一點感情的。」

陸伊冉喟嘆一聲，她心疼㚷㚷，柔聲勸解道：「㚷㚷，既然妳知道了，為何不放手？或許他更適合做妳的兄長。」

「兄長是嫂子的，只有夫君才是自己的。我知道我貪心，可我不想把他讓給別人。我繼母不給我飯吃時，只有他偷偷給我買餅；夏日太陽毒辣，我有洗不完的衣衫，是他為我擋住烈日，幫我晾曬；我繼母拿鞭子抽我時，也只有他會為我擋鞭子。除非我看見他娶了別人，不然我不會放手的。姊姊，妳不要勸我了，他想去哪兒，我就去哪兒陪他。」

陸伊卓立在院中，清清楚楚地聽到了屋內兩人的說話聲，心中不是沒有感動。原來義無反顧支持自己的不是家人，而是常常被他忽視的裊裊。

陸伊冉勸不了兩人，一個不撞南牆不回頭，一個硬要跟著南牆走。她心中苦澀，決定不再管兩人的糾葛。

清悅殿中，安貴妃正在與九皇子用晚膳。

九皇子不挑食，安貴妃給他挾什麼菜，他就用什麼。

見自己面前的菜都快堆成了山，趙元啟心中感動，挪過安貴妃面前的碗盞，為她盛滿一碗參湯。

「母妃，您也用。每日除了照顧兒臣，還要操心皇姊婚嫁的事，母妃您都瘦了。」

安貴妃心中歡喜，短短半年時間，自己兒子成長了不少，不再是往日的書呆子了，也知道關心身邊的事和人。

「母妃不餓，看著我兒吃得香，身子也長了不少，母妃比吃山珍海味還高興。」

九皇子近日身量長了不少，都快到安貴妃耳旁了。

安貴妃一臉笑意，輕輕撫上趙元啟的頭頂。

「有母妃陪著，孩兒也是吃什麼都香。」

安貴妃輕輕戳了戳九皇子的額頭，憐愛地說道：「會貧嘴了。」

「呵呵，皇姊教得好。」
母子倆玩笑一番，氣氛和諧，就連殿中的宮人們都感到溫馨。
晚膳後，趙元啟帶著小寧子去文淵閣找書。
他們剛出廂房，連秀就走了進來。
連秀走近安貴妃，輕聲道：「娘娘，錦淑儀在西廂房等著您，娘娘見還是不見？」
「不見，讓她回去吧，這個麻煩我惹不起。」
「是，奴婢現在就去回絕。」
陸伊冉待在府上覺得壓抑，想出去透透氣。府上的車伕以為她要去鋪子，正欲往御街去時，她卻讓車伕掉頭，去雲山寺旁的姻緣橋。
雲喜也是聽得一愣。
一到此處，一群小姑娘就圍著她們倆轉。
雲喜拿出糖果，一人一顆分給她們。
對於這些小姑娘們來說，這比過新歲還讓她們高興。
孩子們的爹娘以為陸伊冉是來收養的，她卻說只是來看看她們。
這些天真無邪的小姑娘們還不懂得離別，更不懂得自己被人挑來挑去，無力掌控的命運。

看著她們無憂無慮地踢毽子、翻花繩，感覺自己也回到了小時候，那時她是最快樂的，有爹娘疼，也不懂得人生的煩惱。

「夫人，您上次來過，我識得您，不過我不會告訴她們的。」一個長相清秀瘦小的小姑娘，大概五、六歲的樣子，穿著破舊，有著一雙大而黑的眼睛，此時正小心翼翼地看向陸伊冉，機靈又乖巧。

她這麼一說，雲喜也認出了她，屈膝蹲在她身前問道：「上次給妳爹娘銀子了，今日為何還要來此處？」

「是我自己來的，我想找一戶好人家，把自己送給別人。我祖母說，我弟弟有用，姑娘家就是賠錢貨，我不想讓爹娘賠銀子。」小姑娘好似做了錯事，低著頭，繼續解釋道：「我若被領走了，家中多一個人的口糧出來，我姑奶奶就不會餓得只剩下皮包骨了。」

陸伊冉聽得心中一酸，不是滋味，悄悄把一個鼓鼓的荷包遞到小姑娘手上，說道：「妳祖母說得不對，姑娘家很有用，而且大有用處。」

小姑娘拿到荷包後，眼睛一亮，立即藏進自己的袖口內。

兩人的說話聲驚動了周圍的人，雲喜怕人群又像上次那樣圍過來，忙讓陸伊冉離開。

上了馬車後，陸伊冉撩簾一看，就見那小姑娘機靈得很，已退出人群往家裡趕去。

看著那個丫頭懂事的樣子，陸伊冉一陣意難平。以她的微薄之力只能幫助一人，根本無法解決根源的問題。

如果這些小姑娘能學一門手藝和識字，她們有了用處，家人應當就不會隨意讓人把她們領走了吧？

就像裊裊，缺少了爹娘的疼愛。如果裊裊從小會識字、有手藝，想得到依靠的期待就沒那麼強烈，沒有了依靠，同樣也可以活得很好。

突然間，陸伊冉在心中做了一個大膽的決定。

離開姻緣橋後，她們並沒回府，而是去了長公主府。

長公主內心很感謝陸伊冉讓惟陽郡主改變很多，對她周到又熱情。

「不知夫人今日來找本宮有何事？」

陸伊冉鼓起勇氣，說道：「長公主，妾身今日冒昧前來，的確有個不情之請。妾身多謝長公主關照，馬場每月都給了妾身三成的商股。如今妾身想把這三成商股換成別的，不知可否？」

長公主見識過她的生意頭腦，一時也起了興趣，以為她又要提什麼新奇的生意經，忙問道：「妳想換什麼？」

「不知長公主可知雲山寺的姻緣橋？」陸伊冉淡淡一笑，問道。

長公主神色一怔，答道：「妳是說領童養媳那個地方？」

「是的，妾身想用一年三千兩銀子的商股，換成她們到您的女子學堂。她們不須學什麼六藝，只需要學會識字和刺繡即可。」

長公主的女子學堂剛剛開辦兩年，學生大多都是富貴官宦人家的姑娘們，出身低微的人家沒資格進入這個學堂。

陸伊冉這般突然的要讓平民孩子進她的學堂，長公主還是第一次聽說，不禁有些遲疑。

「長公主，您就當做做好事吧。這些女童雖然出身貧寒，可她們定會比別人更加努力的。同是女子，妾身只是想盡一點微薄之力，但對她們來說，卻能改變一生的命運。」

長公主沒馬上答應，只說考慮看看。

陸伊冉卻不想放棄，她想在自己離開青陽前完成這件事。「如果三千兩不夠，妾身願意每年再多給您二千兩，還請長公主三思，給她們一個機會。」說罷，陸伊冉起身，屈膝跪在長公主身前。

長公主一把拉起陸伊冉，驚訝地道：「夫人這是做什麼？快快起身！」

恰巧，這時惟陽郡主也走進來，還以為是自己母親在欺負陸伊冉，當即就像護仔似的瞪向母親。

聽陸伊冉解釋後，惟陽郡主當場表態支持，聲稱自己也願意出這銀子。

長公主被自己的女兒纏得無奈，說晚上和淮陰侯商量後再答覆。

長公主都答應了，淮陰侯那邊就更好說話了。

陸伊冉和惟陽郡主高興得緊緊抱成一團，看得長公主搖頭嘆氣。

第二十六章

陸伊冉一出長公主府，馬車剛剛駛出坊院，就見一輛馬車跟在她們後面，出了官道後，那馬車直接把她們逼停在路邊。

隨後，那輛馬車裡的人撩開紗簾下車，露出一臉狐狸的笑容，彬彬有禮地道：「陸娘子，好久不見。」

陸伊冉轉身一看，就見闞詔一臉笑意地立於自己身後。

「陸娘子，妳讓闞某實在好找啊！」闞詔往陸伊冉身邊靠近了幾步。

雲喜忙攔住他。「游掌櫃，還請您止步。」

「我不姓游，我姓闞。今日我就坦白地向陸娘子介紹一下自己，鄙人來自西楚闞家，今年二十有三，有妾還無妻。」至於生意上的事一字不提。

闞詔此時的口氣像極了保媒的媒婆，聽得陸伊冉和雲喜都是一愣。

由於不知道他究竟要幹什麼，因此兩人也更加謹慎起來。

如果說在青陽的某個街衢碰到面，還有可能是巧遇，可他人都到了尚京，還把她們堵在路上。

陸伊冉不想再猜，冷聲道：「闞掌櫃也算是謙謙君子，這般大費周折地把妾身堵在路邊，實在不像你往日優雅的作風。如果是生意上的事，正大光明去府上找妾身，妾身自會好生招待，何必做得這般出格？」

關韶把手上的玳瑁摺扇倏地一合，苦惱道：「沒辦法，他把妳藏得太好了，我找了幾個月，才終於能見到妳的人。」

陸伊冉怔住，心想難道他說的是謝詞安？為何謝詞安從沒告知過，關韶找過她？

「在青陽，陸娘子受傷昏迷時，妳父親曾答應過我的條件，但卻遲遲不肯兌現，我只有不辭辛勞地找到尚京來了。」

陸伊冉心中一咯噔，暗道原來她上次能得救，果然沒有他們說得那樣簡單！

半信半疑間，陸伊冉猶豫地說道：「關掌櫃不妨把事情說清楚。」

「上次妳的命是用我手上的月支草救的，我的條件就是，要娶妳為我的正妻。當時謝侯爺也在場，妳父親拿了我的藥後，不但沒有兌現承諾，到後來甚至連妳的人我都找不到了。」

陸伊冉不敢相信地看向關韶，從沒有人告訴過她，她的命是關韶救回來的，而且條件還是如此荒唐！

「關掌櫃想要什麼樣的妻子沒有，何必拿我這個已成了婚的婦人打趣？」

關韶一臉嚴肅，正色道：「如果只是為了打趣，關某我何須追到這麼遠來？關某的後院，急需要一位陸娘子這樣的後宅主人，既不會拈酸吃醋，更不會管自己夫君的後院事，在生意上還能助我一臂之力。陸娘子嫁我後，可以自由出府，妳陸家的生意我也不管。如果妳願意幫我打理生意，條件可以隨意提，只要合理，闕某絕不會推辭。」

剛剛還一臉訝異的陸伊冉，突然間靈光一閃，快速衡量過後，微微一笑，心中已做了決定。

她與謝詞安已和離，這正是可以脫離他的好機會，且日後肚子裡的孩子出生了，也沒人會再說東說西，她爹娘也不會感到難堪。到了西楚，新帝登基後，她還可以把陸家人都接到西楚去。有闕家這層關係在，皇后謝詞微的手也伸不了這麼遠。

老天在她迷茫無助時，再一次給了她重新選擇的機會，何樂而不為？

但她不能讓闕韶看出自己的困境，以免日後成為他拿捏自己的把柄，因此打算先假意推託，再試探一番。

「闕掌櫃沒有糊塗吧？我可是已成婚的婦人，當不了你的正妻；何況你能過得了你長輩那一關嗎？」

闕韶的桃花眼一眨，爽朗笑道：「我說當得就當得！妳的條件正合我祖父和祖母的意！」眼看陸伊冉依然不表態，闕韶趁勢再添一把火。「況且妳與謝侯爺的關係，能好到哪裡去？不然都回尚京了，妳為何不回侯府？不就是不想與謝家的人有牽扯嗎？何必為了一個不值得的男人，困在尚京一輩子呢？和我到西楚去看看，我們金陵的風光宜人，地域遼闊，不比尚京差。」

關韶急於娶自己，理由定不會像他說的這般冠冕堂皇，背後一定還有別的陰謀。求財嘛，西楚關家她早就聽說過了，富可敵國，她手上的那點錢根本入不了關家的眼。如果說關韶貪圖她的容貌，她就更不信了，畢竟連阿依娜那樣的尤物都拴不住他的心，他豈會費盡心思，跑這麼遠來找她這個已生育過孩子的婦人。

兩人相互利用，是利益關係，她也不是真心要與他過日子的，並不想深究。關韶給了她這個機會，她緊緊抓住就是。

「沒想到關掌櫃不僅在生意場上如魚得水，在後院也比女人還了解女人，不愧是在女人堆裡成長起來的男人。」

「哈哈哈，果真是有趣的女子！和陸娘子說話，就是讓人開心！這輩子——」

陸伊冉趁熱打鐵，搶過主導權。「話別說得太早，這輩子想要與我有關聯，必須答應我的條件。」

「好，妳說。」

陸伊冉下意識地摸了摸自己的小腹，心中越發堅定這個決定。「既然關掌櫃這麼坦誠，那我也就沒必要再遮掩，我可以答應你去西楚，你的事我一概不管，但同樣的，我的事你也不能過問，如何？放心，不會影響你關家的生意和名聲。」

「好，陸娘子這麼聰慧，做事自然有分寸。」

陸伊冉見關韶並沒為難自己，繼續說道：「繁文縟節直接略過吧，我的嫁妝一年後才能運到西楚，重要的陪嫁我會隨身帶著。」

關韶不缺錢，這些錢財之物他也不在意，當然不會計較。

於是，兩人就這樣草率地定下了雙方的婚事。

謝詞安早撤了陸伊冉身邊的暗衛，因此自己牆角被撬，前妻被截胡一事，他自然不知情。

那晚陸伊冉發洩一通後，他也不敢再明目張膽地靠近她，只要能遠遠地看著她就行。近了謝詞安怕陸伊冉煩他，遠了他又怕陸伊冉徹底離開他的視線，他不放心也捨不下。過兩日謝詞安又將去丘河了，這段時日他儘量不去惹陸伊冉，就怕她一氣之下，執意回青陽。自己不在尚京，他怕她鬧起來，別人攔不住。

趁著這幾日，他把緊急的公務處理好，再吩咐下去，晚膳也將就在衙門用。

快到亥時，童飛風塵僕僕地走進來，神色有些疲憊。「侯爺，屬下失職了，讓那人跑了。」他屈膝跪在謝詞安身前，一臉愧意。

謝詞安的手一抬，淡淡道：「起來吧，無須自責，你已經盡力了，他的功夫本就深不可測。」

正月初一皇家祭祖時，謝詞安的人發現，有人一直尾隨在御林軍後面。

起初，謝詞安以為又是秦王的人，後來仔細一打探才知，那人想要接近的是皇后的鳳輩。

聽人回稟後，謝詞安大致已猜到了此人的身分。

去年他派人深夜圍剿如煙閣時，就懷疑此人不會輕易被殺。

此人正是如煙閣的閣主祝北塵，他本是謝詞安的父親謝庭軒手下的副將，從小就跟著謝庭軒。後來因為對謝詞微有了不軌之心，被謝庭軒趕出軍營。

謝詞安再見他時，他已是如煙閣的閣主，私下與謝詞微一直有來往。

正月十五那晚，祝北塵不死心，晚上又乘機靠近華陽宮，發現有人跟蹤後，連夜逃出尚京，謝詞安遂派人追捕。

「侯爺，如果他再溜進尚京，被御林軍的人抓住，只怕會對娘娘不利。」

謝詞安放下手上批閱的公務，沈思一瞬後，說道：「此人不會如此莽撞，只怕近日不會再進京了。華陽宮有我的人，到時他們若在宮中做出損壞謝家名聲的事，是沒命再出皇宮的。過兩日我又要去丘河了，他應當會趁此期間再入宮中，不要打草驚蛇，儘量拖到我回來再處理。」而後，謝詞安神色凝重地交代道：「切記一點，不要讓他靠近惠康坊。」

「是，屬下此次不會再讓侯爺失望了！」陸伊冉已在他手上出了兩次事，童飛心中愧疚，暗暗發誓定要當好差。

華陽宮。

謝詞微自從上次接到祝北塵的消息後，就一直未見到他的人。她心中高興他還活著的同時，也擔心他為何遲遲不來找自己？

她與祝北塵在宮外幽會的地方，就在她流螢坊的鋪子後院，她也去過幾次，就是不見他的人。

這幾晚她都徹夜難眠，但等到天亮也未見他的蹤影。

謝詞微與祝北塵是青梅竹馬，從小兩人就互有情意，無奈身分懸殊，當年兩人被謝詞微的父親拆散後，祝北塵含恨之下就入了如煙閣。

等他憑自己的能力當上如煙閣的閣主，再找到謝詞微時，她已是大齊的皇后。

祝北塵本以為此生兩人再難續情緣，想徹底放手，沒想到如煙閣卻接到了刺殺皇上的任務。

他再次與謝詞微重逢，兩人舊情復燃，這些年來兩人一直保持著這種見不得光的關係。

謝詞微進宮後，在權勢和利益的驅使下，爭強好勝、野心勃勃，心中純粹的東西幾乎全沒有了，除了對自己的兒子及祝北塵外。

這些年她的每一次暗殺用的都是祝北塵的人，甚至自己培養的暗衛也是祝北塵幫她挑選的。

在宮中被皇上冷落的日子，她也沒虧待自己，就與祝北塵在宮外幽會。

「娘娘，已經三更天了，您快歇息吧。」

「方情，明日我們再出宮看看，他說不定出了什麼意外。」謝詞微一臉憂心，也不顧連日頻頻出宮會惹人懷疑。

「娘娘，人人都盯著華陽宮，我們連著數日出宮，若是被人抓住把柄可如何是好？」方情的話，讓謝詞微恢復了些理智。

她急於想見到祝北塵不全是為了私情，她手上現在沒有可用的人，祝北塵在這個時候歸來，正好可以一解她的燃眉之急。

這半月來，孝正帝讓九皇子去奉天殿聽政，謝詞微早就動了殺心，只是苦於手上沒有可用之人，否則她早動手了。

她如今就想讓皇上早些下詔廢太子，詔立趙元哲為太子。結果這件事沒解決，另一件事又冒了出來——

謝詞錦竟然懷了身孕，已有六個月。她瞞著所有人，若不是昨日的一次意外，自己至今都還被蒙在鼓裡。

進宮時，謝詞微就警告過她，瑞王的大業沒成之前，謝家入宮的姑娘都不能有子嗣。誰知，謝詞錦竟騙了她！

謝詞微怎可能讓她的孩子留在世上？她與謝詞安已有了矛盾，就怕二弟最終棄自己的皇兒，而選擇謝詞錦肚裡的孩子。

同樣都是謝家的女子，無論扶持誰，謝家的名聲和地位都撼動不了半分。

聽說，昨日謝詞錦竟然還去過清悅殿，試圖搭上安貴妃，背叛自己。所以現在，謝詞微對謝詞錦也起了殺心。

當初她答應謝詞錦入宮，是想利用謝詞錦的美貌來奪安貴妃的寵，現在倒好，寵沒分走半點，還給她添了這麼大的堵！

亥時，謝詞安回府時，意外地發現陸伊冉特意為他留了燈。

理智讓自己離開，可腿卻不答應，抑制不住衝動地邁步跨了進去。

陸伊冉抬頭一看，隨即放下手上為循哥兒縫製的衣袍，柔柔一笑。「侯爺，你回來了。可用過晚膳了？」

今日她破天荒地對他笑顏以對，謝詞安一愣，突然有些心慌，回道：「用過了。」說好要遠離陸伊冉，但一看到她的人就挪不動步子，見不得她勞累，再大的決心也是白搭。「晚上傷眼睛，別縫了。」謝詞安本來坐在床榻對面，但陸伊冉身上好似有根無形的鈎子，總能輕易地把他給勾過去。趁著看睡在床榻裡側的循哥兒時，他坐到陸伊冉身邊。「特意等我，可是有何事？」

陸伊冉笑容一滯，目光盈盈，輕聲問道：「侯爺，我就想再問問，上次中毒，真的是安軍醫救的我嗎？」

聽她冷不防問起這事，謝詞安神色一頓，有些心虛，卻面不改色地說道：「妳可以不信我，但不能不信安子瑜的醫術，那日鈴鐺就是最好的例子。」

陸伊冉心中冷笑，決定不說破，成全他這點體面。隨後，又繼續問道：「那，侯爺何時去丘河？」

謝詞安以為她又要提回青陽的事，沈默半晌，謊稱還有公務沒辦完，不確定日子。

見他推託不回答，陸伊冉也沒再堅持。

謝詞安心中大大地鬆了一口氣，誰知，陸伊冉又向他提出了另一個要求。

「侯爺，我想問你要兩個人。」

「何人？」

「碧霞和如風。」

謝詞安半天未答，一臉疑惑地看向陸伊冉。

知道他多疑，為了打消他的顧慮，陸伊冉主動解釋道：「上次你去丘河發生了那樣的事，我也怕了，就想留兩人在身邊，心中踏實，這樣也不用擔心。」

謝詞安依然沒有鬆口。「放心，就算我人不在尚京，妳也不會有事。」她突然這般，只會讓謝詞安更加謹慎。

陸伊冉不得不耍起小性子，嬌嗔道：「你答應我的，只要我高興，什麼事都依我！我出府巡鋪子，讓童飛一個男子跟在我身邊，多有不便，你就把兩人給我吧！」

見她難得露出女兒家的嬌憨，謝詞安心中柔軟，周身流起一陣暖流，疑惑也隨之消失。

他拉過陸伊冉小巧的雙手，緊緊攥在自己手中，捨不得放開，又移到自己嘴邊，低頭吻了吻，一臉溫柔地輕聲道：「好，我答應妳就是。」

有事求他，陸伊冉也只好由著他。「那你把她們的賣身契給我，我才相信，不然我的一舉一動，又變成了你案桌上的一疊信報，沒有一點秘密。」

謝詞安哪知她的小心思？看她興致高漲，願意在自己面前提要求，當即就答應了下來。

童飛第二日就把碧霞和如風的賣身契給了陸伊冉。

三日後，謝詞安離開尚京。

臨走前一晚他回府時，陸伊冉早已熄燈歇息，謝詞安不想打擾她，只在她的廂房外徘徊了一陣後就離開了。

早上走時，想到有半個月見不到她，心中不捨，還是厚著臉皮進了陸伊冉的房裡。

看到母子倆香甜的睡顏時，覺得心中滿足踏實。

謝詞安彎下身子，低頭吻了吻母子倆的額頭，又碰了碰陸伊冉的嘴角，對她悄聲道：「在家等我回來。」

陸伊冉在謝詞安轉身那一刻，睜開了雙眼，淚水漫過眼眶。

像是解脫，也像是在做最後的告別，喃喃道：「謝詞安，我不會再等你了，一切都結束了。」

她答應過闞韶，十日後就隨他離開尚京，去金陵。

這一次，她不得不丟下循哥兒。

等她到西楚金陵站穩了腳跟，再來接他。

這是一步險棋，走好了可以擺脫她的一切困境，如果是個圈套，大不了她自己涉險。

這幾日，陸伊冉不眠不休，為循哥兒趕製了兩套夏衫和冬袍。

她害怕一年後，循哥兒會忘了她。至少在他穿衣衫時，方嬤嬤和阿圓總會提一句「這是你娘親縫的」。

衣衫不用特意收拾，之前準備回青陽時，她就已經收拾好了。

她不能告訴任何人，目前只有雲喜知道實情。

屋中只剩下雲喜時，陸伊冉把她叫到身邊，語重心長地道：「此次我一人前去，妳們三人都留在尚京照顧好哥兒。」

雲喜小聲地哽咽道：「不，奴婢要陪著姑娘，姑娘去哪兒，奴婢就去哪兒。奴婢從沒與姑娘分開過，我們也不能分開。」

「妳留在尚京照顧哥兒也是一樣的，不必執著，我已做了決定。」

「姑娘，奴婢如何不知您的打算？您怕那邊有危險，不想讓我們涉險。您對我們的心意，奴婢如果不明白，和那沒有感情的木頭又有何區別？您讓阿圓和嬤嬤留下吧，無論如何您不能丟下我，身邊若沒有自己人，做事將難上加難。如果您去那邊出了……奴婢還能獨活嗎？不說老爺會如何罰我，就是侯爺只怕都不會放過我。」

說到動情處，主僕兩人眼眶微紅。

雲喜說得不假，她一直照顧著陸伊冉的起居，也是陸伊冉的心腹。

陸伊冉有什麼事，瞞得過阿圓和方嬤嬤，就是不會瞞著雲喜。

以謝詞安的手段，不能對她如何，但是不會輕易放過雲喜的。

「好，我帶上妳就是。我們一起長大，妳和阿圓早已是我的姊妹。阿圓的性子不適合爾虞我詐的環境，妳的確能幫我良多，是福是禍我們一起闖。」碧霞和如風畢竟是謝詞安的人，短時間內是不能交心的。

離開的前一日，陸伊冉陪著循哥兒在院中玩了一整日，目光緊緊跟著兒子小小的身子，強顏歡笑地逗著他。

「娘，我們明日去鈴鐺姊姊家好不好？」

陸伊冉把循哥兒抱到懷裡，目光慈愛，歪頭親上他的小臉，輕聲哽咽道：「如果明日你找不到娘親，娘親定是有事出府了，你就乖乖在家……等娘親。下雪的時候，娘就回來接你。你要乖乖用膳，乖乖聽姑姑和嬤嬤的話，知道嗎？」

循哥兒眨著一雙單純清澈的眼睛，愣愣地看著陸伊冉。

他才三歲，不懂離別，更不明白娘親眼中的哀傷，只記住了娘親有事要出府，不帶自己，因此執著地說道：「循兒找不到娘親，想哭。」

「那你……替娘好好哄哄循兒可好？」陸伊冉將下巴輕靠在循哥兒頭頂，早已淚流滿面。

「好。」

次日，天空剛露出一抹魚肚白，陸伊冉已穿戴好衣裙，準備出發。

不捨地看向床榻上的循哥兒，直到雲喜在一旁提醒該走了，她才硬下心腸，收回目光，大步出了閨房。

阿圓和嬤嬤都以為她們只是要去雲山寺燒香拜佛，只簡單地交代了兩句。

阿圓把手爐遞給陸伊冉時，還抱怨她每次出門總帶雲喜。

方嬤嬤貼心地為陸伊冉備好了路上可以吃的糕點。

雲喜昨晚就悄悄把行李搬上了馬車，阿圓和方嬤嬤兩人都沒發現異樣。

無論她們倆說什麼，陸伊冉都不作答，怕一說話就要露出破綻。

童飛就在馬車邊，他見碧霞和如風跟上馬車，才轉身回府。

上了馬車後，陸伊冉隔著紗簾對兩人交代著，定要照顧好哥兒。

方嬤嬤聽得一愣，平時陸伊冉出門，從不會特意說這一句。

在車上的碧霞和如風也是一臉不解，只是去個雲山寺而已，為何要帶這麼多行李？

一個時辰後，馬車停在雲山寺腳下。

關韶早已等候多時，他彬彬有禮地向陸伊冉施禮。

陸伊冉沒與他多言，只神色堅定地道：「關掌櫃，出發吧。」

不經意間，她的目光看向姻緣橋的方向，欣然一笑。

長公主已答應讓那些小姑娘們入學，並把三千兩銀子原封不動地退了回來。

聽說教她們識字的不是別人，正是惟陽郡主。

想到此，陸伊冉有些好奇，惟陽郡主做女先生會是什麼樣子？

其實尚京有許多美好的東西，她數都數不過來。只是，自己到了不得不離開的時候。

陸伊冉放下紗簾，臉上也沒有了剛剛的溫柔和輕鬆。

這時碧霞才發現了不對，她身邊的如風昏昏欲睡，撩簾一看，從府上出來的馬伕也歪在一邊。

關韶的人把那馬伕抬到一邊去，換成另一位稍年輕的小廝坐上了馬車。

馬車緩緩駛向官道，關韶的馬車也緊跟在後面。

「夫人這是要去何處？侯爺可知道？還有，您給如風吃了什麼？」

陸伊冉一臉鎮定，平靜地看向碧霞，隨即從身邊的箱籠中拿出兩張賣身契，開口說道：

「妳們如今是我的人了，謝侯爺把妳們給了我，我就是妳們的主子。我與謝侯爺早就和離，如今我要去西楚另嫁他人，妳和如風以後只能聽命於我。」

碧霞一臉震驚地反駁道：「不可能！侯爺只讓我們好好保護您，並未……」她一臉震驚，看向陸伊冉和雲喜，喃喃出聲。「原來妳們早就計劃好了。」

陸伊冉擲地有聲地道：「是，我早就安排好了。我們的行蹤妳不可洩漏給謝詞安，否則如風就永遠別想拿到解藥！」

「夫人這是為何？侯爺把您看得——」

「夠了！以後別在闗掌櫃面前提起謝詞安了。此去西楚一切未知，我和雲喜還要拜託妳們二人，只要妳們能好好幫扶我，我不會虧待妳們的。」

既上了這趟車，碧霞也只能認命，謝詞安的命令她不敢忘，如風的安危她也要顧及，只得咬牙接下這個任務。

丘河軍營。

謝詞安到達丘河五、六日後，始終沒有收到陸伊冉母子倆的消息。

他心中牽掛，總會時不時地想起。

臨走之前他特意囑託過童飛，府上有要緊事，可以用飛鴿傳書給他。

此刻他身邊的趙元哲又來找他切磋武藝，這次倒是他沒了興趣。

「舅舅，你回尚京這一個多月，我日日練習，就想著通過了你這三十招，好早些回京，結果你倒好，一招都不願接。還有九兒也是，給我寫的信，不多不少，剛好八十個字，往日三頁都不止呢！不過我不怪她，她如今當了女先生，我真替她高興。」趙元哲一面抱怨，一面喝著熱茶，開口閉口的「九兒」。

謝詞安被他吵得腦仁疼。

「我就知道我的九兒心地最好了，教的還是平民的孩子呢！」

這下子謝詞安有點聽不下去了，明明這一切都是他夫人的主意，要說心地好，那也是他的夫人心地最好。想出聲反駁趙元哲兩句，又覺得自己有失穩重，何必和這個半大的少年爭論？他的冉冉好，他自己知道就行，不必宣之於口告訴別人。

謝詞安嘴角微揚，心情也雀躍起來。

那日長公主找到他，說他夫人向她請願，想讓那些姻緣橋的女童去她的女學堂讀書識字。

長公主怕引起那些名門望族們的不滿，所以特意來徵詢謝詞安的意見。

謝詞安除了震驚，更多的是欣慰。

很多人都同情那些不被爹娘重視的小姑娘們，只有他的夫人敢突破，跨出第一步，把她們引薦到長公主的女子學堂。

當時，他想也沒想就答應了下來，並承諾這些費用由他一人承擔。有他的皇城司出面，在尚京城也沒人敢造次。
想到這些與陸伊冉有關的事，他心中又多了一絲溫暖和慰藉。
但趙元哲只顧著念叨他的王妃，有些打擾謝詞安處理公務了。
謝詞安捏了捏眉心，淡淡道：「殿下，臣還有要事得處理，你實在想找人切磋，去找孫宜吧。」
「那不行，我接他三十招，他又不會放我回京。」
謝詞安實在受不了他的纏磨，淡淡道：「殿下此次就隨臣回尚京吧。」
「舅舅，你說的是真的？」趙元哲像是被螯了一口似的，跳起來確認。
看到一臉笑意、心思良善，與自己母親的品性天差地別的外甥，謝詞安忍不住唏噓；又想到自己長姊做的荒唐事，心下對趙元哲更加憐惜。眼看趙元哲的半隻腳已踏出大帳，謝詞安輕聲喚道：「殿下……」
「舅舅還有何事？」趙元哲轉身詢問。
「……無事，去吧。」到了嘴邊的話，也只能嚥下。
書案上的諜報全是公務，有尚京的、有陳州的、有池州的、有汝陽的，都是匯報軍營狀況，就是沒有等來他想看的。
與將士們巡邏完後，余亮終於收到了謝詞安等待許久的書信。

陸伊冉熟悉的字跡出現在謝詞安眼前，他像一個懷春的少年，臉上盡是說不出的柔情和欣喜，小心翼翼地拆開，信中卻是陸伊冉棄他而去，絕情另嫁的決定。

謝詞安第一次感到自己的天塌了，他以為只要自己夠努力，總有一天會讓陸伊冉回心轉意，誰知，她卻以這種方式決絕地離去。

謝詞安的心口好似被剜了一大塊，痛得他整個人無力地滑進圈椅裡，心口的痛意啃噬著他最後一點清醒的理智，突然，他像瘋了一般地衝出軍營。

「給我備馬，我要回尚京！」

余亮連忙跟了出來，問道：「侯爺，究竟發生了何事?官船要半月後才會來接我們，這黑燈瞎火的，到底要去哪裡？」

兩人的說話聲，也驚醒了旁邊的趙元哲和他的副將孫宜。

謝詞安看到越來越多的將士們出了軍營，慌張地向他圍攏過來，這才意識到自己的行為有多莽撞。他頓時清醒過來，暗暗告誡自己，不能因為自己一人而擾亂軍心，製造恐慌。

讓余亮驅散眾人，謝詞安又回了軍帳裡。

躁動不安的軍營，這才恢復平靜。

一整夜，謝詞安就倚靠在圈椅裡，整個人毫無生氣，目光無神，不出一聲。

余亮知道尚京定是出了事，也不敢出聲詢問，就陪著謝詞安一坐到天亮。

「侯爺，不管發生了何事，身子要緊。您不為自己考慮，也得為哥兒考慮。」

聽到余亮提及循哥兒，謝詞安眼中又有了幾分生氣。陸伊冉信中說，循哥兒先留在尚京，一年後會回來接他。

想到循兒一人在尚京，身邊既沒爹又沒娘，定會傷心，他心中更痛，腦中也清醒了不少。現在還不是他難過的時候，就算為了循兒，他也不能放棄陸伊冉。

謝詞安調整好自己的情緒後，艱難地開口道：「給林源傳信，要他派人去西楚金陵關家，聯絡上碧霞和如風，保護好夫人的安危。還有，備我的私人客船，回尚京，即刻。」

余亮不敢有片刻怠慢，轉身就去辦。

在信裡，陸伊冉只說她要嫁給別人，謝詞安猜到那人應當就是關韶。

關韶的人跟蹤他和童飛多次，是他掉以輕心了，以為只要讓陸伊冉少露面，關韶的人就找不到她。

他以為只要拖到明年，陸佩顯調回尚京，關韶就再也找不到陸伊冉了，這些都是他提前計劃好的。

但是他太過自信了，無論對事還是對人，覺得一切都在他的掌控中，殊不知，從他手中偷偷溜走的，恰好是他用心守護的愛妻。

那幾日，謝詞安撤回了陸伊冉身邊的暗衛，沒想到卻讓關韶鑽了空子。

他此時就算直接去西楚把陸伊冉帶回尚京，也依然喚不回她的心。

謝詞安記得之前陸伊冉曾問過他，如果他的長姊要殺害九皇子和安貴妃，他會如何做？

那時他是逃避回答這個問題的，因為他心中早已選擇了扶持六皇子趙元哲。可經過了這麼多事，他的決心也開始慢慢動搖了，只是遲遲沒有表態而已。這一次，他想為了陸伊冉，為了他自己的幸福，更為了大齊的穩定，把家族利益放在身後一回。

他現在早已能掌控朝中的勢力平衡，又有何畏懼的？

從尚京出發，經過二十多日的長途跋涉，終於到達西楚的都城金陵。

馬車駛進關家大宅，陸伊冉被關韶安置在一個叫青蓮閣的正院。前兩日，關老太爺和關老太太就接到了關韶的書信。

一路上，陸伊冉吃得好、穿得好，只是到了夜深人靜時，身邊沒有那個小小的身子，思念瘋漲。

到了晚上，她才敢正視自己的疲倦與迷茫，而白日，她又成了那個一臉堅定、能與關韶侃侃而談的陸娘子。

雲喜的心則是提到了嗓子眼，一路就怕有人看出陸伊冉懷了身孕。

在路上近一個月，陸伊冉的小腹肉眼可見的微微隆起。

為了不被人懷疑，陸伊冉讓雲喜在自己的肚子上纏了一圈又一圈的布。

雲喜既心疼，又無奈。

包括碧霞和如風都沒看出一點破綻。

兩人對陸伊冉的怨言已達到頂點，可又不敢明說，畢竟保護好她的安危，是她們的首要任務。

「來了西楚，妳們便和雲喜一樣是我房中的丫鬟，不是什麼侍衛，衣著和雲喜的一樣。雲喜給妳們備了衣裙，去換了吧。」

兩人有些不情願，尤其是如風，她本就對陸伊冉藥暈她一事耿耿於懷。

碧霞還知道變通，可如風的性子早就和男人一樣，不願穿這樣扭扭捏捏的襦裙、褙子。最後還是在碧霞的幾次催促中，才不情願地換了一身長襖。

「稍後我們要去拜見關老太爺和關老太太，以及其他的長輩。尤其是碧霞和如風，妳們兩人儘量收斂些，不能讓人看出妳們會武藝。」

「是。」

碧霞和雲喜溫聲應下，只有如風不願回應。

陸伊冉懶得與如風計較，只說道：「如今我才是妳們的主子，不聽話的丫鬟，我不費力，只費藥。」

如風想起自己一路上都是昏昏沈沈的，心有餘悸，偏對陸伊冉又打不得、罵不得，不禁氣憤地問道：「夫人，您何時給我解藥？」

「這裡沒有夫人，我說過了，在這裡要喊我姑娘。妳又犯錯了，今日的解藥也沒有了，就暈著吧。」

果然，剛剛還生龍活虎的如風，不一會兒又昏昏沈沈地睡在床榻上。

「雲喜，幫我梳妝。」陸伊冉淡淡地道。

「是，姑娘。」

碧霞看得瞠目結舌，這還是那個溫柔賢慧的夫人嗎？

陸伊冉並不是嚴厲的主子，可以說在她眼中，根本就沒有主子與奴婢之分。

如今到了西楚，身邊還放著兩個不貼心的丫鬟，若讓旁人看出端倪，她想在關家站穩腳跟就更難了。

像關家這樣的大戶人家，一大家子是不好對付的。她若連一個倔強的丫鬟都收拾不了，如何在這樣的深宅大院待下去？

她在路上就讓雲喜與關府的小廝大致打探過，多的情報沒有，只知道關老太爺有六房兒子。單這一個消息，就知道關韶的正妻是不好當的。

雲喜幫她梳好髮髻，換好衣裙後，關老太太派來帶路的人，就在外面催促了。

「陸姑娘，午膳已好了，老太太和老太爺讓奴婢來請您過去。」

陸伊冉一個眼色，雲喜忙撩簾而出，手中抓了一把碎銀塞到那丫鬟手中，和顏悅色地說道：「這位妹妹，我和我家姑娘新來乍到，什麼都不清楚，煩請妹妹在前面幫忙帶路。」

「姊姊客氣了，都是奴婢應當做的。」

陸伊冉穿著一件正紅色對襟褙子，梳著墮馬髻，頭戴紅寶石步搖，耳掛一對瑪瑙耳璫。坐在銅鏡前攬鏡自照一番，確定妥當後才起身。

碧霞看得一愣，心想難怪侯爺那麼疼她，可惜了，這面如桃花一樣的美人，就要嫁給那個風流的關掌櫃了。

恰巧，如風也在這時醒了過來，表情和碧霞一樣。

還是陸伊冉提醒了一句「走吧」，兩人才跟在她身後出了門。

雲喜和前面帶路的丫鬟聊得很起勁，把關家的幾房情況都問得明明白白。

第二十七章

關老太爺和老太太住的院落，叫仰月堂。

正廳中，男女席分開，偶有說話聲，可隨著陸伊冉進廳堂的那一刻，大廳頓時安靜下來，眾人齊齊看向陸伊冉。

陸伊冉一襲紅衣，端莊貌美，落落大方地對女席和男席分別屈膝施禮。

舉手投足間，把大家閨秀的風範發揮得淋漓盡致。

由穿著打扮，也能看出她對此次見面的重視。

關韶見她打扮得煥然一新，不禁愣了愣，都有些認不出了，直到關老太爺提醒，他才把陸伊冉引薦給各位。

一一見禮後，老太太讓陸伊冉坐到她的左手邊。

之前這個位子，可是她喜愛的三房孫女的，如今孫女出嫁了，位子便一直空著。

陸伊冉一來，就讓老太太這般看重。

幾房女眷心中紛紛不平，但鑑於老太太在場，也不敢造次。

老太太收回對陸伊冉的打量目光，柔聲問道：「韶兒說，妳家是做綢緞生意的，不知姑娘平時會不會打理自家生意？」語氣溫和，卻帶著幾分審視和考驗。

「回老太太的話，伊冉平時除了幫我娘親算帳、巡店外，自己還研究了一些新的門路。」

「哦？是如何新法，也說出來讓我們開開眼界。」

陸伊冉微微一笑，大方地回道：「只怕要讓老太太和各位夫人們笑話了，自家吃不完的果子，又捨不得浪費，就按照客人們的口味，冬日做糕點，夏日做消暑湯和香引子。客人們喜歡什麼，就做什麼。」

老太太撥了撥手上的青玉手串，淡笑道：「倒是心靈手巧，知道投其所好。」

男席這邊，坐的都是闕老太爺的子孫們。

雖看似無人在聽陸伊冉和老太太的談話，他們提的都是生意上的事，但實際上，人人都豎起耳朵，想聽聽陸伊冉一個外來女，究竟有何本事能做闕韶的正妻？

闕老太爺六十多歲，精神矍鑠，臉上表情平淡。

闕韶卻有幾分緊張。

對陸伊冉有了初步的了解後，老太太並沒停止，又繼續問道：「既然妳家是做絲綢生意的，如果我們闕家也想開拓這條生意門路，可西楚人不愛絲綢，冬日穿皮衣、錦袍，夏日只有兩、三月，穿的是紗絹，妳覺得該如何做？」

「回老太太的話，如果單說生意，伊冉不該在老太太面前胡言，但如果是說客人們對料子的喜好，伊冉倒是可以與大家閒聊一二。西楚人不喜歡絲綢，是不喜歡它的涼和滑，因為西楚氣候偏冷，手感上就讓人排斥。客人們不喜歡絲綢布料，那我們可以賣成衣。縫製成客人喜歡的樣式，或在成衣上繡客人們喜歡的花樣，讓客人忽視這個料子，讓他們第一眼就能被吸引。大部分人對第一眼就相中的東西，是拒絕不了的。」

她話音方落，老太太就一臉喜色，滿意地說道：「觀察細微，知道以不變應萬變，好，不愧是韶兒看中的姑娘。」

關老太爺微微頷首，淡淡一笑。

關韶知道，陸伊冉在自己祖父母面前這第一關，算是過了。

然而關家的其他人，對陸伊冉均是敵意滿滿。

關韶的大伯母汪氏首先發難，說道：「母親，我們關家的媳婦，還從沒有過外族人。韶兒年輕不懂事，母親可要好好替他把把關，否則日後有了子嗣，血統就不純了。」

老太太目光狠戾地瞟了自己的幾個媳婦，冷喝道：「陸姑娘是漢人，血統如何就不純了？」

說者無心，聽者卻有意，這話把關韶嚇得一激靈。陸伊冉是漢人，可他的別院還有一個不是，且如今還懷著身子。他心想，得趕緊想法子和陸伊冉大婚，有了自己的嫡子，這樣阿依娜和孩子才能留在關家。

於是，關韶自顧自地接過這個話題，為陸伊冉解圍。「天家的五皇子都能與大齊通婚，我為何就不能？我是大齊的女婿，有了這重身分，我們關家的生意就能更好地拓展至大齊。」

一直沈默的老太爺終於開了口，難得在眾人面前誇讚晚輩。「嗯，總算是高瞻遠矚了一次。」

大齊和西楚交好，兩國早已互通生意，可大齊的百姓們總會帶著「這是他國的東西，怕上當」的想法，一如既往地選擇自己本土的商品。

關家有很多生意，想開拓路子到他國，尤其是大齊，但最終都逃不過生意慘澹的結局，關老太爺也很頭疼。他的所有孫子中，只有關韶願意去外邦開拓生意門路。

汪氏開了口，就算老太太和老太爺有意維護，但其他幾房夫人依然不甘。這可是關係到自家兒子掌家權競爭的機會，哪會輕易放棄打敗競爭對手？因此都跟著附和起來。

「又不是我們西楚人，都不知根知底，也敢往我們關家帶？」三房的夫人緊跟其後，從家世上挑毛病。

六房的夫人語氣溫和一些，開口說道：「她遇事不慌，沈穩得很，看著年紀不大，也不知實際年齡多大了？這氣度一點兒也不像未出閣的姑娘家。」

四房的夫人接著道：「六弟媳這話，正好說到我們心坎上了。正經人家的姑娘哪有這麼深的心眼？沒婚沒聘的，就往男方家跑，好似急著把自己嫁掉一般。」

只有關韶的母親羅氏沒吭聲，她的出身比起幾人低微，很少當眾發言。雖然對陸伊冉也有諸多懷疑，但聽到老太太和老太爺出面維護，她心中還是有些驕傲。

妳一言、我一語的，把陸伊冉的身世、品行貶了個遍。

老太太狠狠地拍了桌子，喝斥道：「行了！雞蛋裡挑骨頭妳們最在行，可挑兒媳婦的眼光，還真不如韶兒！我們闕家不缺銀子，不需要找個官家小姐回來，也沒那麼多繁瑣的禮儀。只要有本事，能替韶兒打理好後院和生意就行。」

幾房夫人被老太太訓得灰頭土臉，因為她們挑的媳婦，沒一個能入老太太的眼。要麼就是對生意一竅不通，就知道整日買這、買那的富戶小姐；要麼就是不能拋頭露面的官家姑娘；最讓老太太厭惡的，是受不得一點委屈的嬌嬌女。

比起這些，陸伊冉確實好上許多。

聽了一圈下來，陸伊冉心下稍定，把屋中幾房夫人的心思都看在眼中。

她一點兒也不慌，想要在闕家站穩腳跟，最要緊的就是維繫好跟老太太和老太爺兩位當家人的關係，這與擒賊先擒王的道理如出一轍。

至於其他幾房夫人，她有把握應付得過來。

在幾房夫人難堪之時，陸伊冉盈盈一笑，隨即起身端起一杯熱茶，恭敬地說道：「伊冉剛來金陵，作為晚輩，伊冉的確有許多不足之處，以後還請幾位夫人多多提點，伊冉定會改正。伊冉不擅飲酒，今日就以茶代酒，先向各位長輩賠個不是。」說罷，她一口喝下。

老太太越看她越滿意，臉上揚起一絲笑意。

陸伊冉出現在大廳那一刻，老太太見她落落大方、沈著穩重的樣子，就對她心存好感；

接觸下來，見她聰慧伶俐，是塊做生意的料；如今她又能不計前嫌，當面為眾人解圍，心中已是十分滿意。

關韶長長地鬆了一口氣，慶幸自己找對了人，面上也多了幾分得意。

他的幾位弟兄見狀，心中越發不滿。

應酬一番後回到廂房，陸伊冉也有些疲憊了，遂換下衣裙，躺在床榻上歇息。

關韶很欣喜，晚一步走進她住的院子。腳剛要踏進門檻的那一刻，卻被如風攔了下來。

「關掌櫃，我們姑娘說了，你們兩人沒有大婚前，你不能進她的閨房。」

「這……好吧。」他還算守禮，想起之前答應陸伊冉的條件。

剛好他也有事要去府外看阿依娜，隨口交代如風幾句，就轉身出了院門。

謝詞安提前回京，並帶回了趙元哲。

皇上心中有些不滿，但也沒多問，畢竟謝詞安從未懈怠過公務，且當看到他呈上來的摺子時，忍不住龍心大悅，心中的不快也隨之消失了。

青陽汪家出事後，樹倒猢猻散，汪家的幕僚和親戚紛紛倒戈，與汪樹劃清界線。

汪樹連受打擊，自縊在家中。

青陽和遂州的通判職位閒置下來，孝正帝正一籌莫展，不知道選何人。

青陽和遂州離陳州軍在池州的軍營駐地較近，也算是在謝家的勢力範疇內。

所以這個人不但要孝正帝同意，也不能與謝家有利益衝突。

當年讓汪樹做這兩界通判，是謝詞安的祖父推薦的。

沒想到，有皇后給汪樹助威，竟讓汪樹成了一個魚肉百姓的惡人。

所以如今這個通判的人選，謝詞安的意見至關重要。

在這關鍵時刻，謝詞安卻主動上摺子，推薦徐永興為兩界通判。

他的子女先後與謝家大房、三房大婚，與謝家也是兒女親家，利益相通。

此人在官場多年，有能力勝任這個職位，他之前的三品雲麾將軍這個頭銜好聽，卻沒多少實權，是哪裡有需要，就調派他去哪裡，還不如這個五品的外放官員實惠和穩定。

次日，奉天殿內的御案上，又呈上來一道擢升的摺子，尤為顯眼，是吏部尚書溫大人遞上來的。他今年提拔的是青陽縣令陸佩顯，呈請皇上調此人回尚京任工部員外郎。

倘若以前，孝正帝看到這兩道摺子，薛公公便是第一個要罰的。

如今，不是這些做奴才的膽子大了，只是順應了他的心意而已。

兩道聖旨一下，震驚整個朝野。

鄭府書房中，鄭僕射和吏部尚書溫論榆此刻正在棋盤上對弈。

當身旁的近侍來稟報這個消息時，兩人均是淡笑不語。

溫論榆拿著黑子，遲遲不落棋，打趣地問道：「老師，您說倘若謝都督當年拜在您的門下以文官入仕，學生還能穩坐這個職位嗎？」

「只怕有點懸。」溫僕射淡淡回道。

謝詞安如今的勢力已滲透到六部，連鄭僕射都願意歸順到他的麾下，朝堂上還有何人看不清這風向？

清悅殿中，安貴妃聽到自己的長兄要調回尚京時，驚得如被雷劈中一般。

提拔她娘家的長兄，是在為她兒子造勢。

這下她終於斷定，皇上選中了她的兒子。

她苦澀一笑，只怕這輩子，他們母子倆都走不出皇宮這座圍城了。

此消息一傳到華陽宮內，謝詞微如墜冰窖，有種被所有人拋棄的感覺。

她徹底慌了，不顧方情的阻攔，急著要去流螢坊的鋪子。

半個月前，祝北塵人已到了尚京，兩人早見過面。

謝詞安從丘河回來後，一直繃著一股勁，他暗自下了決心，在沒為陸伊冉解決後顧之憂前，絕不去西楚找她。

他不敢去想陸伊冉和關韶兩人是否已經大婚？兩人發展到了何種地步？

好在他身邊還有一個循哥兒，天天在他面前晃，能讓他緩解思念的情緒。

江錦萍來過惠康坊幾次，幾人都瞞著她真實情況，說陸伊冉回青陽看爹娘了。

她也顧念循哥兒，便把鈴鐺放在府上陪陪循哥兒。

這日，循哥兒玩著玩著，時不時就向門口張望一眼。

陸伊冉離開尚京一個月來，他每日都這樣。

「循兒，快來給我搖鞦韆！」鈴鐺對著愣神的循哥兒大聲喊道。

循哥兒跑到鈴鐺身旁，歪著頭問道：「鈴鐺姊姊，什麼時候才會下雪？」

「還要很久，等換了夏衫，再換棉衣，才會下雪。」鈴鐺想了半天，說道。

方嬤嬤聽到兩個孩子的對話，心中也不是滋味，知道循哥兒又在想自己娘親了。

阿圓自從知道陸伊冉丟下她，只帶著雲喜離開後，整天心不在焉的，什麼都吃不下，圓圓的身子也瘦了不少，零嘴也無心用了。

方嬤嬤把阿圓悄悄拉到一邊，說道：「妳收些心思，好好看著哥兒，那可是姑娘的命呀！也不知她到了那邊究竟怎麼樣了？肚子裡還懷了一個，算起來要到冬日才能生，我得多做些衣——」

「誰的肚子裡還懷了一個？」一陣清冷的聲音在兩人身後響起。

方嬤嬤和阿圓嚇得怔在原地，不敢動彈。

方嬤嬤眼疾手快，迅速把孩子的衣袍藏到自己身後。

然而，這番欲蓋彌彰的動作，謝詞安看得清清楚楚。

「我問妳們，說的是何人！」謝詞安兩眼通紅，大聲質問著兩人。

「說的是姑娘……不、不是，姑娘沒懷孕……」阿圓嚇得渾身一抖，哆哆嗦嗦地回道。

阿圓不會說謊，這樣一答，和此地無銀三百兩有什麼區別？

謝詞安心中大痛，不相信地再次確認。「方嬤嬤，本侯再問妳一次，妳手上嬰孩的衣袍是給誰縫的？說話！」他雙眼赤紅，中氣十足的吼聲，嚇得方嬤嬤和阿圓屈膝跪在地上。

院中的兩個孩子也嚇得縮在一旁，一動都不動。

方嬤嬤無奈，只好道出實情，哽咽道：「我們說的是姑娘，姑娘早懷了身子，那日表姑爺給她把的脈。」

謝詞安被這當頭一棒敲得失去了言語，臉色瞬間變得蒼白，眼神中透露出無盡的痛苦。他兩手無力地垂在身邊，身體微微顫抖，踉蹌地後退兩步，而後緩緩走向書房，腳步變得沈重，每一步都像是在泥濘中掙扎。

身後的門被重重闔上後，淚水猝不及防地滴落，謝詞安倚靠在冰冷的門上，身上的力氣如同被抽乾般，順著門板滑落在地，心再次被撕裂開來，痛得無法呼吸。

直到此刻他才明白，為何那晚陸伊冉要衝他發火，為何會說不想讓他救、藥死她就不會有那麼多麻煩了。

那時的她是多麼無助，他卻體會不到一二。

他喃喃地哽咽道：「冉冉，對不起、對不起、對不起……」

此刻他好希望自己能有一雙翅膀，飛到她身邊陪著她，任她打罵。

可惜，陸伊冉就連懺悔的機會都不願給他。

她捨下循兒，捨下尚京的一切，去遙遠的西楚，只為了能脫離他、脫離謝家。

因為她一次次地被謝詞微傷害，而他卻為了自以為是的大計，一次次地讓她失望。

在他身邊，她沒有安全感，只有傷害。

到此時他才醒悟過來，但悔之晚矣。她的失望太多了，寧願與一個陌生男人去冒險，也不願待在他的身邊。

人人都說他風光，只有他自己知道，他有多失敗。

連自己的妻兒都保護不了，這樣的風光要來有何用？

循哥兒見爹爹把自己關在書房，一直不出來，他雖然害怕爹爹剛剛發怒的樣子，但還是小心翼翼地去敲門。「爹爹、爹爹。」

連拍了幾次，謝詞安都不開門。

直到晚膳時，循哥兒再去敲門，謝詞安才緩緩打開門。

謝詞安一臉頹廢，鬢角的頭髮微亂，頭上的玉冠也歪在一邊，搖搖欲墜。

這和平日那個儀容周正、穿著嚴謹的謝侯爺有天壤之別。

院中的幾人看得也是傷懷不已，但又不敢出聲勸解。

謝詞安彎腰把循哥兒抱進書房。

「爹爹……」循哥兒用他的小手摸了摸謝詞安臉上的亂髮，不安地看著謝詞安。「爹爹，循兒怕。」

謝詞安把循哥兒摟進自己懷中，輕聲道：「循兒別怕，在沒接回娘親和妹妹之前，爹爹都會好好的。」

謝詞微趕到流螢坊時，祝北塵也剛回來。

他見謝詞微一臉不豫，就知道宮中又出了事。

今日他拖著一身傷出門，就是去見如煙閣倖存的幾人，想繼續為謝詞微謀事。

謝詞微走到祝北塵身旁，扒開他的衣襟，見胸口還沒結痂，擔憂地道：「你身上的傷沒好痊癒，先不要急著出門。」

祝北塵輕聲笑道：「無妨的，這點小傷不打緊，妳的事才要緊。」

入宮這麼多年，謝詞微時時刻刻繃著自己，只有在祝北塵面前、回到這個小院時，她才能放鬆自己，感覺到一絲溫暖。

兩人緊靠在一起，坐在炕几上，謝詞微將頭靠在祝北塵的肩上。

祝北塵撫了撫她的頭頂，安慰道：「微兒，我從死人堆裡爬出來，就是為妳活的。妳有什麼事要我去做，直接吩咐一聲就是。不要怕，我一直在妳身後。」

「我知道，這麼多年了，這世界上只有你一人是一心一意為我。」謝詞微眼中有淚，她緊緊依偎在祝北塵懷中，好似只有這樣，她才能獲得更多的力量。「如今只怕，連我二弟都要棄我於不顧了。今日皇上已下了聖旨，讓安貴妃的兄長入京，這不就是在為那趙元啟造勢嗎？」

祝北塵沈吟片刻後，冷靜地道：「這並不能說明謝都督已放棄了瑞王。」

自從孝正帝讓九皇子到御書房聽政以來，謝詞微的警覺心也越來越重，凡是和清悅殿及九皇子有關的事，她都會仔細斟酌。

這一次，趙元哲回了尚京，她正想讓謝詞安到皇上面前委婉地提一提東宮太子之位一事，可謝詞安卻次次回絕她的邀請，連她的面都不願見。

於是她又讓謝詞佑出面轉告，本以為事情會有轉機，誰知第二日，謝詞安就上了舉薦徐永興的摺子。

「之前我也這樣認為，可後來仔細一想，前一天調徐永興去青陽、遂州做通判，次日吏部尚書就呈了調陸佩顯回京的摺子，哪有這樣的巧合？」

祝北塵眉頭輕蹙，冷聲道：「即使如此，殺了九皇子便成。」

謝詞微閃過一絲猶豫。「之前我也想過，但這個方法根本行不通。皇上如今看重九皇子，他身邊全是暗衛保護，很難近身。」

祝北塵一臉狠戾，果斷地替謝詞微做了決定。「無妨，總有機會的，此事交給我就成。」

正輝殿中。

孝正帝的頭疾越來越嚴重，已經連著幾日都停了早朝。

太醫配製的湯藥雖能有所緩解，但就是好一陣，又犯一陣，不能根除。

這是老毛病了，孝正帝每日用腦過度，他也知道自己的身子狀況，並沒多重視；若實在嚴重，就會讓太醫把藥量加重些。

他在床榻上躺了幾日後，此刻覺得頭疾有所緩解，心中還惦記著奉天殿沒批閱的摺子，便讓人伺候他起身。

薛公公勸說無用，只好照辦。

新來的小太監見了皇上難免緊張，更衣時動作不索利，惹得孝正帝不快。

那小太監嚇得立刻停手，哆哆嗦嗦地埋首跪在一邊。

薛公公忙喝斥一聲，把人趕了出去，親手伺候皇上更衣。

他試探地問道：「皇上，都怪老奴眼神不好，挑的奴才讓您不順心，要不老奴再換一批新的，換些年輕、樣貌美的宮女可好？」

孝正帝神色一頓，冷聲訓道：「要什麼宮女？你是不是老糊塗了！」

薛公公佝僂著身子，連忙賠罪。「是，老奴糊塗了！老奴就怕也惹您煩悶，要不，就讓安貴妃到正輝殿來伺候您幾日可行？她一來，您的頭疾好得也快些。」

見孝正帝許久不出聲，薛公公低頭一笑，知道根源找到了。

半晌後，孝正帝又想起另一件事，他毫無感情，平靜地吩咐道：「錦淑儀那邊，不能再拖了，今晚就處理掉。」

「皇上，那可是您的親骨肉呀！您捨得？」薛公公提醒道。

「本就是權宜之計，沒什麼捨不捨得的，朕不能給我皇兒日後留隱患。」

穿戴好宮裝後，薛公公就去了旁邊的盆架，取淨臉的巾帕。

這時，孝正帝才哀嘆一聲，露出真實的表情，失落地呢喃道：「免得她一直不肯原諒朕，想進她的院子，都被趕了出來……」

次日一早，安貴妃在花圃打理花花草草。

連秀緩緩走到她身旁，接過她手中的剪刀，輕聲道：「娘娘，錦淑儀昨夜小產了。」

安貴妃手上的動作一停，片刻後了然道：「她犯了皇后的大忌，如何逃得了？」

「不是皇后，是——」

「瑤兒！」

清冷的聲音傳來，打斷了連秀的話。
安貴妃一抬頭，就見孝正帝已走到她身邊。
連秀忙要躬身退下，卻依然沒有逃過孝正帝那一記狠戾的警告眼神。
安貴妃放下手上的工具，屈膝施禮。「皇上萬福金安。」
「朕這幾日安不安寧，妳真的不知道嗎？」孝正帝想去拉安貴妃的手，被她甩開了。
「瑤兒，妳要到何時才肯原諒朕？」
安貴妃心中失望。「臣妾不敢。」
孝正帝坐到安貴妃身旁的石凳上，拍了拍他身邊的位子，然而安貴妃只是靜靜地看著，並未移步。
他苦澀一笑，嘆道：「是呀，只怕從朕當年強迫妳入宮的那一刻起，妳在心裡就從沒原諒過朕了。無論妳信不信，無論在何種境地，朕都為你們母子倆想好了後路，妳相信朕一次。如今的形勢，此種安排對你們最有利。」
見陸佩瑤一臉冷色，沒一點動容，他不死心地說：「朕的頭疾又犯了，瑤兒過來給朕揉揉吧？」
孝正帝幾番示好，安貴妃都紋絲不動，可看到孝正帝頭上越來越多的白髮，想到自己皇兒以後，還有陸家的親人，她還是認命地走了過去。

謝詞安在仙鶴堂陪著老太太和謝庭芳用早膳時，宮中就派人傳來消息，說錦淑儀昨夜出事了。

謝詞安冷靜地用膳，頭都沒抬一下，臉上不見一點情緒。

老太太和謝庭芳則心情沈重，當即就放下了碗筷。

「當日錦兒要入宮，我就反對，我們謝家……」老太太哽咽半天，再也說不下去了。

謝庭芳見母親傷心，出聲勸道：「母親，這是她自己的選擇，如果她有婉兒的通透，如今就不會是這個結局。」

後宮的爭鬥，從來就沒有停止過，在謝詞錦答應謝詞微入宮的那一刻，她就成了謝詞微的犧牲品。但那時三房眼中只想著虛名和榮華富貴，沒替謝詞錦想過將來。

謝詞安一個男子，也不好多言，忙岔開這個話題。「祖母，等雨停了，我讓人來接您去惠康坊住，您替我多陪陪循兒。」

提到循哥兒，果然成功地分散了老太太的注意力。她早想去看循哥兒了，無奈這一、兩個月要忙謝詞儀出嫁的事，她走不開。現在謝詞儀的大婚過了，正好有時間。

「好、好，我現在就讓人去收拾。」

謝庭芳見母親臉上終於有了笑容，也支持她到惠康坊去小住幾日，當即和田嬤嬤一起收拾衣物。

趁她們收拾的間隙，謝詞安起身先離開，他要去霧冽堂一趟。

淅淅瀝瀝的小雨下個不停，他撐著綢傘，步子緩慢，最後停在如意齋和霧冽堂的甬道交叉口。

許多個他歸來的夜晚，陸伊冉就是在此處等著他，手中提著一個食盒。

無論天晴或下雨，老遠就能看到她的身影。

「侯爺，安軍醫在院中等候多時了。」見他在此停頓許久不動，余亮只好前來通報。

謝詞安一進院子，就看見安子瑜等候的身影。

上次謝詞安離開尚京前，在安子瑜面前提過，他有幾本醫書孤本，是他祖父的民間好友留下的。

一聽書名，都是安子瑜找了好久都沒尋到的醫書，安子瑜天天就盼著謝詞安回京。

謝詞安因為陸伊冉的事，一直稱病在家，這一、兩日才稍稍振作些。

安子瑜左等右等，也不見謝詞安去軍營，就主動找上門來。

謝詞安把安子瑜領進書房，讓安子瑜去紅木書架上拿，而他自己則進了內室，寶貝似的從頂箱櫃中拿出陸伊冉之前給他縫製的衣袍，準備帶回惠康坊。

摸著上面陸伊冉親手繡的花紋，這一針一線中都深藏著她對自己的情意，可惜，失去了才知道她的可貴。

他埋首貼上這些衣袍，眼前又出現陸伊冉嬌美如花的臉龐，捨不得放下。

直到外面安子瑜驚呼一聲——

「侯爺，您屋內的熏香有問題！」

謝詞安聽得一愣，疾步走到書房，一臉寒霜地盯著安子瑜手上的熏香。

「侯爺，這熏香有問題！上面鋪了一層細粉，或許它的氣味一般人難以辨別，但只要微風一吹，屬下立即便能聞到，是一種毒。此毒名叫一生醉，它藥性不烈，但時間一長會慢慢滲透，雖不會致死，可最終會讓人失明甚至偏風，終生下不了床榻。這毒在宮中和醫館很難買到，但江湖上的旁門左道常用它。」

余亮嚇得臉色蒼白，一股腦兒地拿出抽屜裡的熏香，讓安子瑜辨認。

安子瑜察看後，一臉懼色。「全都是。」

余亮聽後，立即跪在謝詞安身前。「侯爺，屬下該死！屬下該死！」

謝詞安也是愣住，他日防夜防，還是沒防住。

此時，安子瑜也顧不了禮數，一把抓過謝詞安的手腕，屏氣凝神地兩手來回把脈，半天後，他吐出一口濁氣，展顏笑道：「侯爺，萬幸，您沒有中毒，一點跡象都沒有。」

余亮突然靈光一閃，猛地起身，端過一盆蓬萊蕉和兩個靠枕放到安子瑜身前，激動地說道：「是夫人！是夫人之前特意添置的！她每日囑託，定要屬下照顧好這幾盆蓬萊蕉，且過幾日就會讓阿圓更換一次枕芯。安軍醫你看看，是不是這些救了侯爺的命？」

安子瑜察看一番後，解釋道：「蓬萊蕉不能抑制此毒，但是盆中的決明子能解此毒，這枕芯中的草藥也能抑制毒素。」

余亮眼中燃起狂喜。「謝天謝地！原來夫人早就發覺了，是她暗中保護了侯爺。難怪到了惠康坊，她還特意交代，把蓬萊蕉搬兩盆過去，放到侯爺的書房。」

謝詞安無事，余亮和安子瑜兩人心中都大大地鬆了口氣。

而謝詞安本人心口卻再次被撕裂，他重重地坐在榻上，發不出一點聲音。

還是余亮反應過來後，悄聲把安子瑜又帶去了惠康坊檢查。

等人走後，屋中又恢復了寧靜，可謝詞安的心卻平靜不下來。

他弄丟了用生命愛他的妻子。

謝詞安好似遊魂似的出了府，也不撐傘，迷茫地走在街頭，任憑雨水淋濕全身。

暗衛跟在身後，給謝詞安撐傘，被他一把揮開。

見他如此模樣，暗衛還以為他吃醉了酒，嚇了一跳，忙問道：「侯爺，您要去何處？屬下去給您備車。」

謝詞安一臉痛楚，佇立在雨中，喃喃地說道：「我哪裡也不去，就想去西楚找她……」說罷，他又緩緩轉身，失魂落魄地繼續往前走，自言自語道：「我只想去找她，我什麼都不要，只想要她回來，我只想她回來……」

誰也攔不住謝詞安，他就這樣漫無目的地往前走，直到用盡力氣，暈倒在雨中。

謝詞安再次醒來，已是次日午時。

「侯爺，您醒了？」余亮一直在他身旁照顧。
謝詞安睜眼一看，依然是熟悉的書房。
昨日他作了一整夜的夢，夢見自己去了西楚，可無論如何，就是找不到去金陵的方向。他站在原地來來回回，到處都是路，但就是沒有一條通往西楚金陵的。
「侯爺，把湯藥喝了吧？您昨晚發燒，秦大夫給您開的藥。」
謝詞安神色憔悴，推開余亮端過來的湯藥。
余亮也不敢再勸，只好把昨日查到的情況如實稟報。「安軍醫昨日到惠康坊的書房查過了，果然書房中的熏香也有問題。好在您衙門和軍營大帳的熏香，沒有被動過手腳。童飛連夜審了接近過您書房的幾人，幾人拒不承認，後來童飛用了大刑，那人才終於交代。」
謝詞安合眼靠在引枕上，疲憊地問道：「害我的那人，是誰？」
余亮一臉痛恨地回道：「是管家謝叔。背後的主謀是……皇后。」
在安子瑜提到江湖時，謝詞安腦中就快速閃過如煙閣的祝北塵。此時親耳聽見，也證實了他心中的想法。
謝詞安苦澀一笑。「看來，我在她們眼中，從來就只是一個棋子。也罷，從此以後，也算徹底兩清了。」
謝叔在侯府管家多年，府中上上下下對他信任有加，沒想到知人知面不知心，竟藏得這般深。他一個奴才暗害主子，結果自是難逃一死。

見謝詞安一臉殺氣，余亮硬著頭皮繼續稟報。「侯爺，謝叔讓您放過他們一家人，他說他有秘密要告訴您，是關於您的……身世。」

謝詞安愣了愣，一臉冰霜，眼中怒意翻湧。「我的身世如何，不須他來操心。該怎麼處置，就怎麼處置，不要讓消息洩漏出去。」

「是。」

余亮離開後，屋中又恢復了冷清。

謝詞安心中空得很，周身好似一個漏風的篩子，身上的被褥怎麼捂都捂不熱。

他披著長袍起身，移步到陸伊冉的閨房，躺在她的床榻上，蓋著她之前蓋的被褥，枕頭和被褥上還殘存著她留下的淡淡香味。

謝詞安貪婪地嗅著，好似只有這樣，才能驅趕他滿身的冷意，也只有這樣才能平復他心中的淒涼。

晚上，看著躺在自己身邊的循哥兒，思念再次襲捲而來，陸伊冉的臉龐又出現在他腦海中。

謝詞安再一次覺得慶幸，此生能遇到陸伊冉。

突然，他臉上揚起一絲極淡的淺笑，想到身後有他們母子三人，這點傷痕，有何要緊？

第二十八章

次日，老太太被余亮接到了惠康坊。

謝詞安把她安置在伊冉苑的隔壁院落。

循哥兒有一、兩個月沒見過老太太了，對她有些生分，不願靠近。

謝詞安把他拉到老太太面前，耐心地教道：「循兒，喚曾祖母。」

「曾祖母。」循哥兒畢恭畢敬地拱手一禮，乖巧地喚了聲。

「快到曾祖母跟前來，讓曾祖母好好看看！才兩個月不見，又長高了不少呢！」

這一喊，循哥兒也記起了，上一次自己娘親帶他喊曾祖母的場景。

他歪著頭，輕聲問道：「曾祖母，您見過我娘親嗎？她出府了。」

老太太一愣，不明所以。

謝詞安卻心口大痛，垂首不語。

怕他們露餡，方嬤嬤忙打圓場。「我們姑娘有事回青陽了，過不了多久就會回來。」說完，方嬤嬤忙把循哥兒帶出院子。

謝詞安也屏退眾人，神色複雜難辨。

老太太看他的神情，就知道他有話要說，把手上的茶盞輕輕一放。「安兒，你有話就說吧，在祖母面前不須遮掩。」

「祖母，孫兒想問問您，孫兒的生母……她還在世嗎？」

老太太神色一頓，隨即冷聲道：「你聽何人嚼的舌根？太讓祖母失望了！」

每每問到這個問題，老太太都會出言訓斥，極力逃避，不願回答，草草揭過。

謝詞安顧及著老太太的身體，這個疑問在他心中埋了多年，但今日他不打算罷休。

他倏忽起身，雙膝跪在祖母面前，沈聲道：「祖母，孫兒都快到而立之年了，這個秘密您還要瞞著孫兒到何時？難道，您要孫兒從旁人口中得知才滿意嗎？」

老太太怔怔出神，嘴角微抖，忙解釋道：「安兒，你不要聽外邊的人編排，你的生母就是你母親，快些起來！」

「祖母，她怎麼可能是我的生母？她對我沒有一絲感情。孫兒被接到榮安堂那一年，她以為我已睡熟，經常在我耳邊詛咒，要我去死。世上有哪位母親會對自己的孩子說出如此惡毒的話？還有冉冉肚裡還沒出世的那個孩兒，那可是孫兒的骨血呀！她那般狠毒，沒有一絲憐惜和疼愛。」謝詞安知道，祖母有自己的顧慮，可他不想再這樣隱忍下去，糊塗地過完這一生了。「祖母，孫兒不想再不明不白地聽您隱瞞下去了，我想要您親口告訴我，而不是孫兒自己去查。」

老太太明白他的意思，若他自己去查，拔出蘿蔔帶出泥，會把謝家所有的秘密全翻出來，到時老太太想攔都攔不住。

「安兒，你為何要逼祖母？」老太太顫巍巍地摸上謝詞安的肩頭，像小時候那般重重一拍。

「因為，孫兒不想被謝家的自己人不清不楚地害成瞎子，或是變成癱在榻上一輩子起不來的廢物。那人在孫兒的兩處書房長期投毒，等孫兒沒有利用價值了，就只能是這個下場。幸好有冉冉，不然只怕孫兒已中毒不淺。」

謝詞安原本是不打算把謝詞微害他一事告訴祖母的，後來一想，不能讓祖母被謝詞微蔽和利用，應該讓她知道事情的真相，也為他接下來要做的事，讓老太太先有個心理準備。

老太太聽聞事情的真相後，緊緊拉著謝詞安的手，老淚縱橫。「我可憐的孫兒，老天保佑，幸好你娶了個好妻子。她們好惡毒的心呀，我們謝家怎會有如此不堪……」老太太哽咽一聲，失望得很，也不想再提了。

那人是誰，謝詞安都說得這般明白，老太太也猜出來了。她心裡有愧疚、有憐惜，後來終是認清了現實。「你的生母的確不是榮安堂那位，她生你時就難產而死了。」

「祖母，我的母親她真的只是因為難產嗎？」

老太太搖了搖頭，也不隱瞞，娓娓道出當年的往事。

謝詞安的生母叫如意，是他父親謝庭軒下屬的女兒。

本是託孤於謝庭軒，誰知如意卻對謝庭軒生了情，趁謝庭軒醉酒時，兩人終是有了肌膚之親。

生米煮成熟飯，謝庭軒只好把如意帶回侯府，納了她做妾室。

那時謝庭軒與陳氏成婚十年，謝詞微都九歲了。

陳氏始終沒有生下二房的嫡子，所以老太太和老太爺也沒反對。

因為如意的介入，陳氏和謝庭軒的夫妻關係越來越淡。

如意到侯府半年後，就有了身孕，陳氏的恨意也達到了頂點。

陳氏表面上對如意時常關照，背地裡卻在暗自等待時機。

終於，在老太太和老太爺帶著自己的三個兒子回陳州老家祭祖時，陳氏讓人把如意的參湯換成了催產的湯藥。

如意在第二日便破水要生產了，但陳氏支走了府上所有的大夫，一個丫鬟也不留給她，讓她在屋中苦苦哀求了一整日。

陳氏是二房的主母，她不發話，無人敢去幫如意。

後來有人偷偷給在姨母家做客的謝庭芳報了信。

謝庭芳喊來大夫時，如意已是奄奄一息，好在謝詞安的命總算是保住了。

謝詞安從小就由他祖母帶大。

自從如意死後，謝庭軒對陳氏冷落了不少，陳氏為了留住自己夫君的心，假意把謝詞安帶到身邊來照顧，這才有了後來的謝詞儀。

謝詞安在榮安堂背地裡受了不少委屈，老太太明白過來後也不拆穿陳氏，只是又把謝詞安接到身邊來照顧。
聽到自己的生母是被陳氏活活害死的，又想到陸伊冉沒能保住的孩子也是拜陳氏所賜，謝詞安往日裡對陳氏的那一點長輩之情已蕩然無存。他悲憤交加，眼眶赤紅，兩拳緊握，恨道：「之前都怪我識人不清，她欠我兩條至親之命，這仇我忘不了！」
老太太心疼不已，嘆道：「安兒，祖母當年糊塗，為了謝家的名聲，一再縱容她們母女倆，不僅害了你母親，也害了你，祖母愧對你。她們母女倆作惡多端，祖母若再隱瞞下去，就是助紂為虐。以後你要走的路，你自己想明白就好。謝家是大齊的股肱之臣，並不是為了一人而生的，你放開手腳做就是。」
這個秘密她瞞了許多年，老太太如今說了出來，感到一身輕鬆，笑道：「祖母十分喜歡你的這個宅子，以後有循哥兒陪我就成。」
「孫兒多謝祖母的支持。」謝詞安對老太太埋首重重一磕後，撩袍起身。
走出院門的那一刻，謝詞安才恍然明白，為何他父親生前特意叮囑，以後他正妻住的院落，要叫如意齋了。
日子過得真快，陸伊冉到金陵已經一個月了，老太太為了繼續考驗她，把關府內院的帳本交給她打理，讓她管了關家半個月的中饋。
一番試探下來，她的為人處世、心思品行，老太太和老太爺都很滿意。

這樣下去，關韶掌家就是板上釘釘的事了。

幾房伯娘、嬸娘與陸伊冉較量下來，都處於下風，沒法子動陸伊冉，於是就把主意打到關韶身上，終於找出了外宅裡已懷有身孕的阿依娜。

幾房臉上均是幸災樂禍之色。

事實擺在面前，兩位老人也幫不了他。

阿依娜被幾房夫人帶到大廳，她們又喊來老太爺和老太太。

關家歷代的規矩就是，嫡子沒出生前，不能有庶子。

關韶藏來藏去，還是沒把人藏住，他的當家夢也要碎在當場了。

老太爺一臉鐵青，怒罵道：「好好的機會，壞在一個小妾的肚子上，實在不爭氣！」

老太太氣得反手給了阿依娜兩記耳光。

關韶被人逮住把柄，也無力反抗，沮喪地跪在自己祖父母面前。

他不恨任何人，只是有些不甘心謀劃得這麼久了，終究難逃失敗收場。

羅氏也恨阿依娜，要不是她正懷著自己的孫子，只怕會比關老太太打得還要狠。

老太爺罵完就不說話了，因為這是內宅事，都由老太太作主。

「韶兒，祖母給你兩個選擇，一是關家的掌家權，二是把這個胡人小妾和肚子裡的孩子趕出金陵。」

「母親！」

「祖母！」

老太太才一出口，其他幾房就紛紛反對。在他們看來，關韶根本一點機會都沒有了，老太太卻還要出言維護，給他選擇權，心中實在不甘！

「都給我閉嘴！有本事，你們也去找個有出息的兒媳婦回來！」

關韶和羅氏眼中又重燃希望。

「我聽祖母的。」關韶心一狠，當即表態。有了管家權，他日後想接回阿依娜母子倆，也只是時間的問題。

老太太看出了他的心思，果斷地說道：「我說的是，把他們母子倆永遠趕出金陵，我們關家不留胡人的種！」最後一句，老太太是咬牙說的。

因為關老太爺年輕時找了一個胡人妾室，把關家鬧得不成樣子，這也是多年來老太太心中的一根刺。

關韶求救地看向自己的祖父，誰知他祖父此刻卻一臉愧疚，連聲音都不敢出。

關韶沒了退路，堅定地說道：「孫兒任憑祖母作主。」

「不，你不能這麼對我！韶郎，你不能……」阿依娜無助地看向關韶，淚流滿面。她不敢相信，關韶為了管家權，真的不要她了。

「把人送走！」老太太神色決絕，一揮手。

「不！不要……」阿依娜不死心，挺著七個月的大肚子，爬到關韶身邊，緊緊抓住他的衣袖不放。
關韶狠下心腸，一把扯開阿依娜。
老太太厲聲喝道：「還不快——」
「等等！」陸伊冉疾步從正門口走進來，出聲阻止。
隨著陸伊冉的突然闖入，激烈壓抑的場面瞬間安靜了下來。
她走到老太太和老太爺身邊，屈膝施禮後，輕聲細語地說道：「老太太，能讓伊冉說幾句話嗎？」
關老太太有些不解，看陸伊冉的神情，沒有一點傷心，反而有些容人之態，心中越發滿意，正想為關韶開脫兩句，就聽到陸伊冉說道——
「老太太，我能為六爺留下她嗎？」
在場的所有人都以為自己聽錯了，一個正妻不但不怨妾室，還要替她求情？
關韶和阿依娜也是一臉震驚，紛紛看向陸伊冉。
老太太神色不悅，在關家還沒人敢質疑她。
羅氏忙阻止陸伊冉。
誰知陸伊冉卻沒有一點退意，反倒主動跪在老太太跟前，軟軟地喚一聲。「祖母。」
關老太太聽得心中一軟，扶起陸伊冉後，仍是有些不悅地道：「好，老婆子我就來聽聽，妳究竟有何理由。」

「沒有理由，因為我也懷孕了……是六爺的孩子，不知他算不算嫡子？」

一屋人聽聞後，個個驚得目瞪口呆。

老太太首先反應過來，激動地道：「自然算！」並馬上叫來府上的大夫一診。

大夫診後回道：「回老太太，這位姑娘已有三個月的身孕了。」

其他幾房夫人不信，又接連叫來幾個大夫，得到的答案都一樣。

老太太和老太爺都高興得合不攏嘴，忙讓人把陸伊冉扶到軟榻上。

見兩位老人的態度，陸伊冉就知道自己的目的達到了。「那這樣，六爺嫡庶都有了，雙喜臨門，是好事呀！」

這樣一說，倒讓老太太和一屋子人不知該如何反駁。

陸伊冉趁熱打鐵，繼續說道：「祖母，阿依娜的孩子既是六爺的骨肉，也是闞家的子孫，若把他們母子倆趕出府，無人護他們，如果被歹人知道，起了不該有的心思，後果不堪設想；或者有一天，她肚裡的孩兒大了，被有心之人利用，以此來要挾六爺，或者是祖父、祖母，只怕到時進退都是兩難。」

這話倒不假，闞家之前的確發生過這樣的事，挾持的是大房老爺的外室，鬧得人盡皆知。後來人沒救回來，大老爺在自己爹娘面前顏面盡失不說，到了大街上，人人看到他都喊他負心漢，他也因此失了闞家掌家人的權力。

經陸伊冉一提醒，眾人都是一驚，意識到阿依娜肚子裡的孩子和闞家依然有千絲萬縷的聯繫，斷不了根。

老太太被陸伊冉的一句話說到心坎上了，原本嚴肅的神色也變成了遲疑。

「祖父母只是不喜歡看到她，日後我定會管好六爺的後院，不讓她來打擾您二老的清靜。」陸伊冉又轉向關韶，柔聲問道：「對吧，六爺？」這也是給自己肚子裡的孩子正名的最好時機，而為了保住阿依娜肚子裡的孩子，關韶也只能吃下這個啞巴虧。

眾人都以為陸伊冉氣傻了，尤其是關家的女眷們，這是她們今年聽過最好笑的笑話了。西楚雖民風開放，但婚前把自己有孕的消息說出來，對自己的名節也會有一定的影響，只是不至於像大齊那般身敗名裂罷了。

關韶早已僵住，發亮的綠帽子在向他緩緩揮舞著，但他也只能打落後槽牙往肚裡吞。反正他只是看中陸伊冉這個人，而不是她的情愛。何況陸伊冉是在救他的孩子和女人，他應該高興才是。想通後，關韶又跪到老太太跟前，哀求道：「祖母，伊冉說得對。只要您這回饒了他們母子倆，孫兒以後一定聽您的話，好好孝敬您。」

關家大院，她幾個兒子甚至孫子，哪個沒有幾個妾室和通房？

幾個孫子中，她最屬意關韶，如今他又帶回來一個讓她十分滿意的孫媳婦。

她現在身子雖還硬朗，但以後老了始終要靠他，此時若一意孤行，只會與孫子離了心。

老太太哀嘆一聲，擺手道：「行了、行了，把她帶下去吧。你找了個能幹的媳婦，我相信她能管好你的後院。」

阿依娜因禍得福，從府外搬進關宅。她此刻整個人都是軟的，情緒一起一落。雖然對陸伊冉生了嫉恨之心，但她也算是看明白了，以後若想要好好待在關府，還離不得這個正妻的支持。

幾房人精心策劃的打擊計劃，又一次被陸伊冉化解，各自不甘地散去。

陸伊冉回了自己的青蓮閣。

阿依娜深思熟慮一番後，還是決定帶上薄禮，主動上門對陸伊冉表達謝意。

她剛走到青蓮閣，就看到關韶的小廝守在院外。

那小廝腦子靈活，沒進去通報，直接勸道：「姨娘，您還是先回院子吧，六爺說他等會兒就過去找您。」

阿依娜臉色一暗，默默應下，讓丫鬟扶自己回院子。

此時，關韶正一臉怒意地坐在正廳。

他心中氣惱得很，都是自己的未婚妻了，卻連她的廂房門都沒進去過一次，去一次、攔一次。

良久後，陸伊冉終於姍姍來遲。

「陸娘子不但心思深，肚子藏得也夠深的。」

這是關韶第一次在陸伊冉面前發火，平常他都是一副溫和模樣，因此讓陸伊冉有些意外。「我從沒藏過，不知關掌櫃可記得我曾說過，嫁妝一年後運過來，重要的陪嫁我會隨身帶著。」陸伊冉淡淡地摸摸自己的小腹，柔聲道：「這就是我的陪嫁。」

關韶被氣傻，瞪著桃花眼，半晌無言。

「你也別怨我事先沒有告知，畢竟你急著帶我來金陵，目的也不單純。」

關韶被當眾揭穿，不自然地輕咳一聲，端起茶盞淺飲一口後，訕訕一笑。「陸娘子說得對，我們扯平了。」

「關掌櫃，我的孩兒畢竟救了你的孩兒，我不圖你謝我，但我們把話說開還是最好。你與我的婚事，本就只是各取所需。」

關韶把陸伊冉的話聽了進去，可見陸伊冉如此排斥自己，心中難免不快，遂正色道：「陸娘子的忠告我不敢忘。我要成為當家人，我們的婚事就不能一直拖下去，祖母已經定好了我們的婚期，在今年六月，比五皇子晚幾日。今日我來告知陸娘子一聲，就是讓妳做好心理準備。妳若想要日後在金陵安定下來，這個婚是必須成的。

「放心，既然謝侯爺捨得把他的孩兒當成陪嫁，我關某人也會好好待他。婚前我不會碰妳，但婚後，我必須要有自己的嫡子。的確，我們的婚事是各取所需，但總沒有空手套白狼的道理吧？下次來，我不想再坐這正廳了。記住妳的身分，妳可是我的未婚妻，不是我的客人！」關韶心中鬱氣難消除，不想多說，撂下幾句話後，就出了青蓮閣。

陸伊冉聽得心中不是滋味。

雲喜心疼陸伊冉，走到她身旁，抱怨道：「這關掌櫃，在何處受的氣，竟撒到姑娘身上來了！」

「無妨的，只要他認下我的孩兒就成。」

雲喜知道兩人只是交易關係，她有些擔憂地道：「姑娘，關掌櫃剛剛說到了婚期，奴婢知道您不願，要不我們回——」

「不，開弓沒有回頭箭，我哪裡也不去，就要在此處定下根來。不必擔心，我不會任由他拿捏；至於他想要的嫡子，就讓他的妾室去生吧，到時抱一個領養到我的名下就成。」

尚京，惠康坊。

自從上次方嬤嬤和阿圓被謝詞安吼了一通後，兩人見了謝詞安都是繞著走。

這日，方嬤嬤正在陸伊冉的廂房餵循哥兒吃魚粥，謝詞安大步走了進來。

方嬤嬤心中畏懼他，小心翼翼地施禮。

循哥兒有些心不在焉，不好好用膳，一會兒逗弄小狐狸，一會兒又玩起榻上的小玩意兒，見謝詞安進來，語氣平平地喊了聲「爹爹」，又開始擺弄起他的水玉球。

這段日子，謝詞安整日鬱鬱寡歡的，對循哥兒缺少管教，之前陸伊冉教的規矩，循哥兒已忘得七七八八了，方嬤嬤和阿圓也依著他胡來。

「以後循兒的飯食讓他自己用，不能這麼寵溺，他娘親——」一想到陸伊冉，謝詞安就心口酸澀，言語艱難。

「是、是，老奴記下了。」

忽然，鈴鐺在院外一聲呼喊，循哥兒徹底沒了用膳的心思，麻利地跑了出去。

方嬤嬤見機也想趕緊溜，卻被謝詞安喚住了。

「這兩日為何不縫衣袍了？」

冷不防的一句話，讓方嬤嬤有些不知所措，不明白他的意思。

謝詞安又耐心地解釋道：「循兒有人看著，以後別的事讓其他人去做，妳繼續給姐兒縫製衣袍，多做些，以後她回來用得上。就用這兩疋料子做，紅色這疋給冉冉做秋衫，她穿著好看；剩下這疋就給他們兄妹倆做袍子。」

方嬤嬤這才看到謝詞安手上拿著兩疋比雲緞還光滑柔軟的雲綾錦，忍不住驚呼一聲。

這料子在繁榮的尚京城都買不到，聽說在宮中，也只有皇上和皇后娘娘才穿得起。這麼多年了，方嬤嬤也只見皇后穿過，今日難得有幸到了她的手上。

這時，她才明白侯爺的意思，也明白他口中的姐兒，指的就是陸伊冉肚裡還沒出世的孩子。方嬤嬤見謝詞安這般看重姑娘和小主子，高興得連連稱是。

那日暈倒在雨中醒來後，謝詞安就把公文都搬到陸伊冉的房間，在此處理公務，不願回書房，軍營和皇城司也不多待。

童飛進來時，謝詞安正怔怔地出神望向陸伊冉的妝奩，目光溫柔。

「侯爺？侯爺？」童飛連叫兩聲。

謝詞安迷茫地看向童飛，片刻後才問道：「我岳父、岳母住的宅子，可選好了？」

童飛有些意外，顯然沒想到他會問這個問題，但仍如實答道：「侯爺，應當是選好了。余亮昨日就派人過去打掃了，和如意宅只隔一條街。」

「那就好，他們應當也快入京了。」謝詞安低聲說道，隨後又陷入沈思。

見狀，童飛只好硬著頭皮再開口，問道：「侯爺，芙蕖如何處置？」

謝詞安書房投毒一事，只要有機會進他書房的人都難逃罪責。

就連惠康坊的管事秦嬤嬤，謝詞安雖念及舊情，也把她趕回了莊子上。

唯獨剩下個芙蕖，謝詞安特意交代，留著。

提到正事，謝詞安臉上又恢復清冷。「告訴她，按我說的做，定能保她安然出尚京。」

而後停頓一息，又問道：「今日是何時？」

「回侯爺，今日是三月十六。」童飛恭敬地回答。

謝詞安神色陰晴不定，接著吩咐道：「今日就讓她去東宮。」

三月十六，是東宮太子趙元德的生辰，他被自己的父皇囚禁在東宮一年。

今日也是頭一次孝正帝心中感到不忍，主動到東宮來陪他過生辰。

趙元德是孝正帝的嫡長子，孝正帝在趙元德身上花了不少心思和精力，要不是他得了這種惡疾，只怕孝正帝會排除千難萬險，也要他來繼承大業。

可天意弄人，一個君王可以沒有才，就算不得人心他也能扭轉局面，唯獨不能無子。

孝正帝躊躇一番，才向趙元德的主殿走去。

他的御駕到了主殿，但出來迎接他的，就只有趙元德兩個隨身伺候的宮人。

孝正帝臉色鐵青，冷聲喝道：「東宮的人呢？太子呢？」

兩名近侍匍匐在地上，嚇得話都說不清。「回、回皇……」

「滾開！」孝正帝龍顏大怒，一腳把兩人踹得老遠。一進正殿，孝正帝即被屋中的混亂場面驚呆了，就連他這個擁有無數後宮妃嬪的帝王，都忍不住老臉通紅。一屋子宮女衣冠不整，與趙元德廝混在一起，場面讓人無法直視！「薛祿，把這些賤人都給朕趕出去，全都杖斃！」

「是！」

被人一拖，宮女們好似才醒過神來，哭喊、求救聲響徹整個大殿。

侍衛們一人一個，全部拉了出去，就連薛公公都退到了殿外。眨眼間，大殿就只剩下父子兩人。

殿外的吵鬧聲越來越遠，剛剛那一切，好似一場夢。

「你還是我的皇兒嗎？你究竟是誰？」

趙元德身子羸弱，眼窩深陷，臉色蒼白，看著比皇帝還要衰老幾分。

孝正帝心中大痛，一把提起地上憔悴不已的趙元德。

「德兒，你為何要自甘墮落至此？你讓父皇好生失望……」

「這一切不都是父皇您逼的嗎？您明知兒臣身子不行，還要把兒臣日日關在這個牢籠裡，這一關就是一年。」

孝正帝自責不已，顫抖著雙手撫上趙元德消瘦的臉龐，安慰道：「父皇也是迫不得已，父皇定會治好你的病。」

趙元德一把推開孝正帝，呵呵笑道：「治好兒臣這個廢物做什麼？治好了再關，還是說又要換一處地方囚禁？父皇不是早就放棄兒臣了嗎？您要扶趙元啟可對？又是讓他舅父進京，又是讓他聽政，先前說好的封地也不去了。」

孝正帝扶著趙元德搖搖欲墜的身子，厲聲問道：「你聽何人所說？這是在挑撥我們父子之情，你千萬別中計！」

趙元德失聲痛哭起來。「我們還有父子之情嗎？為了您的皇位，有什麼是您不可以捨棄的？中計？兒臣還真希望這只是別人的一個計謀。您把兒臣關在東宮一年，不就是想廢黜兒臣？只是您遲遲開不了這個口！」

見太子的情緒越來越激動，孝正帝不得不放柔語氣。「德兒，父皇只是對你有別的安排，你先聽父皇說可好？」

「別的安排？賜死嗎？你們一個個都嫌棄兒臣，太子妃也嫌棄，就連孤的妾室，那些賤人都嫌棄！」

孝正帝聽他這麼一說，才發現到此時，東宮的女眷竟一個個都沒到場，遂寒聲道：「豈有此理！她們人呢？」

「都被兒臣給殺了！兒臣要她們何用？反正兒臣也是廢人一個，拉她們給兒臣陪葬，路上兒臣也不孤單！哈哈哈……」扭曲的笑聲，在空曠的殿裡格外響亮，讓人心中不由得一寒。

孝正帝驚懼異常，身子微顫，不敢相信，這就是自己從小看到大的長子！他牙牙學語的可愛模樣，好似還在昨日。

心中哀戚，孝正帝摟著趙元德因大笑而咳嗽不停的身子，像小時候哄他入睡那般，輕輕拍著他的頭頂，哄道：「德兒別怕，父皇一定會治好你的，父皇——」孝正帝話還沒說完，一把鋒利的刀刃已劃過他的咽喉。

「父皇，孩兒不想一個人孤孤單單的。母后不在了，您陪著孩兒上路可好……」趙元德早已喝下毒酒，此時七竅流血，緊緊抓住孝正帝的雙手不放，臉上帶著最後一絲微笑，永遠地閉上了眼。

孝正帝還剩最後一口氣，掙扎半天，已發不出完整的聲音。

薛公公發現了異樣，推開大殿的門一看，立即驚呼一聲。「皇上！」

太子的壽辰，變成了他的死期，東宮無一人能倖免。

孝正帝被薛公公揹回了正輝殿，瞞著所有人，只把安貴妃叫來伺候。

幸運的是，幾位太醫的醫術高明，從閻王爺手裡把孝正帝搶了回來，只是傷口太深，傷了嗓子。

幾日過去，正輝殿沒傳出一點消息。

朝堂上群官們表面上不敢妄議，可私下早已是人心惶惶，都聚在衙門，也不敢提前下衙回府。

第三日，薛公公終於把謝詞安也請到了正輝殿。

謝詞安也是一臉震驚。

孝正帝脖頸上圍著厚厚的一圈棉布，與人交流基本上都靠手寫。

謝詞安讓芙蕖入東宮，透露近期的一些朝中大事，他的本意只是想讓孝正帝早做決定，下詔廢除趙元德，沒想到最終的結局卻是這樣。究竟那日發生了何事，他也不想知道。

權力是把雙刃劍，不能善用，傷的就是自己，孝正帝便是如此。

皇上手持狼毫，在詔書黃綢上顫巍巍地寫道：九皇子監國，謝都督晉升為輔政大司馬，內閣從旁協助。

他身體虛弱，這短短幾個字已費盡了他所有的力氣。

狼毫落下那一刻，他無力地躺回安貴妃的肩上。

安貴妃雙眼紅腫，她心中雖對孝正帝有怨，卻不想看到他如此模樣。

薛公公哽咽道：「司馬大人，請接旨吧。」

這一刻，謝詞安沒有片刻猶豫，接下了這副重擔。他撩袍跪下，聲音洪亮地道：「臣，定不負皇恩浩蕩！」

午時聖旨一下，朝堂上下譁然一片。

眾人以為謝詞安不會把這個位置拱手讓給九皇子，以他手上的兵權，又將會上演一場腥風血雨時，謝詞安竟然心平氣和地接了這道聖旨。

外面的流言蜚語，謝詞安沒空理會，等到孝正帝服下藥丸睡下後，他才起身離開。

謝詞安一出大殿，安貴妃也跟了出去。

她的心情難以平復，眼眶濕潤，小心翼翼地說道：「謝大人，請留步。以後我們母子倆，還得仰仗大司馬。」

「貴妃娘娘不必如此，這是臣應當做的。這幾日，臣會派人嚴加保護您與九皇子，娘娘不必憂心。臣先告辭。」

「你這樣做……是不是因為冉冉？」安貴妃見他轉身要離開，還是問出了心中的疑問，因為她實在想不出謝詞安改變主意扶持自己兒子的理由。

「娘娘不必疑惑，臣不敢忘卻本分，只是遵從聖意而已。」

見安貴妃一副惶恐不安、孤立無援的樣子，又讓謝詞安想起了從前陸伊冉每次進宮時也是如此，心中驀地大痛，越發愧疚，遂又補充道：「臣也不想讓冉冉為你們擔憂。多謝姑母往日對我夫人的照拂。」因為是陸伊冉的親人，所以這一聲「姑母」好似也沒那麼難喚了。

一聲「姑母」，讓安貴妃放下了所有的防備，也心安理得地接受了謝詞安作為晚輩的俯首一禮。

六皇子本人根本沒把九皇子監國這事放在心上。

皇后派人去催了他幾次，他都不願回宮，整日跟在惟陽郡主身後，心甘情願當個書僮。

起初長公主嫌棄他沒有出息，但自從在外歷練幾個月後回來，他處事為人變得更加穩重了。

他把新王府的後院整頓一番後，又為他岳父大人解決了生意上幾件棘手的事，就是不願把心思花在朝政和公務上。

聽到這個消息，長公主和淮陰侯除了擔心皇上的龍體外，更重要的是，心中大大地鬆了一口氣，因為這和他們之前猜想的一樣。他們本就不指望趙元哲能幹什麼大事，只要對自己女兒好就行了，這下終於如願，只是有些擔心皇后受不了這個打擊。

謝詞微徹底沒了主意，如今連自己的兒子都不願與她同心。

她不肯放棄，又回了一趟侯府，找到謝庭毓和謝詞佑父子倆，讓他們明日早朝上書，駁回九皇子監國的旨意。

榮安堂的陳氏臥病在床，望眼欲穿，最後等來的是皇后娘娘交代完就離開侯府的消息，她嗚嗚咽咽，不停地捶打床沿。

自從病後，皇后娘娘就沒回來看過她一眼。

而自己的小女兒一回娘家就哭訴著梁家人是如何薄待她的，有說不完的委屈。

無人幫忙，陳氏終於體會到了什麼叫生不如死。

謝詞微走後，謝詞佑思慮一番，說道：「父親，聖旨來得太過突然，二弟有可能還沒做打算，此事找他商量後再議吧。」謝詞佑私心裡並不願意替皇后娘娘出頭，畢竟她在宮中的名聲和六皇子的能力，都是人盡皆知的。

「我也正有此意。我先往軍營去一趟，當面問過就明白了。」

謝庭毓剛出府門，欲前去軍營找謝詞安，瑞王趙元哲就讓人給他帶信，要他到春朦茶肆一聚。

猜想六皇子和他母親的目的一樣，謝庭毓也沒多想，讓人駕車就往城北的春朦茶肆趕。

一到茶肆門口，就有人來接謝庭毓，在前面給他帶路。

但那丫鬟並沒把謝庭毓帶進茶樓，而是從茶肆的旁邊，進了一個小巷口。

謝庭毓覺得有異，駐足不前，不願進後院，正當此時，恰巧看到趙元哲的近侍，於是他不再猶豫，邁進了院子。

穿過後院的天井，跟著領路人緩緩踏上青石板鋪成的樓梯，正要爬上二樓時，突然聽到了趙元哲痛苦的質問聲——

「妳怎能做出如此……」

謝庭毓一愣，快步走上二樓。

只見趙元哲佇立在廂房外，而屋內謝詞微和一男子衣衫不整、慌亂起身的畫面，就這麼猝不及防地出現在謝庭毓眼前。

屋內的兩人也看到了趙元哲身後的謝庭毓。

「大伯父、哲兒，你們聽我說……」謝詞微一臉懼意，想解釋，卻又無法掩蓋她與祝北塵暗通款曲的事實。被最不想看到的兩人撞見，她如今解釋再多也無用了。

「孽女！謝家的臉被妳……」後面幾個字謝庭毓氣得說不下去了，捂著臉，羞愧地轉身下了樓。

趙元哲惱羞成怒，抓起謝詞微身後的祝北塵，一拳揮了過去，接二連三的拳頭紛紛落在祝北塵臉上。

謝詞微勸阻無用，怕趙元哲真把祝北塵打死了，急得喊道：「別打了，他是你親生父親！」

趙元哲和祝北塵聞言，俱是一驚，當即呆愣住。

第二十九章

謝詞微本想把這個秘密帶到棺材裡的，為了她自己的野心，她甚至連祝北塵都沒提過一個字。

但看祝北塵的臉被打得烏青了都不願還手，再看趙元哲這架勢，似乎今日不打死祝北塵是不會罷休的，她不願看到他們父子倆拳腳相向，不得已只好道出這個秘密了。

「當年你外祖父拆散了我和你生父，等你生父離開時，我才發現我早已有了身孕。為了瞞住這個秘密，我騙過所有人，聽你外曾祖父的話到了宮中。哲兒，他是你的父親，只有他才是一心一意為你謀劃的。」

趙元哲痛苦地捂住自己的耳朵，歇斯底里地喊道：「不是的，我是父皇的兒子！他不是我的父親，他不是……」

做了近二十年的六皇子，他無論如何都接受不了這個結果，當場落荒而逃。

跑出後院的趙元哲哪裡都沒去，直接奔向城外的軍營。

對於趙元哲的到來，謝詞安一點也不意外，因為這一切都是他設的局。

關於趙元哲真正的親生父親一事，他也是近日才知道的。

這樣的秘密，趙元哲對誰都不能說出口，他神色哀傷，沈默許久。

謝詞安也沒多問，就默默地陪著他。

於私情而言，謝詞安對趙元哲不是沒有內疚，但趙元哲不適合做君王，這樣做，也是逼趙元哲自己主動放手，不讓他陷入權力的漩渦。

只要趙元哲人在尚京一日，謝詞微為了她的私慾就不會罷手，會不停地謀劃害人。

太子死後，他讓人查探後才知，原來太子的惡疾也是謝詞微所害。

她成了權力的奴隸，如果再讓她坐上高位，還會有更多的人逃不出她的魔爪。

這也是為何謝詞安故意要讓謝庭毓看清她真面目的用意，為的是讓謝家不再為她出頭。

半晌後，趙元哲平靜了下來，終於忍不住出聲。「舅舅，我不想留在尚京。」

謝詞安早就替趙元哲想好了地方。「去吳郡吧，那裡百姓富庶，地域遼闊，且離尚京不遠，臣也能護得住你。」

「舅舅……」趙元哲忍著淚意，激動地低喚一聲。

謝詞安難得在趙元哲面前溫情一回，拍了拍他的肩膀，委婉地道：「這是舅舅欠你的。」

三日後，瑞王趙元哲帶著自己的王妃惟陽郡主，主動請旨到封地吳郡。

孝正帝點頭答應。

趙元哲走得匆忙，其岳丈一家卻是全力支持。

離京那日，趙元哲連華陽宮都沒踏進一步。

這對謝詞微來說，無疑是晴天霹靂。

她的馬車緊追在趙元哲身後，但無論如何呼喚，趙元哲都沒為她停留一步，最後決絕地消失在她的視線中。

回到祝北塵落腳的別院後，謝詞微一臉不甘，失聲痛哭起來。

祝北塵擁著她的雙肩，心中也很苦澀。親生骨肉不但不認他，就連看他一眼，好似都嫌髒。到此時，他還忘不了趙元哲離開時看他的那一眼。

當知道謝詞微當年在那樣艱難的環境下，都堅持生下自己的骨肉時，於他而言，他要的已經夠了。就算賠上自己的一生，他依然沒有任何怨言，只恨自己無力改變這一切。

「算了，微兒，殿下終有一日會想通的。」

「想通又如何？我們已沒機會了……」

「微兒別怕，就算大業最終落在九皇子手上，只要除掉一人，後宮依然是妳的！」

自九皇子監國以來，他自知身上擔負著重擔，才十歲的年紀卻是嚴以律己，卯時一到就起身上早朝，從未遲到缺席過。

這日是他監國的第十日。

朝堂上，第一個上奏的就是工部王侍郎，提議重修水運江通渠。自工部尚書陳勁舟被罷官以來，工部就由王侍郎全權負責。

江通渠是尚京通往江東的水運，年年修葺卻是年年漏水，尤其到了七、八月乾旱時，連船都行不了，江東的東西也運不進來。

才一提，戶部裘尚書就堅決反對，開始訴苦，抱著僥倖心態不願花錢修葺。

以往陳勁舟也是按裘尚書說的這般做，見雨水充沛就放任不管，到三、四月見雨水稀薄才開始修葺。今年雨水儲備充足，不用再修繕，可以省下一筆銀子。

王侍郎是從外縣調回尚京，靠實績升上來的，他做事從不偷奸耍滑，當即據理力爭，不肯妥協。「還請九皇子作主！此事拖不得，否則到時不能行船，江東一帶的商戶們鬧起來，可是臣等的失職。」

往年陳勁舟做事圓滑，遇到行不了船時，他就推卸責任，到最後，六部多多少少都有問題，但也只是被皇上訓斥幾句而已。

就連皇上也是持保留意見，一直沒有主張修葺。

今日工部王侍郎又奏了上來，九皇子也是左右為難。

下意識地，九皇子又看向佇立在群臣首位的謝詞安，見謝詞安依然像往常一般，並未給他回應，腦中不禁想起謝詞安之前對他的鼓勵——別怕，臣就在您眼前，大膽些。

九皇子遲疑一番後，看向群臣，大聲問道：「各位大人，不知有何高見？」

詢問一番後，大家的意見基本上和裘尚書的一致。

「如若不修，今年夏日再出現乾旱，不能行船時，再來補救便為時已晚。到那時，又該如何是好，各位大人可有想過？」

九皇子的話音剛落，六部其他幾位尚書就紛紛拋出他們的難處。

「殿下，照這樣說，我們兵部要採買的東西比修水渠可重要多了，此渠不通，走另外一條就是。」見謝詞安並沒出聲制止，張徹越發膽大起來。

刑部魏尚書也接過話頭。「我們刑部也是，天牢已年久失修，那木門一腳便能踹開了。」

九皇子聽得頭都大了。

就在禮部孫尚書把笏板一抬時，謝詞安終出聲打斷眾人的話。「殿下以為該當如何？」

九皇子像是受到了極大的鼓勵，他神色嚴肅，正色道：「本宮以為，寧願萬無一失，也不能僥倖而為，必須修繕。」

「殿下小小年紀便能考慮周全，臣等自愧弗如，既是如此，王侍郎按章程走就是。」謝詞安一錘定音。

謝詞安一出聲，整個大殿都安靜了下來。

這幾日早朝，謝詞安都未多說什麼，眾臣以為六皇子是被皇上趕出尚京的，謝詞安心中有怨，是不會支持九皇子的，說不定正在醞釀一場大計劃，因此接連幾日，為難九皇子的聲音就沒停過。今日謝詞安這一表態，倒是讓大家看清了形勢。

「江通渠年年修葺，的確耗費人力、物資，臣會再向皇上請旨，選合適的區域，重新修建；但這也得一、兩年時日，這其間，江通渠該修繕時，也不能偷工減料。」

這幾日面對眾臣的異議，不是謝詞安不出聲幫扶九皇子，而是想讓九皇子獨立面對。不知不覺中，九皇子已從不敢開口，到能獨立應對多位官員的刁難，也算是一大進步，比他第一日到大殿上時的不敢出聲要好上許多了。

九皇子小小年紀，悟性極強，他記住謝詞安的提議，先按自己想的做，錯了也無妨，但一定要發聲；自己不能確定的，則一律回應會再回去問他父皇。

今日謝詞安的態度，也是對他前幾日的肯定。

一回到自己住的玉泉宮，九皇子就把這一好消息分享給他的母妃。

安貴妃自是替他高興。

這些日子她又要照顧皇上，又要擔心九皇子到了早朝會應付不過來。

如今看來，兒子才短短幾日就適應了君王的生活。

這也是她不得不正視的問題——她兒子一點兒也不排斥朝政，甚至信心滿滿。

陸佩顯夫婦倆到尚京時，謝詞安已為他們安排好了一切，新來乍到的忐忑不安也消失得乾乾淨淨。

循哥兒的奶娘因家中有事，走不開，江氏准許她處理好家中事再來尚京。

余亮把人帶到他們自己的院子後，江氏馬不停蹄地就要去看自己的一雙兒女和外孫。

到了伊冉苑，只有循哥兒一人在。

方嬤嬤怕老太太發現，把江氏叫到一邊，才支支吾吾地說出實情。

猶如一盆冷水，把江氏澆了個透心涼，連住在武館的陸伊卓，她都沒心情去看了。

金陵的冷，陸伊冉這次是見識到了。

四月的天，依然要裹著厚厚的皮襖和斗篷，只有在屋內才能穿輕便的褙子。

陸伊冉剛隨老太太巡完鋪子回來，便迫不及待地脫掉金陵人都愛穿的皮襖，就見小腹更加明顯了。

碧霞和如風自從知道陸伊冉懷的是自家侯爺的骨肉後，對她的態度也改變不少，幾乎是言聽計從，弄得陸伊冉哭笑不得。想起自己調教如風費了不少精力，之前如果不是怕關韶起疑，一開始就用肚子裡的孩子要挾兩人，只怕效果會更好。

「姑娘，阿依娜在客廳等您。」

陸伊冉剛想歇下，如風就來稟報。

她不想起身，就讓人把阿依娜帶到自己的廂房來。

阿依娜大腹便便，被人扶著進來。

雲喜為陸伊冉墊上厚厚的軟毯。

「以後有什麼事，讓人來說一聲就行，不必妳親自走一趟。」陸伊冉實在有些睏倦，也沒起身，就坐在床榻上與阿依娜說話。

「陸娘子救了我們母子倆，但妳交代的事我卻沒辦好，實在有些對不起妳。」

為了與關韶少些接觸，更不願讓他進自己的房間，陸伊冉就把主意打到了他之前的那些小妾身上，但這些小妾她不熟絡，因此就讓阿依娜去接觸她們，傳達她的意思，也讓阿伊娜對她少些敵意。

結果白日時關韶大多時間都是在外忙生意，到了晚上一回府，那些小妾就往他跟前湊，他覺得煩，掉頭就走，有好幾次都是歇在阿依娜的院中。

「這與妳無關，妳也別傷心。如今妳大著肚子，等生下孩子後再去伺候六爺也不遲。妳的相貌出眾，無人能及，六爺對妳也還算上心，不然之前他為何要把妳偷偷藏在府外，而不是直接給妳一碗打胎藥？我也不會主動再提給他納妾的事，等妳生下孩子後，身子養好了，就給六爺多生幾個，這樣他對妳只會越來越好。」

阿依娜有些驚訝，之前還懷疑陸伊冉對自己別有用心，如今一看，她真的與自己所求不同，心中也釋懷不少，更願意和陸伊冉一條心。

陸伊冉看出了關韶對阿依娜還有幾分真心，既然那些小妾入不了關韶的眼，因此她便改變主意，打算極力撮合兩人，讓阿依娜拴住關韶的心。

至於關韶想要的嫡子，就讓阿依娜去生，到時寄養一個在自己名下即可。

兩人的婚事定在六月，按照之前的約定，關韶順利當家後，會給她三萬兩的銀子。

因為她有身孕之事瞞著關韶，所以他突然改變主意，只給了陸伊冉一萬兩，這其實已經失信了。

想要讓她與他大婚，陸伊冉必須拿到這另外的二萬兩銀子。

她以後的打算是要脫離關家，自立門戶，而不是安安心心地做他關家的當家夫人，否則和她之前在謝家有何區別？

每日與老太太巡鋪子時，陸伊冉也仔細留意著金陵的生意。

關家的生意做得很廣，除了酒樓和小吃沒有涉獵外，其餘的賺錢門道基本上都已獨霸。

她不能與關家硬碰硬，就只能做他們關家沒有的，金陵也少的。

多日的觀察下來，她發現金陵人很少有糕點鋪子。他們的膳食多數以肉食為主，偶有幾家糕點鋪，賣的大都是牛乳糖和肉乾，乳糖又甜又膩，肉乾則是硬得可以咬壞一口牙，再不就是粗糙的雜糧餅。

作為吃過精細糕點的大齊人，那些糕點她實在難以下嚥，於是腦中也有了自己的想法，她要在金陵繼續做糕點生意。

她初次到關家時提過做糕點一事，但關家卻沒人嚐過她親手做的，所以到時鋪子做大了，也懷疑不到她身上。

老太太對她照顧也僅僅是因為她是闕韶未婚妻的這一重身分。

有了在謝家的教訓，如今她再也不會掏心掏肺地對別人好了，這樣以後與闕家沒了利益牽扯後，她也能灑脫離開。

這日她與老太太巡鋪子時，發現主街上有一家糖果鋪子要出售，這是千載難逢的機會，因此回來後就讓碧霞找人買了下來，還一併買下了鋪子裡未售完的糖果。

回到自己院子，沒了外人，碧霞才憂心地道：「姑娘，這樣實在划不來，只怕要虧。店家就是因為這生意難做，才出售鋪子的。」

陸伊冉撫了撫自己的小腹，淡淡道：「無妨的，這兩個月就依舊賣原來的糖果，讓它虧著。以後我們每隔一段時日就增加一些新品，這樣日後生意好了，也不會讓人注意到我們。」

她如今的身子不能這麼勞累，等她生下孩子後，便是她大展拳腳的時候。

一個月過去了，孝正帝的嗓子依然發不出一點聲音，他也慢慢接受自己徹底成了啞巴的事實。

這一個月裡，他病痛的同時，也享受了之前從未享受過的天倫之樂。

太子死了，加上自己的病情，孝正帝一度極為消沈頹廢；但安貴妃每日陪著他，九皇子也每日來匯報朝堂之事，是眼前這兩位至親之人治癒了他。

從前的遠大抱負，有自己的兒子代他完成，他也能欣然接受。

「父皇，您安心養病，有了大司馬的輔佐，兒臣一定不會讓您失望的。等您康復那日，御案上不會給您留一封奏摺。」

孝正帝不能出聲，只能緊緊握住九皇子的雙手，頻頻頷首，滿眼欣慰。

隨後又拉過元昭公主的手，眼中盡是愧疚。

元昭公主的婚事在六月十六，她陪著自己父皇和母妃的日子不多了。

「父皇，女兒從沒怨過您。皇弟年紀尚幼都知道為您分憂，女兒能嫁到西楚，就當是為大齊出上自己的一份力吧。您不用擔心，後院的事，女兒應付得過來。」

安貴妃看著這溫馨的一幕，心中十分平靜，對將來之事，也沒有之前那麼惶恐和抗拒了。

自從謝詞安對她表態，以及在朝堂上對九皇子的支持，如今，他們母子倆不再是孤苦無依了，身後有人倚仗，就更加從容了。

姊弟倆退下後，孝正帝默然半天，拉過安貴妃坐近自己身旁，寫下自己欲傳位的想法。

安貴妃按住他要蓋玉璽的手，勸道：「皇上，再等等吧。」

六皇子離開尚京後，華陽宮就更加冷清了。

謝司馬扶持九皇子，放棄了皇后和六皇子，已成為不爭的事實。

謝詞微大勢已去，對於皇后的落魄，宮中人人幸災樂禍。

就連謝詞錦都不願再踏足她的華陽宮，何況是其他妃嬪？

如若不是忌憚謝詞安的權威，只怕眾妃早已對謝詞微下手，要討回她們之前受的委屈和傷害了。

如今無人再去華陽宮給她請安，見了她的面也懶得再裝，直接無視她的存在，掉頭就走。

人情冷暖，這是謝詞微入宮這麼多年來，第一次體會。

眼看自己的身邊人一一背叛、遠離她，心中不甘的同時，更加嫉恨安貴妃母子倆。

上次被自己的大伯和兒子捉姦後，她查出了是方情所為，方情早已投靠了謝詞安，她與祝北塵的事情，每日都會被方情通報給謝詞安。

事後，方情也難逃一死，被祝北塵一劍刺死。

如今自己身邊除了祝北塵，真的再無人能用。

她去正輝殿求見過幾次，但孝正帝都不願見她。

九皇子登基只是早晚的問題了，她想最後再為自己搏一回，讓皇上看在謝家的面上，傳位新帝時能宣旨升自己為太后。

這條路行不通，於是她又堵在謝詞安去奉天殿的路上，想再見一次謝詞安。

早朝後，她在奉天殿外，終於見到了謝詞安。

謝詞安一臉冷清，沒了往日的恭敬，眼眸一抬，只敷衍地行了個拱手禮，便從她身旁走過。

謝詞微忙出聲喚道：「二弟，本宮有話對你說！」她以為謝詞安不會在人前駁自己的面。

誰知下一瞬，謝詞安卻走近她幾步，寒聲道：「娘娘來找臣之前，應該先數數自己做過多少傷害臣的夫人和臣的事，倘若妳數明白了，就該知道，這一次妳來了也沒用。還有一件事，臣要當面告知娘娘，妳的毒白投了多年，臣有位好夫人，臣無事。」說罷，謝詞安大步踏上玉階，冷漠地離去。

謝詞微就如風中的落葉，徹底沒了根，腳步踉蹌。

謝叔在侯府離奇失蹤後，她還抱著僥倖心態，心想謝叔是提前逃走了。哪知，謝詞安早已發現了真相……

這下，她徹底失去了依靠。

要不是一旁的宮女扶著，只怕謝詞微早摔在地上了。

眾叛親離便是如此，她絕望地呵呵一笑，推開宮女的攙扶，搖搖晃晃地離開了奉天殿。

一路上，她不知跌了多少次，短短的一段路，她好似走了一輩子。

回到華陽宮，她眼神空洞、蓬頭垢面，癱倒在地。

「微兒。」
整個大殿空盪盪的，這一聲，好似才把她叫醒。
祝北塵幾日不見謝詞微出宮，他擔心她，因此不顧個人安危，偷偷進了宮。
「北塵，我……我什麼都沒有了。」
宮女都在殿外候著，兩人緊緊擁抱在一起。
「微兒，還有我，後面的事交給我吧！」
九皇子監國以來，謝詞安大部分時日都留在宮中，還好有鄭僕射和幾位尚書從旁協助，不然他就是分身乏術也忙不過來。
他心中惦記著循哥兒，每日再晚都要回府一趟。
這晚他回到惠康坊已過亥時，陸伊冉的廂房還留著燈，他進屋一看，見陸佩顯夫婦倆都在。
江氏眼眶微紅，見謝詞安進來，忙起身。「姑爺你回來了？廚房裡我溫了參湯和膳食。」
「不用了，岳母，我回來只是想看看循兒。」
床榻上的循哥兒睡得香甜無比。
陸佩顯有些心事重重，招呼謝詞安一聲後，就沒了聲音。

謝詞安看出了端倪，主動詢問道：「岳父有何煩心事？可是在衙門有何委屈？」

陸佩顯為謝詞安倒上熱茶後，淡笑一聲，說道：「在尚京城，誰敢給我委屈？宮中貴妃和殿下有你扶持，我們也放心；就是……」話還沒說完，陸佩顯停頓一息，擔憂道：「我只是放心不下冉冉，聽說她已有了身孕。」

夫婦倆來尚京一月，原本從未在謝詞安面前提過陸伊冉，就怕他傷懷，今日還是阿圓不小心說漏了嘴，兩人才知陸伊冉有孕的事。

之前謝詞安瞞著，也是怕他們憂心，如今兩人知情後，如何能心安理得地裝不知情？

陸佩顯到了衙門還有公務要處理，倒可以分散些注意力。

但這一整日，江氏都心不在焉，連給武館的陸伊卓送午膳的事都忘記了，還是㚇㚇自己回來拿的。

他們早已把謝詞安當自己人看，說話也沒了之前的瞻前顧後。

江氏心中著急，勸道：「姑爺，你去把冉冉接回來吧！如今她心中沒了顧慮，會慢慢接受你的。如果她對你沒有一點心，是不會留下肚裡的孩子的。」

一提到陸伊冉和她肚子裡的孩子，謝詞安心口的痛又蔓延開來，像滾雪球一般越滾越大。

自從陸伊冉離開後，他就用公務來麻痺自己，不去想她在那邊如何？有沒有人欺負她？只想用自己的方式快一點，再快一點，讓她沒有顧慮地回來自己身邊。

白日有公務忙碌，但夜深人靜時，一閉上眼睛，全是陸伊冉的身影。

謝詞安一臉痛楚，遲疑地道：「我不想再讓她失望，我想再等一等，等一切塵埃落定時……」

「可是她與那關韶若真的成了婚——」江氏不明白謝詞安的心思，大聲道。

謝詞安倏地起身，有些不敢面對此事。「小婿有些累了，先回去歇息了。」

謝詞安一夜難眠，腦中都是陸伊冉穿著紅嫁衣嫁給關韶的一幕。

早上起身去宮中時，他一臉憔悴。

早朝後，謝詞安剛出大殿，余亮就一臉慌張地走了過去。

路上全是陸陸續續出大殿的官員，謝詞安避開人群，走到一處角落。

余亮才小聲地說道：「侯爺，剛剛暗衛來報，安貴妃今日出了宮，說是……夫人相約到雲山寺，可夫人根本不在尚京啊！」

謝詞安的神色立刻變得凝重起來。不能讓安貴妃有事，否則冉冉回來後會傷心，會對他失望。他當即問道：「貴妃娘娘出宮多久了？」

「應該不久，娘娘一出宮，暗衛就來告知屬下了。」余亮回道。

謝詞安不敢停歇，疾步向宮門走去，余亮緊跟在他身後。

「聯絡上跟在娘娘身後的暗衛。」

余亮沒接他的話，而是擔心地勸道：「侯爺，實在太過危險了，您不必親自到場，交給屬下和童飛吧！」

「此人武藝高強，還善用毒，你二人不一定應對得過來。」謝詞安健步如飛，一邊向西華門走去，一邊對余亮解釋。

他心中大概已猜到是何人所為了，昨日謝詞微來找他，他就知道她想要做什麼，晚上時安插在華陽宮的人也來回稟，說祝北塵竟然膽大妄為，偷偷進了宮，於是他便在安貴妃和九皇子身邊又添了不少人手。

在宮中沒有下手的機會，祝北塵就把人騙到宮外動手。

一出西華門，謝詞安便搶過一位武官的坐騎，翻身上馬，疾馳而去。

余亮緊跟在他身後。

主僕兩人剛到外城門口，就看到了暗衛一路留下的記號。

兩人隨著記號，一路跟到城郊的山林處，就聽到了前面的打鬥聲。

下馬後，兩人謹慎靠近。

在一處懸崖邊，謝詞安終於看到了暗衛身後的安貴妃。

他派去的暗衛多數已遭了毒手，還有兩個身受重傷的侍衛護住貴妃娘娘，往身後的山林退去。

安貴妃和連秀躲在暗衛身後，嚇得瑟瑟發抖。

謝詞安從身後就辨出了蒙面的祝北塵。

一陣淩厲的掌風襲來，祝北塵一轉身，就看到謝詞安已來到他跟前。

他來不及後退和防備，被謝詞安重重一掌打飛出去。臨近懸崖邊，他凌空幾個跟頭，又翻到平地處。

「帶娘娘走！」謝詞安頭也未回，交代了一句。

安貴妃見到謝詞安出現在自己眼前時，心中踏實了不少。

可看他們只有兩人，還是忍不住擔心道：「大司馬，你……」

「娘娘，快走吧，莫要成了我們侯爺的負擔。」其中一個暗衛見形勢緊張，忙出聲提醒。

這個空檔，暗衛們護著安貴妃，麻利地上了馬車。

祝北塵卻不願錯失這個機會，躍上車頂，一劍刺向馬車內！

誰知謝詞安比他更快一步，拉出了兩人。

祝北塵劍鋒刺空，狠戾問道：「你為何要幫外人？她才是你姊姊！」

謝詞安乘機飛上車頂，再次與祝北塵短兵相接，纏鬥在一起，不死不休，不給他留一點機會接近安貴妃。

刀鋒用力地碰撞在一起，發出刺耳的聲音。

謝詞安把祝北塵逼至死角，冷聲回道：「她從來就不是我的姊姊，而是我的仇人！」

祝北塵長腿一掃，謝詞安身子一躍，兩人被迫分開，各自落回平地。
眼看余亮帶著安貴妃揚塵而去，祝北塵快速躍起，落於馬背上，追了過去。
謝詞安豈會給他機會，再次從他背後襲去，於是兩人又是一番激烈的廝殺。
眼看人越走越遠，祝北塵徹底慌了神，一時沒留意，被謝詞安一劍刺中了後背。
祝北塵反手就是一把藥粉撒了出去，趁謝詞安遮擋時，將一把短刀插進謝詞安的胸膛。

陸伊冉午膳歇息時，雲喜在床榻邊整理衣衫。
突然，床榻上的陸伊冉大喊一聲。「不要！」
雲喜驚得手一抖，衣裙掉落在地，她撿起地上的衣裙時，陸伊冉已坐了起來。
陸伊冉滿頭大汗，一臉害怕。
「姑娘，您作噩夢了？」雲喜用手帕替她擦了汗，勸道：「姑娘，您再歇會兒吧，還早著呢！今日老太太——」
「我想出去透透氣。」陸伊冉一個字也沒聽進去，她心有餘悸，還沈浸在剛剛的夢境中——她夢見謝詞安被人一刀刺中胸口。
雖然只是一個夢，醒來後，腦中卻一直浮現出那一幕畫面，她心口悶痛，有些喘不過氣。
來金陵三個月了，她時常掛念著循哥兒，卻很少想起謝詞安，她覺得自己應是忘記他了，可為何夢到他被人刺殺時，會那麼難過？

出了院門，陸伊冉沒有目的地亂走，不知不覺走到關韶的院落外。

她正欲離去時，就聽見院落裡傳來關韶熟悉的聲音——

「之前五殿下答應娶大齊的那位公主，看中的就是她的母妃勢單力薄，可誰知……」關韶停頓片刻後，話鋒一轉，繼續說道：「大齊已經變天了，太子已死，孝正帝重傷，六皇子去了封地。如今九皇子監國，他便是日後的大齊新帝，你的岳母便是大齊的太后，有了這樣的靠山，與你之前的初衷背道而馳，你豈不是要退了與那位公主的婚約？」

陸伊冉混沌的腦袋瞬間炸開，她扶著院牆，豎起耳朵仔細聆聽，以為自己聽錯了。

她一遍又一遍地告訴自己，這不是真的，這不是真的！

這和前世的結局截然相反啊！

雲喜見她臉色蒼白，忙扶住她，想帶她回自己的院落。

這時，一陣清冷的聲音接著說道：「這與她無關，在背後主導這一切的人是謝詞安。」

陸伊冉猜測，此人便是西楚的毓王，五皇子邊景幽。

這一計悶棍把她打得措手不及，她寧願相信兩人是騙她的，也不相信這一切是真的。

謝詞安為何要這樣做？他不是把謝家的利益和名譽奉為圭臬嗎？為何要扶持她的表弟？

究竟是為何？

她捨下一切來西楚，就是為了改變陸家人和自己的結局，結果卻是如此？

不知不覺間，她已淚流滿面。

這三個月來，她強撐著一口氣，不去想結果，也不計較得失，一門心思要在西楚站穩腳跟，闖出自己的一片天，可老天卻給了她這樣一個結果……

她推開雲喜的攙扶，急著逃離，卻慌不擇路地撞翻了花盆。

「砰」的一聲，驚得院中人驚呼出聲——

「何人？」

小廝出院門一看，院外根本沒人，只有一隻橘花貓站在院牆上衝他喵喵直叫。

陸伊冉回到自己的房間，平靜下來後，喚來碧霞和如風。

「我知道妳們有辦法聯繫到暗衛，我要知道尚京宮中發生的所有事情，還有……還有謝詞安的事。」見兩人一臉訝異，陸伊冉出聲催促。「此刻就去！」

領悟過來的二人驀地一臉歡喜，忙應道：「是！」

實際上，林源派來的人早已聯絡上了她們，只是沒有傳消息出去而已。

林源按謝詞安的吩咐，派人守在她們周圍，保護陸伊冉的安全。

如今陸伊冉自己主動表示想知道侯爺的消息，兩人當然高興。

第三十章

惠康坊。

這幾日，人人都過得提心弔膽。

謝詞安那日被祝北塵刺中心口後，已經昏睡了五天五夜都沒醒過來。

祝北塵當場殞命，而謝詞安自己也沒討到好，被祝北塵用淬毒的短刀刺成重傷。

童飛把人帶回來時，謝詞安的嘴唇都已烏青發黑。

安子瑜配藥給他解了毒，但他卻一直沒醒過來。

安貴妃整日惶恐不安，自責不已。

老太太守在謝詞安身邊，眼睛都哭腫了。

江氏和陸佩顯也好不到哪裡去，兩人寸步不離地守著他。

女兒人還沒回尚京，女婿又出了事，想到陸伊冉和兩個孩子，江氏的眼淚就沒停過。

「姑爺，你可不能再睡了，冉冉還等著你去接呢！」

陸佩顯見所有方法都試過了，依然不行，遂道：「老太太，去把循兒帶回來吧，說不定孩子喚一聲，比我們喚幾日都強。」

這兩日，老太太也知道了陸伊冉離京的實情。在老太太眼中，謝詞安的命比任何人都重要，他是他們謝家的天，可他卻為了救陸家人，連命都不顧了！她心中有怨，沈聲道：「他心心念念想的是誰，難道你們不知道嗎？」如果謝詞安好不起來，她也有隨自己孫子去了的想法。

江氏和陸佩顯夫婦倆心中愧疚，只能沈默。

謝詞安受傷的消息，目前只有他親近的幾人知道，就連循哥兒都瞞著，讓方嬤嬤把循哥兒帶到隔壁江氏夫婦倆的院子，就怕嚇著孩子。

朝堂上，九皇子則宣稱大司馬去了外地軍營處理公務，這幾日是鄭僕射輔佐著朝中大事。

但長此下去，顯然是行不通的。

秦大夫和安子瑜兩人醫術了得，該用的藥、該想的法子都用上了，到此時，兩人也束手無策了。

而一直昏迷不醒的謝詞安也不好受，毒雖然解了，身子卻疲憊得沒有一點力氣，身邊又好似有一層屏障，把他隔在另一個天地，只餘他一人。

身邊的人說了什麼，他聽得清清楚楚，就是回應不了。

他腦中一直出現陸伊冉和別人拜天地的一幕，像是催命符一般，揮之不去，他無法接受，所以閉上眼睛不願醒來。

直到第十日晚上，從西楚傳來的消息，讓余亮好似看到了救星。

等屋中幾人稍稍離遠些時，他才悄悄湊到謝詞安耳邊，輕聲說道：「侯爺，金陵傳消息來了，夫人還沒與那人大婚，夫人想知道您的消息。」

余亮的一席話，就像給謝詞安黑暗的世界裡照進一束亮光，讓他漸漸清醒的腦中想起了京郊那片特意為陸伊冉修建的草坪，綠油油的，充滿了生機。

他記起自己還沒與她一起去草坪騎過馬，如何能這樣一直睡下去？心中有了期盼後，他拚盡全力地睜開了眼。

余亮見狀，高興得像個孩子，又哭又笑，大聲喊道：「我們侯爺醒了、我們侯爺醒了！」

看著一屋子人關心的面孔，謝詞安開口的第一句話卻是：「把信給我。」

余亮忙遞上信件。

謝詞安吃力地拆開，信中內容和余亮敘述的大致一樣，這才淡淡一笑。

他見屋中沒有循哥兒，虛弱地問道：「循兒呢？」

大家知道他惦記循哥兒，把熟睡中的循哥兒抱到他身邊，他才一手握著循哥兒的手，一手拿著陸伊冉之前給他縫製的荷包，又昏睡了過去。

老太太以為謝詞安依然沒醒過來，哭喊一聲。

秦大夫忙安慰道：「老太太放心，侯爺只是太過虛弱，需要休養。」

謝詞微在御花園看到安然無恙的安貴妃時，就知道他們的計劃失敗了。

她不死心地等了多日，都不見祝北塵進宮，心也一天一天地往下沈。

終於，等到第五日時，她的廂房門口插了一朵大紫薇花。

這是她與祝北塵的暗號，他人沒來，只留了花。

謝詞微已猜到他出了事，她的天再次崩塌。

她像瘋了一般，衣衫都懶得換，就要出宮去尋祝北塵。

剛出華陽宮，就在甬道上碰到迎面而來的太后。

太后見她如今落魄不已，幸災樂禍的同時，還想再利用謝詞微一次。

「皇后這般慌張，是要去何處？」太后攔在謝詞微身前，不讓半分。

謝詞微哪還有心思應付？她目光無神，身邊一個丫鬟都沒有，木然地越過太后，直直往前走。

太后不願讓步。「皇后這是要出宮？身邊宮人都沒一個，誰來照顧妳？」

「給本宮滾開！」謝詞微終是惱了。

太后見她今日有些失常，語氣稍緩，示好道：「皇后，妳別慌，哀家是來救妳的。妳還有機會翻身，只要妳配合哀家。」

「本宮怎可能還有機會？哈哈哈……」謝詞微絕望地大笑幾聲後，推開太后，抬腳離開。

太后娘娘見此，開門見山地說道：「聽哀家的，只要妳把這包藥粉倒在謝詞安的茶盞中，不出半日，就連神仙都救不了他。」太后把一包藥粉塞在謝詞微手上，悄聲對她耳語道：「到時哀家的皇兒入了尚京，做了天下的主，哀家答應妳，妳依然是皇后，如何？」

謝詞微的目光黯淡無神，不知是真傻，還是裝傻，只回道：「不需要，本宮什麼都不想要了。」

見她一副傻愣愣的樣子，太后一把拉近謝詞微，恐嚇道：「那可由不得妳！那日我見到妳身邊的侍衛，看起來眼熟得很呀！後來哀家回去一琢磨，這六皇子和他的眉目可不是極像嗎？那種像，可是只有親生父子才會有啊！如果哀家把這個消息告訴皇帝，妳的皇兒還能在封地做個瀟灑王爺嗎？只怕連命都難保呢！」

謝詞微怔住，想否認，可看太后得意的表情，腦中不禁想起一句話——只有死人才能永遠保密！

沒有一點遲疑，她化被動為主動，倏地抓住太后的髮髻一扯，將手中的藥粉麻利地倒進太后娘娘嘴裡。

兩人靠得太近，太后身邊伺候的人反應過來後，對謝詞微連踹帶打，但謝詞微就是不放手，死死捂著太后的嘴，分毫不動，等太后娘娘嚥下藥粉時，謝詞微才鬆開手。

等宮人把太醫叫來，也於事無補了，藥已嚥下。

太后娘娘作夢也沒想到，害人終害己，半日不到，她就飲恨西去了。

九皇子下令，把謝詞微囚禁在華陽宮。

半個月後，謝詞微沒有等來她想等的人，卻等來了謝詞安。

幾日前，她特意送信給長公主，想再見一見自己的兒子。信是送出去了，卻遲遲沒有回音。她知道，兒子依然不肯原諒自己。

謝詞安走進殿中那一刻，看到謝詞微如今的模樣時，還以為自己走錯了地方。從前那個光鮮亮麗、高高在上的皇后娘娘，在短短半月時間，竟變得頭髮花白、衣衫破敗不堪，如瘋婦一般。

謝詞微望向謝詞安，諷刺一笑。「你終於還是來了，本宮的好二弟！你假模假樣的，不要說是念及謝家的那點舊情，才來看本宮的吧？」

「我不是妳的二弟，妳我之間只有仇恨，更沒有舊情。看在祖父和哲兒的面上，今日就讓我來送妳最後一程。」

謝詞微進皇宮，是謝老侯爺一手促成的，鑒於此，謝詞安就當是為自己的祖父做最後一件事——清理門戶。

他憐惜趙元哲，一旦趙元哲的身分被人發現，只怕連謝詞安想保都保不了。

一聲令下，童飛端著酒壺走了進來，倒滿一盞，遞給謝詞微。

謝詞微神色平靜，臉上竟出現了解脫。

數日前，祝北塵的人偷偷潛入宮中，告知她祝北塵的死訊。這世間，再也沒什麼值得謝詞微留戀的了。她也不反抗，麻木地接過酒盞。

想起謝詞微雙手沾滿的無辜人命，謝詞安冷漠地轉身，舉步離去。

謝詞微開口喚道：「二弟！我想求你最後一件事，看在哲兒的面上，把我和北塵葬在一起可好？」

謝詞安冷漠地回道：「只怕不能讓妳如願。為了哲兒，你們生不能同衾，死不能同穴。」

「不、不——」

淒慘的喊聲，沒能喚回謝詞安的一點憐惜。

之前的死而無憾，最終成了死不瞑目。

謝詞安為了趙元哲，算是保住了謝詞微最後的名聲。

孝正帝對他這個皇后並沒多少感情，但看在謝家的面上，追封她謚號敬端。

太后薨逝，秦王自是要來弔唁他的母妃，孝正帝怕他藉著為太后出頭的理由而另作打算，當日就頒了禪位於九皇子的聖旨，等太后和皇后的喪禮一過，即刻舉行新帝登基大典。

新帝繼位，秦王稍有風吹草動，輿論就會直指他名不正、言不順。

半個月後，秦王從河西趕到尚京。

他無論如何也不相信他的母妃是與皇后爭執而被氣死的，誓要為自己母妃報仇，所以離開河西時，就帶上了部分精兵強將要一起入京。

誰知，到河西郡縣的渡口時，卻被周圍的駐軍攔截住。

各不相讓，眼看一場激戰在所難免。

秦王一旦反擊，將坐實他謀逆的罪名。

以他目前的實力，想要鬥倒謝詞安的機會不大，不但會連累自己生母的棺槨入不了皇陵，恐怕就連自己想要出河西，打敗這支駐軍，都不知道要等到何時，只怕那時，他早已被大齊安上了逆賊的罪名，即便坐上那個他心心念念的高位，也是不得人心。

他心中明白，自己早在放走謝詞安的那一刻，便失了先機，只是不甘，想做最後的掙扎，結果依然是逃不出謝詞安的掌控。

一番深思熟慮後，他只好帶著幾位貼身侍衛進京，等之後到了尚京，再找突破口。

入京後，秦王當即找來大理寺少卿和仵作，要在太后娘娘的靈堂上開棺驗屍，來為自己母妃尋求公道。

此時孝正帝已把朝政轉交給新皇了，因此解決這棘手問題的責任，也就落到謝詞安這個輔政大司馬身上。

謝詞安也沒推辭，當即答應秦王的要求。

靈堂裡，眾人都是皇親國戚和官宦貴婦們，個個惴惴不安。

尤其是新皇趙元啟，太后娘娘是如何薨逝的，他心中比誰都清楚。

謝詞安立於他身後，在趙元啟轉身時，給了他一個安撫的眼神和一絲極淺的笑容。

趙元啟這才能神色平靜地面對秦王和眾人。

「啟稟皇上、王爺、大司馬，太后娘娘是中毒而亡。」

驗屍仵作的一句話，讓在場的眾人紛紛變了臉色。

尤其是秦王，他悲憤交加，怒視著趙元啟和謝詞安兩人。

「本王為大齊駐守在河西邊境，本王的母妃卻遭此劫難！倘若皇上不給臣一個說法，本王是不會罷休的！」看著自己母妃已經變相的面容，秦王神色哀戚，單膝跪在太后娘娘的棺槨邊，哽咽道：「母妃，孩兒不孝，讓您受苦了，孩兒一定要他們還您一個公道！」

聲情並茂，聽得眾人心情複雜，既害怕他會大動干戈，又同情他不能在生母面前盡孝，讓生母被人暗害致死。

大理寺少卿秦昭也深受感觸，抬手一拱，向秦王保證道：「王爺，本官在此，定不會讓太后娘娘不明不白地含冤而逝。」

面對秦王的挑釁，謝詞安高大的身子把趙元啟護在身後，他神色威嚴，沒有半點退縮。

氣氛僵持著，人人屏息靜氣地等待仵作的查驗結果。

片刻後，仵作查驗完畢。「回稟皇上、王爺、大司馬，太后娘娘中的是劇毒黛山，民間也稱它為半日倒，這是宮中禁藥。」

仵作話音方落，靈堂一片譁然。

秦昭也是一臉驚訝，此事涉及到後宮，他神色複雜地看了眼到此時依然處變不驚的謝詞安。

謝詞安冷聲接過話題。「宮中禁藥竟然被人偷偷拿出來害人，這是臣的失職，不找到這個源頭，臣無法向皇上和眾人交代。秦大人，此事就不煩勞你了，接下來的事就交給本官吧！說到宮中禁藥，倒讓臣想起了另一樁案子。來人，把范陽侯中毒的案卷拿出來，讓秦大人呈給王爺看看。」

不到半盞茶的工夫，就有人把卷宗呈了上來。

見上面蓋的是大理寺特有的官印，便知卷宗作不了假，秦王也沒異議。

秦昭拆開卷宗看了後，遲疑地說道：「太后娘娘中的毒……和當年范陽侯被投的毒是一致的。」

這一下，靈堂出奇的安靜，人人屏住呼吸，知道事情遠沒有表面上那麼簡單。

謝詞安大袖一揮，篤定地喝道：「既是如此，本官定要查出兩件案子究竟有何關聯，不然整個後宮如何安寧？」

秦王的心一咯噔，腦中快速閃過不好的預感，他正想出口駁斥謝詞安牽扯出無關緊要的人時，謝詞安已快他一步動作。

謝詞安大聲宣道：「帶犯人李慕容！」

消失已久的李慕容被人帶到了靈堂。

秦王一臉慘白，他實在不敢相信，早被自己人殺死在天牢的李慕容，此刻為何會活著出現在他面前?!

「李慕容，如今可以向眾人交代，當年你是受何人指示了吧？」

李慕容早看清了秦王的真面目，當即如實道出。「回謝大人，草民是受了秦王的指示，秦王要草民栽贓到您頭上。事情暴露後，秦王便想殺人滅口，倘若不是謝大人，草民只怕早就成了他的刀下冤魂了。」

當年范陽侯的屬下李慕容，也是給范陽侯投的此毒。幸運的是，范陽侯並沒飲用，早一步發現了李慕容的計謀。

「謝詞安，你好得很，早已設好圈套，串通一氣來冤枉本王，本王不認！」

「臣會讓王爺認得心服口服。來人，帶太后娘娘身邊伺候的老嬤嬤。」

老嬤嬤渾身顫抖，被人帶到秦王面前。

老嬤嬤看到自己的兒子李慕容竟還好好地活在人世間時，再也忍不住，抱著李慕容當場失聲痛哭起來。

當日太后娘娘告知李慕容被謝詞安害死後，老嬤嬤只恨自己無力為兒子報仇，但剛剛她在殿外聽得清清楚楚，竟是秦王要殺她兒子！

老嬤嬤低聲哭泣道：「王爺，您怎麼那麼狠的心呀……」

見自己母妃身邊的嬤嬤竟然當場指控自己，秦王一把提起瑟瑟發抖的老嬤嬤，咬牙道：「妳在說什麼瘋話！本王何時害妳兒子？莫要聽人挑撥，否則本王饒不了你們母子倆！」

「沒有人挑撥，是您——」

「住口！」秦王一耳光搧了過去，打得老嬤嬤嘴角流血，腦袋嗡嗡作響。

在他的第二掌將落在老嬤嬤臉上時，李慕容紅著眼眶，掙開護衛，把自己的母親護在身後，一臉恨意地看著秦王。「娘，您快把實情都說出來吧，他們母子倆從未把我們當人看過！」

老嬤嬤沒了顧忌，把太后娘娘威脅皇后暗害謝詞安，卻反被皇后娘娘餵毒一事，交代得明明白白。

秦昭聽了老嬤嬤的證詞，帶人到太后的寢宮一搜，果然找到了太后娘娘的密室，不但搜出大量的藥粉，還有許多與秦王秘密往來的書信，內容大致都是如何密謀暗害謝詞安一事。

這些信件筆跡，和秦王為自己母妃寫的悼文一對比，就能看出是秦王的字跡。

人證、物證一一核實，秦王的真面目徹底暴露在眾人面前，到了此時，他終於緩過了神。自從進宮那一刻起，他早已中了謝詞安事先布局好的反間計了。

如何處理秦王，謝詞安把這個決定交給新皇。

趙元啟聽從了自己父皇的建議，為了大齊的太平，把秦王趙孝稷囚禁在太后寢宮。一切塵埃落定。

皇后葬禮一過，欽天監找了個吉利的日子，新帝的登基大典，選在六月初六這一日。年號為盛元。

禮炮聲響徹尚京城。

看著這喜慶的一幕，謝詞安的心不自覺地飄向了他心心念念的遠方。

陸伊冉收到趙元啟登基的消息，已是在半個月後。這消息假不了，今日出府時，在茶肆就聽到有人在閒聊了，還有議論五皇子和大齊元昭公主婚期延後的事。因為大齊的太后和皇后相繼過世，元昭公主原本定在今年六月十六的大婚，因為丁憂，改在來年的六月。

回來後，陸伊冉一人坐在床榻上，久久愣怔，不發一言。

旁邊放著的，是五日後她要成婚的嫁衣，今日成衣鋪子的掌櫃親自送過來的，但陸伊冉看也沒看一眼。

天氣越熱，衣衫越薄，小腹隆起得也就越發明顯。

孩子已有五個月，早已會動，時不時就會踢一踢她的肚子。

往日，這時的她總會一臉溫柔地撫摸著自己的小腹，嘴裡還會小聲呢喃兩句，今日卻沒一點回應。

雲喜撩簾進來，就看到陸伊冉眼中有淚，視線定在某一處，呆呆地坐在床榻邊。

她知道自己姑娘的心思，不動聲色地拿走嫁衣，卻被陸伊冉阻止。

「放下吧，總是要試一試的，到時太緊了，會被人笑話的。」

其實陸伊冉是想說，太緊了，被賓客看出來自己有孕成婚，她倒不在意名譽，就怕以後孩子出生後，被人當笑話。

闞家的人都知道陸伊冉有了身孕，但老太太還是吩咐，對外人要隱瞞此事。

至少不會有人在她跟前，罵自己的孩子。

「姑娘不喜歡，放在眼前，徒讓您鬧心。」

「喜不喜歡又如何？都是自己選的。」

鄰近院子的吵鬧聲打斷了兩人的對話。

也許是陸伊冉住的青蓮閣太過安靜了，相鄰院子裡的說話聲，就顯得尤為刺耳。

今日早上，闞老太爺當著闞家人的面，宣佈了闞韶成為掌家人的喜訊，並把家中重要的幾把鑰匙都轉交給他。

闞韶心情好，一眾好友上門來賀喜，他也沒拒絕，都聚在他的主院，吵吵鬧鬧一片。

剛剛闞韶派人來請過陸伊冉，想引薦給他的好友，被她以身子不適拒了。

前兩日，阿依娜為闞韶生下一個男嬰，對他來說是雙喜臨門，他當然歡喜。

「雲喜，妳先出去吧，我想一個人靜一靜。」陸伊冉心情煩躁，也不想再說話。

雲喜出了屋子後，陸伊冉轉身又躺回床榻，思前想後，心也安靜不下。直到睏意襲來，不知不覺就睡了過去。

醒來時，天色已黑，屋中沒點燈，陸伊冉睜開惺忪的雙眼，就看到眼前出現了一張熟悉的臉龐，對方修長的手掌小心翼翼地貼上了她隆起的小腹。

這一刻，她的眼淚奪眶而出。

她輕聲呢喃道：「我怎麼夢到你了呢？」

「不是夢，冉冉，我來了……」謝詞安聲音沙啞，艱難地回道。

這一聲，讓陸伊冉徹底清醒，她兩肘一撐就要起身。

謝詞安護著她的肚子，順勢把她扶了起來。

她不確定地又摸上謝詞安的臉龐，上頜和下巴處的鬍渣，扎得她手指痛。

陸伊冉像燙到似的，忙往床榻裡側挪，喃喃道：「不可能，你不可能出現在這裡……」

藉著從窗櫺投射進來的月光，陸伊冉瞧得真真切切，謝詞安拉過她的雙手，他修長的手指伸進陸伊冉的指縫，與她十指相扣，手掌處的老繭磨蹭著陸伊冉柔軟的肌膚，這真實的觸摸，讓陸伊冉不得不相信眼前的事實。

謝詞安壓抑著自己悲傷激動的情緒，努力對陸伊冉擠出一絲微笑，當目光接觸到她微微隆起的小腹時，最終沒能忍住，潸然淚下。

他嗓子沙啞，低聲道：「冉冉，對不起，為夫來晚了，讓妳擔驚受怕了這麼久。」

想到接下來自己與闞韶的大婚已是不能更改的事實，陸伊冉一臉消沈，苦澀道：「你為何要來？來了又如何？我們回不去了。」

陸伊冉的話，讓謝詞安有些慌。「如何就回不去了？你們還沒成婚，一切交給我來處理。」

陸伊冉沒回他，垂首不語，淚水翻湧，又想起循哥兒。「循兒好嗎？」

「好，也不哭鬧，就是天天念著妳，時不時就問何時下雪。」謝詞安不敢靠她太近，伸手想為陸伊冉抹淚，卻被她歪頭躲開。

陸伊冉聽後，心中不是滋味，終是小聲地哭出了聲。

謝詞安想也沒想地就把陸伊冉緊緊擁在懷中，心疼落淚。

「冉冉，我們回家可好？岳父跟岳母都在等著妳，太后娘娘也日日問我，妳何時歸家。」

陸伊冉抬起滿是淚水的一張臉，輕聲問道：「你為何要改變主意？做這一切究竟是為何？」

兩人額頭相貼，謝詞安低聲道：「因為我不想失去妳，更不想我的兩個孩兒從小就沒有爹娘疼愛，那種苦，我經歷過，不想再讓兩個孩子嚐了。日後妳入宮，再也無人敢給妳氣受，給妳臉色看了。再信我一次可好？」

「我信你，可我們沒有重來的機會了。承諾關韶的事，我不能失信，你走吧。」

「不……」一句話，把謝詞安再次拽入深淵，他痛苦不堪，絕不能忍受陸伊冉帶著自己的孩子嫁給別人。

「你答應過我，不會強逼我的。多謝你為我做了那麼多，以後，你就帶著循兒好好過吧。這幾個月承蒙關韶照顧，我不能——」

「別說了，冉冉，別說了！」謝詞安忙打斷陸伊冉，有些承受不了她的決定。

兩人在一起說不到幾句話，她卻提了關韶好幾次，讓謝詞安嫉妒得要發瘋，更不敢去想陸伊冉與關韶如今已經到了何種地步，就怕陸伊冉說出心中再也無他，只有關韶之類的話。

陸伊冉不願回尚京，他可以慢慢等；但如果陸伊冉移情別戀了，那對他來說無異於萬劫不復。

他逃也似的從窗戶一躍而出。

等雲喜推門而入時，只看到自家姑娘怔怔出神地望向窗口，無論她如何詢問，陸伊冉就是不回答，好似被什麼東西吸走了所有的注意力。

接連幾日都沒見到謝詞安，陸伊冉心中說不出是什麼感受，她經常走神，時不時就看向窗口。

謝詞安撂下身上所有的公務，不辭辛勞地趕到金陵，本以為能順利帶回陸伊冉，誰知陸伊冉依然不願與他回尚京。

他一蹶不振地待在落腳處，對周圍的事一律不聞不問。

隨著陸伊冉與闞韶的大婚之日越來越近，他的心好似死了一樣，麻木得做不出任何回應。

大婚的前一日，碧霞著急地找到了謝詞安，看著躺坐在圈椅裡、沒有半點生氣的自家主子，不得不僭越地問道：「侯爺，您既然來了金陵，為何不帶夫人走？難道您真的要眼睜睜地看她嫁給闞韶嗎？」

謝詞安這才迷茫地看向碧霞，目光出神半天才說道：「她不願與我回尚京，她想要留在金陵與闞韶成婚。」

「不可能的！侯爺，夫人心中有您，不會拒絕與您回尚京的！」

這幾月來，碧霞和如風從沒把陸伊冉在闞家的情況告知給任何人，謝詞安自然不知實情。

「夫人與闞韶清清白白，夫人到現在都不願讓闞韶進她的廂房，平時兩人有事，多數是在大廳中談。自從那夜您走後，夫人越發沈默了，這幾日膳食都不怎麼用，就一直看著窗口。」

好似枯木逢春，謝詞安倏地直起身子，正襟危坐，半信半疑地說道：「可在她心中，與關韶的約定，比我和循兒都重要。」消沈的這幾日，他心中總想著陸伊冉已看上了關韶，他的日子看不到一點光，沒想到事實卻是如此，他自責的同時又激動不已。

碧霞不知兩人往日的矛盾，擅自替陸伊冉回答道：「夫人在關韶面前只認銀子，不是關韶重要，是他的銀子重要。您和哥兒才是她心心念念的人，不然日前她為何會主動想知道您的情況？」

碧霞的一席話，解開謝詞安心中多日的死結。

他眼中重燃希望，臉色雀躍，大聲道：「今日妳立了大功，回京後，想要什麼賞賜，告訴童飛即可！」

碧霞羞澀一笑。「多謝侯爺，別的要求沒有，就想下次有任務時，別總把如風派給我，能不能換個人？」

「妳想換誰？」

「屬下……想換到童飛身邊。」

謝詞安心情一好，也有了興致打趣道：「妳看上了童飛，我自當成全。」當即吩咐道：「那妳以後就在夫人身邊當差如何？」

「多謝侯爺。」

「妳先回去吧，記得今晚叫醒夫人，我去接她。」

關宅半夜燒起了一場大火，燒的就是關六爺的未婚妻住的青蓮閣，等眾人來滅了火以後，只剩下四具焦黑的屍體，慘不忍睹。

關韶嚇得當時就癱軟在地，老太太則是暈死了過去。

好好的一場婚禮，也就只能成為葬禮了。

而陸伊冉這邊，等她消了氣，願意與謝詞安說話時，已是第二日，客船已出了金陵城。

她推著謝詞安靠過來的身子，嗔怪道：「何至於此？好好的院子，燒了多可惜。」

「不燒院子，夫人不願與我離開，我只能苦苦在尚京盼妳一輩子，而燒了院子，我們一家就能團聚了。難道夫人不想速戰速決，回去給循兒過生辰？」

陸伊冉被他堵得啞口無言，這一次謝詞安幫她做的決定，她也只能默然認下。

在大齊，謝詞安幫她解決了後顧之憂，她的心也早飛回了尚京。

對關韶的內疚，和上一世的結局，讓她心中始終下不了決定。隨著大婚的日子越來越近，她心中也隱隱期待著謝詞安能帶她離開。

今生和前世的結局完全不一樣，發生了這麼多事，她也看清謝詞安為她做的許多改變。

就算是為了自己的孩子和陸家的親人，她願意試著再給謝詞安一個機會，也算是給自己一個機會。

遠走金陵她不後悔，就當是逼迫謝詞安做了有利於她和陸家人的選擇。

只不過這一次，她再也不會把謝詞安看得比自己還重了。

先愛自己和孩子，其次是爹娘，然後才是謝詞安。

就當與他是合夥過日子，少談感情，多在意些實惠的東西，這樣……應當就不會傷到自己了吧？

回到尚京，已是七月。

循哥兒像往常一樣，和阿圓從坊院回來後，抱著藤球在院中玩。當陸伊冉慢慢走到他面前時，他遲疑半天，不敢確定，主要還是因為陸伊冉突起的小腹。

「循兒，我是娘親呀！你不記得娘親了嗎？」

樣子有些變化，但聲音他還記得，那一聲呼喚，是刻在骨子裡的記憶。他丟掉手中的藤球，直接撲進陸伊冉懷中，什麼也不說，就抱住陸伊冉傷心地大哭起來。

這幾個月，他天天想著娘親卻找不到，又不能哭，因為他答應過娘親，會哄循兒不哭。埋在心中的委屈和思念，在這一刻終於爆發出來。

謝詞安怕循哥兒踢到陸伊冉的肚子，又把他抱到自己懷中，哄了半天，他才終於止住淚水。

方嬤嬤和阿圓也從廚房跑了出來，兩人早已淚流滿面。

「姑娘，回來就好……」方嬤嬤顧及謝詞安，多的話也不敢說。

而阿圓卻是眼眶微紅，拉著陸伊冉就不撒手，無論陸伊冉如何哄，她都不放手，直到謝詞安說了一句——

「妳累著我的夫人和孩兒了。」

片刻後，江氏也趕了過來，她看著陸伊冉的肚子，眼中有淚，什麼多餘的話都沒說。

老太太本對陸伊冉有怨氣，可看著她隆起的小腹，再一看自己的孫子寶貝得緊，哪裡還能有半句微詞？

晚上陸佩顯下衙，陸伊卓和裊裊也趕了回來，一家人又聚在一起。

次日，陸伊冉穿著方嬤嬤為她做的那件雲綾錦的紅色薄褙子進宮，見自己的姑母和新皇。

陸伊冉每一次進宮，陸佩瑤都會特意準備一些零嘴和糕點。

如今已是太后的陸佩瑤，因為要照顧太上皇，依然住在清悅殿。

孝正帝知道姑姪倆有體己話要說，讓薛祿帶他到御花園去逛逛。

陸佩瑤等在院中，聽到循哥兒蹦蹦跳跳的腳步聲後，忍不住走到院門口，去迎母子倆。

姑姪倆此次見面，心境已完全不一樣了，再也沒有了之前的諸多顧慮，兩人喜笑顏開，都是對未來的美好憧憬，話題都是圍繞著陸伊冉肚子裡的孩子。

看著越來越愛吃甜食的陸伊冉，陸佩瑤也判斷不出她究竟懷的是男還是女。

一桌子糕點，不知不覺都進了陸伊冉的肚子，陸佩瑤有些擔心會撐著她。

豈料，陸伊冉又對著連秀道：「連秀姑姑，不用擔心，我不會積食，妳再給我煮些消暑湯可好？」

「伊冉姊姊也說到朕心坎上了，朕也要喝！」

聽到趙元啟雀躍的聲音，陸伊冉帶著循哥兒，忙起身行禮。

「伊冉姊姊，快些免禮，等會兒大司馬可要怪朕了！」趙元啟看了眼身後的謝詞安，調侃道。

這時，幾人才看到謝詞安也跟了過來。

「臣見過太后娘娘。」謝詞安柔軟的目光掃過陸伊冉後，向陸佩瑤抬手一禮。

「我們是一家人，大司馬何須這般客氣？」陸佩瑤扶著陸伊冉，也起了身。

「禮不可廢。」謝詞安客氣施禮後，走近陸伊冉，伸手扶了過去。

趙元啟許久不見陸伊冉，嘮嘮叨叨地說了許多朝堂之事，言語之中都是對謝詞安的崇拜。

直到用過午膳後，趙元啟要午休，謝詞安才帶著自己的妻兒離開。

馬車經過護國侯府時，陸伊冉看到正門處掛著的白幡，燈籠也換成了白色。

兩人面面相覷，均是神色複雜。

陸伊冉想起了方嬤嬤打探來的消息。

侯府大房長媳周氏，本與謝詞佑的夫妻關係有所緩和了，誰知，因田婉又有了身孕，周氏便徹底崩潰了，趁著謝詞佑上衙後，把田婉推進院中的深井，而田婉抱著同歸於盡的想法，把周氏也拽了下去。等打撈上來時，兩人都沒了呼吸。

自己的一妻一妾雙雙殞命，謝詞佑遭受打擊，暈死了過去，聽說直到今日都沒醒過來。而袁氏天天在自己院中說鬧鬼，瘋瘋癲癲的。

如今府上的喪事都是謝詞婉夫婦倆在操持。

至於二房，謝詞安搬走後，就剩下榮安堂的陳氏，她癱在床榻上動彈不得，又無人再去看她，日日在屋中哀號，一屋又髒又臭，只有謝詞儀隔三差五會去收拾。

而謝詞儀自己的情況也是一言難盡。謝詞微一死，謝詞安也不願關照，因此梁家人常虐待她，梁既白更是經常對她拳腳相向。

陸伊冉收回複雜的心思，想起了一句話——善惡到頭終有報。

又想到謝詞安的真實身分，陸伊冉不由得心疼起小時候的他，這才明白為何他在人前，總是一副冷冰冰的樣子。

她伸手撫了撫謝詞安微皺的眉頭，他應當也是看到侯府如今的模樣，心情複雜吧？

「以後不要再皺眉頭了，我不喜歡，我喜歡看你笑。」

謝詞安抓住陸伊冉纖細的手指，低頭吻了吻，眼神一暗，悄聲道：「有夫人疼，為夫的眉頭不會皺，皺的只有榻上的被褥。」

「壞胚子，快別說了！」陸伊冉臊得臉色通紅，粉拳在他胸前亂捶。

坐在一旁玩水晶球的循哥兒以為他們在打鬧，呵呵直笑。

不知不覺已到了初冬，宮中的產婆早已候在如意宅。

算算日子，陸伊冉的生產日子就在這幾天。

這幾日，謝詞安尤為緊張，晚上總是睡不好，總能看到他眼圈周圍的一圈烏青。

相比他的不安，陸伊冉倒是吃得香、睡得好。

產婆摸了摸陸伊冉的肚子，說是胎兒有些偏大，不讓她繼續胡吃海喝，這一個月的膳食都是清湯寡水的素菜。為此，循哥兒被江氏接到自己府上照顧。

知道陸伊冉忍得辛苦，謝詞安也陪著她天天吃素菜，見她饞得厲害，就帶著她到食肆轉一圈，聞聞味又回來。

半月下來，謝詞安瘦了不少，側臉線條越發清瘦。

陸伊冉看得羨慕嫉妒，也越發沒自信起來。「如果我生了孩兒變醜了，你會不會納妾室？」

謝詞安吻了吻她的嘴角，失笑道：「會呀，小妾的名字就叫陸伊冉。」

陸伊冉呵呵一笑，回道：「就知道哄我開心！如果你真敢找小妾，我就養外夫！」

「放心，為夫不會給妳那樣的機會。」

說罷，輕輕吻上陸伊冉，兩人耳鬢廝磨，纏綿好久才分開。

這日，謝詞安和趙元啟正在宣室殿商議國事。

余亮小跑到大殿外，讓殿前公公進去通報，他們夫人快生了。

這些日子，謝詞安哪怕是在辦公務也總是分心，他耳力本就好，聽到余亮的聲音，當即對龍案前的趙元啟說了句。「皇上，大概是內子快生了，臣先告退。」

趙元啟也知道他表姊的情況，焦急道：「大司馬，府上的事要緊，快些回去吧！」

謝詞安健步如飛地出了大殿。

回到惠康坊，陸伊冉已進了產房。

謝詞安不知裡面的情況，只聽到陸伊冉陣陣痛呼聲，心也跟著提了起來。「夫人，為夫在外面！妳別怕，為夫一直陪著妳！」沒聽到裡面的回應，謝詞安就要硬闖。

門口的江氏和幾個侍女忙攔住他，不讓他進屋，好說歹說，他才安靜下來。

產房裡的情況的確不樂觀。之前就發現了胎兒有些大，即使吃了一個月的素菜，孩子的個頭還是偏大，幸好胎位是正的。

「夫人，您得用些力氣，孩子有些大。」兩個產婆走近陸伊冉，安慰道。

屋外的謝詞安也聽到了，他不知產房裡的具體情況，以為是形勢不妙，內心害怕慌亂不已，想再次闖進去，又怕讓陸伊冉分心，一時無措。突然，他想起了他八妹妹生產時遭遇不順時，魏之武磕了幾十個頭後，他八妹妹最後順利生下了孩子。

謝詞安沒有絲毫猶豫，如法炮製，雙膝跪在院中，對著老天不停地磕頭，嘴裡還唸唸有辭道：「老天爺，信男謝詞安求祢定要保佑我的妻兒無事。只要我的妻兒平安無事，我謝詞安願意用自己的一切做交換。」

江氏也擔心自己的女兒，看到謝詞安這瘋魔樣，更是惶惶不安，雙手合十，也向老天祈求著。

也許是兩人的誠意感動了上天，不久後，居然下起了毛毛細雨。

謝詞安沒理會，磕得腦袋發懵、渾身濕透都不願停下來。

江氏阻止了幾次，毫無用處。

直到產房裡傳來嬰孩洪亮的哭聲，謝詞安才起身。

片刻後，產婆抱著孩子出來報喜。「大人，母女均安！恭喜大人喜得千金！」

這一刻，謝詞安好似活了過來，直接撩簾進房。

看到床上疲憊不堪的陸伊冉，謝詞安心疼得眼眶泛紅。

他一身濕衣，狼狽不堪，立在床榻邊輕聲喚道：「冉冉……」

陸伊冉虛弱地抬頭，就看到謝詞安額頭血流不止，衣衫濕透，她心口一窒，好似聽到了自己冰封的心扉解凍的聲音。

雲喜拿了乾爽的帕子讓謝詞安擦乾後，他才慢慢靠近陸伊冉身邊。

陸伊冉伸了伸手。

謝詞安緊緊握著，低頭吻了吻她的手心，而後又吻了吻她的額頭，眼中淚水湧動，輕聲道：「夫人，妳受苦了。」

陸伊冉再次伸手，觸到他額頭上的傷口，輕聲問道：「為何那麼傻？」

「只要妳們母女平安，別說磕頭，就是要我的命，我也會給。」

孩子生下一個月了，直到滿月時，雲喜才壯著膽子說道：「侯爺、夫人，姐兒還沒起名字呢……」

陸伊冉生產時，讓謝詞安怕了，這一個月的心思全在陸伊冉身上。

經雲喜提起，兩人才後知後覺地發現，自己這當父母的委實有些離譜。

謝詞安看了眼坐在床榻上的陸伊冉，嘴角上揚，突然說道：「那一夜，妳在宮中喚我為爹爹時，穿的是一襲紫衣，我還以為妳是遺落在人間的仙子，不由得看癡了。」

陸伊冉臉頰泛紅，羞澀道：「仙子的爹爹可是玉帝。」

謝詞安見她嬌俏的模樣，心瞬間融化，一把摟緊陸伊冉，低聲道：「玉帝又如何？有句話叫只羨鴛鴦不羨仙，我可比玉帝快活。」

雲喜見兩人又要膩在一起，只怕這正事又要被忘記，忙問道：「夫人，姐兒究竟要叫何名？」

「就叫允紫吧。」謝詞安這才說道。

孩子們一天天長大，陸伊冉的日子也在日日瞎忙中度過。

唯一讓她安心的，便是謝詞安對她和孩子是越來越上心了。

五年過去了，他和孩子成了陸伊冉心中最重要的人。

夜裡雲雨漸歇後，謝詞安總會不死心地問著他在陸伊冉心中的位置。

陸伊冉都只是笑笑，並不回答。

這日，一家人要去宮中給她姑母過壽。

謝詞安回來接他們母子三人時，竟然看到了她戴了那支鎏金鑲松石的並蒂花髮簪。

這是當年在先太后的壽宴上，他特意從西楚使者手上為她贏來的，但她那時對他有心結，一直不願配戴，今日陸伊冉卻戴在髮髻上最顯眼的地方。

謝詞安臉上閃過狂喜，不顧屋內還有侍女和孩子在，抱著陸伊冉就親吻起來，從額頭開始，沒放過臉上的每一處，激動地道：「冉冉，我知道我在妳心裡的位置了，謝謝夫人！」

陸伊冉羞得粉拳亂捶。

循哥兒好似已看習慣了，拉著自己的妹妹就走。

紫姐兒卻甩開哥哥的手，轉身威脅道：「爹爹，你不讓我去宮中當公主的陪讀，我就把你白日裡親娘親、夜裡欺負娘親的事，通通告訴外祖父和舅舅！哼！」

陸伊冉一聽，不禁面紅耳赤，大聲吼道：「謝詞安，晚上睡書房，為期一個月！」

謝詞安哈哈大笑道：「為夫從此刻開始失聰一個月，為夫聽不到。」

番外一　前世篇：死同穴

新皇登基後，身為輔政大司馬的謝詞安忙於朝政和鏟除東宮的餘黨，數日不曾回侯府。

臘月二十這日，他才拖著一身傷回到霧冽堂。

循哥兒盼了這麼久，終於把他盼了回來。

他希望爹爹能早點帶他去接娘親，他娘親去了何處，只有他爹爹一人知道。

他問了很多次，爹爹總是一句「小年夜前，定能讓你見到娘親」。

這些天，謝詞安把循哥兒託付給謝詞淮照顧，叔姪兩人進書房時，余亮正在給謝詞安上藥。

只見謝詞安胸口處有一道血肉模糊的傷口，此時血跡染紅了他裡面穿的中衣。

「爹爹，您受傷了……」循哥兒多日不見謝詞安，見他身受重傷，害怕得小聲哭泣起來。

謝詞安忍著痛，揉了揉已到他腰身的循哥兒頭頂。「爹爹無事，只是點小傷。」

「二哥，你武藝高強，究竟是何人傷的你？」謝詞淮也是一臉後怕，他看得清清楚楚，那道傷口又深又寬，皮開肉綻。謝詞淮猜測，定是經歷了一場生死搏鬥。「餘孽有御林軍掃蕩，二哥何須親自出馬？」

面對東宮餘孽，的確不需要他出面。可沒人知道，剛剛那場廝殺，他拚盡全力，才從刺客手中救下安貴妃和九皇子母子倆。

他們母子倆受東宮太子牽連，太后謝詞微非要除掉兩人。

謝詞安知道彼此立場不同，只能暗中相助，救下他們母子兩人。

那刺客武藝高強，謝詞安為了保護兩人，被他刺成重傷。

按理說，他扶持六皇子，九皇子這個後患的確不該留，可九皇子胸懷天下，有君王之才；再看自己扶持的六皇子，雖為新君，卻根本無心於朝政。

如果不是為了謝家的利益和名譽，他會毫不猶豫地放棄六皇子。

搏命相救的原因還有一點，那就是他顧念著自己的夫人。

那是她的姑母，他做不到見死不救。

與陸伊冉成婚雖非他所願，可八年過去，陸伊冉對他的心意和付出，他也瞧得明明白白，她早已是他不能割捨的一部分了。

就連陸伊冉的爹娘以及陸家所有人，明面上說是流放，其實他早已把他們都安置妥當了。

謝詞淮和余亮幫謝詞安穿好衣衫，謝詞安痛得已是冷汗直流，卻反倒安慰起他們。

「爹爹，您何時帶我去接娘親？」循哥兒見自己爹爹受了這麼重的傷，還不能停歇一下，不安地問道：「爹爹，我想娘親了……」循哥兒小聲哽咽著。

謝詞安怔了怔，他也有半年沒見過自己的夫人了。

平日忙碌沒在意，晚上回到府裡，看著如意齋黑漆漆的院落時，心中卻覺空得很。府上沒有陸伊冉這個人，好似只是一座空院落，根本就不叫家。

再也沒人等他回來，為他親手溫好參湯和飯食。

六皇子登基後，謝詞安才發現了自己的真實身分，並知道了有人長期給他投毒，好在有夫人暗中保護自己，他才能倖免，心中更加欣慰自己娶了個好妻子。

因為安貴妃和九皇子的關係，陸家成了罪臣，陸伊冉在謝家的處境也更加艱難了。

他知道陳氏和太后一直想撮合他與陳若芙，陸伊冉留在府上不僅要遭受閒言碎語，就怕暗中會有人對陸伊冉下手。

在他沒有找出是何人要害自己之前，他更不敢把陸伊冉留在府上，就算有暗衛保護陸伊冉，她一人在府上防不勝防，謝詞安不敢拿她的性命去冒險。

為了不引人注意，他把循哥兒留給三房的謝詞淮照顧，趁陸伊冉哀求自己幫助陸家時，故意冷落她，把她送到城外的別院，這樣也能減少謝詞微對她的敵意。

這一年裡，他與皇上和太子周旋，整日把心思花在朝堂上，冷落了自己的妻子，如今又讓她一人在城郊落月庵的別院待了半年。他忍住不去看陸伊冉一眼，就是害怕有人發現端倪，找到陸伊冉的落腳處。他想等事情解決後，把陸伊冉接回侯府，再告訴她所有的事情，好好彌補她這半年來的委屈。

謝詞安知道自己的夫人善解人意，一定會體諒他的。

如今，他抽絲剝繭，不但查到害死自己生母的仇人是陳氏，還查到害自己的凶手就是太后謝詞微。

雖有些意外和心酸，可也認清了一個事實，他就是陳氏她們母女倆爭奪權勢的工具。

他不動聲色，已謀劃好了另一條出路，這兩日就是關鍵時刻。

謝詞安一臉愧疚，握著循哥兒的手，神色堅定，正欲說話，就見陳氏疾步走了進來。

「安兒，你回來了。你受傷了？可要緊？」陳氏在院中就聽到了謝詞淮的聲音，疾步進了屋，也打斷了謝詞安父子倆的談話。

這幾日，陳氏天天盼著謝詞安回府，就想把他與陳若芙的婚事定了。

陸伊冉不在侯府這半年，人人都說她已被謝詞安休棄了，雖未得到謝詞安的親口承認，但看情勢，大致也差不到哪裡去。

自己的外孫登基，自己的長女身為太后，而陸家已成了罪臣，這下不用她特意去趕陸氏，謝詞安自己應該就會讓陸氏下堂了。

陳氏進屋子後，沒注意到謝詞安今日對她的不同，既沒回她，也沒如往常一般喚她一聲「母親」。

謝詞安的手不自覺地緊握，眼中戾氣翻湧。

「安兒，既然陸氏已被你休棄半年，你身邊總不能沒個女眷操持；況且循兒日日待在他三叔身邊像什麼話？母親知道你中意芙兒，所以把你和她的婚事定在明年，太后娘娘也同意了，我今日就把芙兒叫過來。循兒，和祖母回榮安堂吧，打攪你三叔這麼久了。」

陳氏的手還沒伸到循哥兒身前，循哥兒就厭惡地用力揮開，大聲吼道：「別碰我！」

「安兒，你看看，這陸氏把孩子教成這樣，一點教養都沒有！」

循哥兒自懂事起就很少喊陳氏「祖母」，因為見她總欺負自己娘親，心中對這個祖母沒一點好感，今日終於爆發。「不准妳說我娘！我娘親是世上最好的人，比妳好！」

陳氏被打了臉面，下意識看向謝詞安。「安兒，你看看你的好兒──」

誰知，謝詞安並未訓斥循哥兒半句，而是寒聲打斷她，說道：「循兒說得沒錯，我的夫人很好。循兒只是在維護他的娘親，何錯之有？」

「安兒，你是不是糊塗了？怎能這樣寵溺孩子！」陳氏臉色一僵，大聲怒斥道。

謝詞安臉色蒼白，卻還是在謝詞淮的攙扶下起了身。

他神色堅定，語氣果斷地道：「我的夫人很好，我的孩兒也很好。我的妻是陸伊冉，我從未想過要休棄她。也煩請妳告知太后娘娘，莫要再傳一些莫須有的謠言！」

「你……」陳氏氣得拂袖離去。

謝詞安撐著一口氣把陳氏趕了出去後，疲憊地又坐回圈椅裡。

「爹爹，娘親答應我小年夜就回來，那我們何時去接她？」循哥兒知道爹爹不會拋棄娘親，高興不已，兩眼期待地望著他，緊緊抓住他的手臂。

「難為你還記得。你娘親暫時還不能接回來，不過，爹爹要把你娘親換去一個安全的地方，這幾日你就先去陪著她可好？明日午時後，爹爹就帶你去。」

陳氏今日來，又提醒了謝詞安，這幾日就是關鍵時刻，他就怕謝詞微被逼急了，在自己的妻兒身上打主意，因此不但要給陸伊冉換個落腳處，身邊還要多安排一些護衛才行。

之前為了讓陸伊冉遠離侯府的是是非非，他特意把她安排到城外清靜的別院，且為了不引起來往的香客注意，謝詞安連護衛都沒派。

如今，他卻有些惴惴不安，想為陸伊冉換個落腳處。

等到新歲之時，按他的計劃，就能順利接陸伊冉回府了。

幾日時間，循哥兒不在府上，也無關緊要。

「好，我就想和娘親在一起！」循哥兒滿臉歡喜地答應道。

這半年來，這是循哥兒聽到的最開心的事，終於能見到娘親了！

「先和你三叔回去，記得，除了三叔跟三嬸給你的膳食，其餘任何人給的都不能用。」

謝詞安十分疲憊，說了幾句話，好似費了他極大的力氣。

「知道了，爹爹。」

謝詞淮也看出了謝詞安有正事要忙，便帶著循哥兒出了書房。

叔姪倆離開後，謝詞安喚來童飛。

謝詞安忍著疼痛，靠著圈椅，臉頰通紅，虛弱地問道：「如何了？」

童飛見他人已發燒，焦急地道：「侯爺，我去叫秦大夫來給您看看吧，您不能再硬撐了。」

「無妨，余亮已給我上了藥，不能讓人知道我受了傷。快告訴我那邊的情況。」

「太后和那人被皇上和大老爺當場撞見，皇上一氣之下出了巷口。」童飛只好如實稟道。

謝詞安與那刺客交手時，扯開對方的面具，才知對方是當年被他父親趕出謝家的祝北塵。

祝北塵不敵謝詞安，乘機逃走。

謝詞安安頓好九皇子和安貴妃後，也顧不上一身傷，當即找出他安排在謝詞微身邊的眼線，根據接連數日傳過來的消息，發現了謝詞微與如煙閣閣主關係匪淺，再聯想到當年祝北塵被趕出謝家，就是因為他對謝詞微做了不軌之事，於是謝詞安豁然頓悟，祝北塵便是如煙閣閣主，也明白了他為謝詞微賣命多年的理由。

腦中又把趙元哲和祝北塵兩人的相貌一比對，心中便有了答案。

為了萬無一失，謝詞安當即派人找到謝詞微送到莊上養老的奶娘，終於用酷刑撬開了她的嘴。

趙元哲不是皇室子嗣，而是祝北塵的血脈。

謝詞安將計就計，聯合謝詞微身邊的眼線，布了這麼一個局，就是要讓趙元哲知道真相，逼他退位，也讓謝庭毓父子倆重新選擇。

童飛話音方落，謝詞安臉上便露出一絲淺笑。他扶著桌沿正欲起身，身子卻再也堅持不住，暈了過去。

謝詞微與祝北塵的事暴露後，她自己不但沒有半點悔意，反而有種豁出去的感覺。她覺得一切都在她的掌控中，天下都是自己母子倆的了，她還有什麼可懼怕的？就算兒子與她賭氣，但過幾天就能消氣了。

晚上，榮安堂的侍女來華陽宮回話時，把今日陳氏在謝詞安面前受的氣一股腦兒地說了出來。

謝詞微如何能忍？

陳若芙嫁給謝詞安後，自己不但能籠絡住謝詞安，還有陳家。

謝詞安到現在都不願休妻，另娶陳若芙，但她早早就把這謠言傳了出去，如今讓她這個太后如何收拾？

她當即就動了殺心，無奈沒人知道陸伊冉人在何處。

方情見她陰沈著臉色，忙收起謝詞微空閒時替人謄抄的佛經。

「娘娘，這佛經快抄完了，要不奴婢派人給落月庵堂的妙真住持送去吧？」

庵堂的妙真住持和謝家老太太是往年的手帕交，之前在侯府時，謝詞微碰到來化緣的妙真住持，為了討好老太太，便隨手拿了數卷。

數月前，六皇子榮登大典，謝詞微心情好，還讓人給落月庵送過東西。見謝詞微沒答，方情繼續說道：「娘娘有所不知，上次送東西的丫鬟回來說，庵堂相鄰的一處別院，是老太太多年前讓人修的院子，裡面還住著謝府的女眷呢。」

「妳剛剛說，何處住著謝府的女眷？」謝詞微眼睛睜大，激動地問道。方情又複述一遍。

謝詞微嘴角上揚，自言自語地道：「本宮知道她人在何處了，二弟把她藏得夠嚴實呀……」

謝詞安的傷口引起了發燒，到了次日申時都還沒醒過來，循哥兒急著想見自己的娘親，把謝詞安叫醒了。

謝詞安起身後，也顧不得一身的傷，簡單地讓佘亮重新上過藥後，帶著循哥兒就往外趕。

才走到二房院門口，就看到半年不見的雲喜，趺趺撞撞地迎面走來。

她一身血跡，狼狽不堪。

謝詞安腳步一頓，心頭驀地竄過一陣慌亂。

他大步走到雲喜跟前，聲音有一絲顫抖，忙問道：「發生何事了？夫人呢？」

雲喜眼神空洞，瘋魔似的用盡全力把謝詞安推了一個趔趄，余亮正想喝斥她時，她突然大笑。

「你現在才想起我們夫人？半年了，你把她關在別院不聞不問，還要娶別人！她受不了這個打擊，跳了懸崖，人沒了！」

謝詞安的心像是空了一大塊，做不出任何反應，身子往地面栽了下去。

余亮忙扶著謝詞安，擔憂地道：「雲喜，妳這是怎麼了？莫要嚇人。侯爺和哥兒正準備去看夫人了。」

循哥兒眼眶微紅，愣怔片刻，不相信雲喜說的。

「我沒護好夫人，她死了，摔得不成樣子！阿圓也跟著跳了下去，她們都死了、都死了——」雲喜趴在地上，失聲痛哭起來。

循哥兒嚇得臉色慘白，心中難過得很，坐到雲喜身邊哭道：「雲喜姑姑，妳騙我的！妳騙我們的對不對？我娘親答應過我，小年夜一定回來的！」

「哥兒，對不起，姑姑沒看好你娘親，她想不開，人沒了……她是被陳家的兩個姑娘給害死的！」

謝詞安推開余亮，步伐踉蹌地向正門跑去，踩到積雪腳步一滑，身子重重摔在遊廊的欄杆上，胸前的傷口再次裂開，染紅了他胸前的袍子。

他無視傷口，爬起來繼續向門口跑去，也不顧身後循哥兒和余亮焦急的呼喚聲，腦中只有一個念頭——定是雲喜說了胡話，他要去帶妻子回來！

謝詞安騎上自己的坐騎，向落月庵疾馳而去。

馬兒好似有靈性，疾馳難行的雪路也沒讓謝詞安再摔一跤。

童飛和余亮則帶著循哥兒，緊跟在謝詞安身後。

等趕到落月庵的別院時，謝詞安已被雪水打濕，胸口處的血跡也越來越多。

他用力推開院落大門，廊簷下兩具屍首赫然出現在謝詞安眼中。

妙真住持已派人把兩人抬到院中，見到謝詞安出現，妙真住持哀嘆一聲。「施主請節哀，夫人和她的侍女已經去了。」

謝詞安像被雷劈中一般，整個人都是懵的，他步子僵硬木然地向陸伊冉走去。

看著陸伊冉摔得像個破瓷娃娃一般，滿身血污，謝詞安低低地嗚咽出聲。他握上她的手腕，已是冰冷一片，但他不願妥協，把陸伊冉冰冷的雙手包在自己手中，來回揉搓。

謝詞安小聲地哭泣道：「夫人，妳睜眼看看我可好？妳想罵為夫、打為夫都好，只求妳……再看看我，求妳再睜眼看看為夫……」隨即，他又小心翼翼地把陸伊冉已涼透的身子抱到自己懷中。「夫人，為夫給妳暖暖身子，身子暖和了就能醒過來了。」

見他有些失常，妙真住持忙阻止。「侯爺，夫人已經去了，你切莫再做徒勞之事。」

此刻的謝詞安根本聽不進去任何勸解，他緊緊抱著陸伊冉，想把自己全身的溫熱傳給陸伊冉，笨拙又固執。

他就像被逼入絕境的孤狼，做著毫無意義卻又自我麻痺的愚蠢之事。

任憑趕來的循哥兒如何哭喊、如何拉扯他的手臂，謝詞安就是不動，就這麼從天黑坐到深夜。

雲喜也跟了過來，她拉著阿圓的手，整個人也好似癡傻了一般，坐在院中的石階上。

循哥兒哭暈了過去，童飛守了半夜。

余亮的眼睛哭腫，一時也不知該如何是好，只好寸步不離地守著兩人。

童飛見謝詞安臉色慘白，勸慰一番，他依然不肯放開陸伊冉的屍首。

再這樣下去，只怕等不到天亮，謝詞安也要凍死了，於是童飛狠心把自家侯爺劈暈，硬扛到屋內，想著等他明日清醒過來後，再做決定。

次日一早醒來，謝詞安記憶回籠，把被褥一掀，就要去尋陸伊冉。

赤腳剛一著地，一陣鑽心的疼痛瞬間襲來，他低頭一看，是一截破碎的並蒂花。

心口的痛意讓他整個人清醒不少，這是他送給陸伊冉的一支髮簪。

看著那斷裂的缺口，就知是陸伊冉故意摔壞的。

這一刻，愧疚、悔恨差點讓他窒息。

都是他的錯，他明明可以和她說清楚一切事情的，卻偏要故意用冷漠的態度把她支開。

他處處以謝家的名聲和利益為主，卻忽略了自己的妻子每每欲言又止背後的辛酸，一忙起公務，常常就十天半個月不回府，讓她這麼一日一日地等下去，他有何臉面要她再睜眼看自己？

明白了陸伊冉說不出口的決絕和對自己的失望後，謝詞安無聲地哭泣，像個無助的孩子般，嘴裡不斷地重複一句話。「夫人，對不起、對不起，都是為夫的錯……」

哭過後，耐心十足地找齊被陸伊冉摔壞的髮簪碎片。

半天後才鼓起勇氣，出了屋子。

看到陸伊冉發紫的臉色，謝詞安猶如鈍刀割肉般，痛得直不起身子。

他捨不得，又把陸伊冉的身子緊緊抱到懷裡，好似這樣就能把她留住。

循哥兒一臉悲痛，眼眶微紅，他用力扯著謝詞安高大的身軀，大聲吼道：「爹爹這樣有什麼用？我娘親死了，你抱得再緊都沒用了！你天天忙公務，我娘親死了，你才知道後悔！為何不早點把娘親接回去？這樣她就不會有事了！我再也沒有娘親了，這一切都怪你！人人都說你有本事，為何連我娘親都護不住？我恨你！」

每一句話，都直擊謝詞安的心，他喉頭有血腥翻湧上來，滿嘴的鮮血吐了出來。

循哥兒一愣，不得不住了口。

半晌後，謝詞安才輕聲道：「我們帶你娘親回家。」

回到侯府，陸伊冉入殮後，謝詞安又是目光空洞地守在棺槨邊，一身衣袍上都是血漬，他也不願換。

余亮想為他上藥，他也不讓。

因為還沒有定下喪禮日期，府上眾人只能先來探望一眼，也只有三房一家人，是真心地為陸伊冉難過。

老太太在陳州老家，還沒接到消息。

謝詞淮和徐蔓娘夫婦兩人怕循哥兒受不了，一直陪著他。

大房的袁氏和周氏只當是來看熱鬧，並確認陸伊冉是否真的死了。

陳氏連裝也懶得裝，也沒到內堂，只站在邊角看了眼。

宮裡傳來了急報，但謝詞安如今這個樣子，童飛知道他未必聽得進去。

片刻後，正堂中的人陸陸續續離開，循哥兒也被謝詞淮夫婦倆哄了回去，又只剩謝詞安一人。

童飛躊躇一番後，走近謝詞安，稟告皇上悄悄離宮的消息。

謝詞安依然一副遊魂狀，沒聽進去半分。

童飛也急了，勸道：「侯爺，夫人走了，活不過來了，您如今要做的就是為她報仇啊！」

謝詞安因悲傷過度而有些遲鈍的腦子，忽然閃過雲喜那句話——她是被陳家的兩個姑娘給害死的！

他終於抬眸，目光陰森，寒聲道：「去把陳若雪和陳若芙給我帶過來！」

「是。」

童飛做事向來快速，且侯府離陳府不遠，不過一盞茶的工夫，他就把姊妹倆帶到正堂來。

陳若芙還算鎮定，雖然知道童飛帶她們來，定是被人發現了端倪，依然強裝從容，並給陳若雪一個警告的眼神。

陳若雪一看棺槨裡陸伊冉青紫的臉龐，心虛得很，嚇得臉色發白。

「侯爺，屬下把人帶來了。」

這時陳若芙和陳若雪才看到裡側將額頭抵在棺槨上的謝詞安。

謝詞安抬起一張眼神空洞的臉，當視線接觸到兩人時，瞬間目光如刀，看得兩人止不住地往後退了退。

這樣的謝詞安，讓陳若芙害怕的同時，又覺得陌生。她實在很難相信姑姑陳氏說的，謝詞安一直都很中意自己。她壓下心中的失落和慌張，落落大方地說道：「表哥還請節哀。不知今日找我們來是——」

「啊！姊，救……我……」

陳若芙話還沒說完，謝詞安已伸手捏住了陳若雪的咽喉，一把將她的身子提了起來。

「表哥，有話好說！」陳若芙嚇了一跳，出聲勸道。

陳若芙人還沒到謝詞安身前，童飛的長劍已出鞘，鋒利的劍身攔在她跟前。

「說！妳為何要害她？」

謝詞安的聲音冷得讓人害怕，他用力一捏，陳若雪根本說不出一個字。

片刻後，見她的嘴角流出一絲血跡，謝詞安才稍稍鬆了鬆手。

陳若雪大口吸氣，哭道：「表哥，饒了我吧！」

看謝詞安的架勢，陳若芙大氣都不敢出，就怕陳若雪供出自己。

見陳若雪不願說出實情，謝詞安用盡力氣，再次捏住她的咽喉，冷聲喝道：「說！為何要害我夫人？是誰指使的？最好老實交代！」

「是……」陳若雪看了眼陳若芙。

謝詞安陰狠地瞟了眼陳若芙的方向。

那一眼，讓陳若芙臉色蒼白，渾身發抖。

隨著謝詞安的手一鬆，陳若雪終於落地，就在她以為自己無事了可以離開時，謝詞安卻快速拿過童飛的長劍，一劍劃過陳若雪的咽喉。

陳若雪的手還沒伸出去，身子就轟然倒地，永遠地合上了眼。

「啊——」陳若芙不敢相信眼前的一幕，捂著自己的雙眼，尖叫出聲，跑出了正堂。

謝詞安也不著急，對童飛吩咐道：「把她帶下去，好好審，不要讓她死得太快。」

童飛點頭，快速跟了出去。

一個時辰後，童飛回來覆命，把陳若芙交代的事情如實告知給謝詞安。

知道幕後兇手是謝詞微後，謝詞安並未太過意外，反而更多的是悔恨，心口已痛得麻木。

為了謝家的利益，他費盡心思籌謀，為謝詞微母子倆奪下江山，而謝詞微回報他的，就是逼死他的妻子。

妻死子怨，他謝詞安就是一個笑話。

大權在握又有何意義？

突然，謝詞安大笑出聲，詭異淒涼的笑聲聽得余亮和童飛心中難受得緊。

他胸前的傷口又裂開了，乾涸的血跡又暈染開來。

余亮忙捂著他的傷口，急得臉色發白，懇求道：「侯爺，屬下求您了，別再笑了。哥兒還小，您要為他想想呀！」

「侯爺，夫人的大仇未報，您不可這般作踐自己。」童飛也單膝跪在謝詞安身前。

許久後，謝詞安才平靜下來，對余亮吩咐道：「去把循兒的外祖父、外祖母，還有他舅舅接來，讓他們……」再看看夫人最後一眼。這幾個字他始終說不出口，也是這幾個字，讓他認清現實，陸伊冉真的活不過來了。

自己什麼都沒有了。

他沒有了家，沒有了夫人。失去了視他如命的妻子，一切都不再重要了。

但他不能停下來，要完成她的心願。

於是，他又對童飛說道：「明日拿我的虎符，調集城外的精兵強將，定要在早朝前把安貴妃和九皇子護送到太乙殿。」

次日早朝，太乙殿中。

群臣們一進大殿，就發現了異樣。不見龍椅上的新皇，只見佇立於大殿正前方的謝詞安，他高大的身影顯得十分孤寂和威嚴。

眾人疑惑，皇上不在，為何大司馬要宣他們上早朝？

正當大家低頭竊竊私語之時，殿前公公大聲宣道：「請九皇子和安貴妃娘娘上殿！」

群臣回頭一看，頓時大驚失色，人人臉上一片恐慌。

大殿外，黑壓壓的軍隊把梁統領帶領的御林軍牢牢圍在中間。

有人仔細一看，驚訝地喊道：「是城外的陳州軍！」

這時，九皇子趙元啟和安貴妃在陳州軍的護送下，順利進入大殿。

說時遲，那時快，太后謝詞微也及時趕了過來。

當看到安貴妃母子倆時她憤怒地看向正前方沈默不語的謝詞安，咬牙道：「大司馬，哀家想聽你好好解釋，為何要把這謀逆的反賊帶到此處來？」

謝詞安一臉陰森，看也不看謝詞微，而是抬眸看了眼御前公公。

那公公心領神會，聲音洪亮地再次宣道：「眾臣接旨！」

隨即拿出謝詞安讓中書舍人起草，自己蓋印的聖旨。

趙元哲接受不了自己母妃做出有違人倫之事，一氣之下留下玉璽，帶著王妃消失在尚京城。

今日一早，謝詞安拿出奉天殿的玉璽，替趙元哲做了一個他沒勇氣做的決定。

朝臣們雖不明所以，但大致也猜出了幾分，人人屈膝跪地。

只有謝詞微一人立於龍椅前，心中不好的預感油然而生。

御前伺候的公公聲音抑揚頓挫地宣道：「奉天承運皇帝，詔曰：朕蒙祖宗之福在位半年，雖無過錯卻沒半分建樹，自願歸政於九皇弟趙元啟，他聰慧仁智，德行兼優，朕心甚慰，決意禪位，欽此。」

謝詞微頓時面目猙獰，歇斯底里地吼道：「不作數，統統不作數！哀家不同意！大司馬，這就是你做的好事？你對得起謝家的列祖列宗嗎？」

謝詞安大手一揮，童飛立即帶著幾位將士上前，要將謝詞微請出大殿。

「住手！怎能如此對待太后？這聖旨有詐，根本說服不了眾人！」

「臣反對！」

「臣也反對！」

七、八位官員紛紛出列，他們道貌凜然，都是官職不大，膽子卻不小的五、六品官員。

謝詞安眼簾一掀，一看，都是陳勁舟的學生。

昨日謝詞安的人把陳勁舟的兩個女兒抓走，到現在兩人都沒回府，也打探不出任何消息。陳勁舟心中對謝詞安本就有意見，誰知今日謝詞安更過分，竟奪了六皇子的皇位，扶九皇子上位！

陳勁舟的位置靠前，這時他終於站出來，大聲喝道：「這與謀朝篡位有何分別？聽說大司馬府上夫人過世，莫不是做了什麼——啊！」鑽心的疼痛撕扯著陳勁舟的身體，他下意識低頭一看，就見謝詞安手持一把長劍，已刺穿他的胸口。

謝詞安狠戾地拔出劍身，血瞬間流了一地，但他並未停手，長劍隨意甩了出去，嚇得在列的官宦們抱頭蹲下躲避。

看似毫無章法的一甩，卻是一擊即中，那幾位出聲反駁的官員，當場殞命。

謝詞微嚇得連連後退，她張大嘴巴卻發不出一點聲音，不敢相信一夜之間，謝詞安竟變成了一個嗜血的惡魔。

大殿上的官員們臉色蒼白，縮成一團。

只有鄭僕射臉上雖有冷汗，卻始終巍然不動地立於謝詞安身後。

誰也不敢相信，一向愛恨分明的大司馬，會在朝堂上大開殺戒。

謝詞安殺紅了眼，濺到臉上的點點血跡，越發襯得他面如修羅。

他輕輕一推，陳勁舟轟然倒地。

「本官不准任何人詆毀本官的夫人。還有不服的，儘管站出來試一試。」謝詞安的聲音輕得像一陣風。

就連謝詞佑都不敢出聲詢問，他猜不出二弟為何性情大變？

安貴妃和九皇子也是一臉的不敢相信，謝詞安為了維護他們，竟然當眾誅殺朝廷官員！

陸佩顯夫妻倆和陸伊卓趕到侯府，看到躺在棺槨裡已香消玉殞的陸伊冉時，哭得死去活來。

循哥兒木然地看著自己的外祖父母和舅舅，做不出多餘的回應。

他一個七歲的孩子，一夜之間似乎長大了不少。

江氏歪倒在棺槨邊，撕心裂肺地呼喊道：「冉冉，娘親來了！都是我們拖累了妳！我可憐的孫兒，他還那麼小呀，就沒了娘，以後可怎麼辦啊……我要去問問謝詞安，他是如何待我女兒的？好好的一個人，這才幾年就成了一具屍骨！謝家的人都給我出來，你們還我的女兒！」

陸佩顯也栽倒在一側，比起江氏，他要理智許多。他一邊想為自己的女兒打抱不平，一邊又想到宮中安貴妃母子倆還得靠謝詞安扶持。他不停地捶打著自己的胸膛，自責道：「冉冉，爹爹無用，不能為妳報仇，爹爹對不起妳！」

「為什麼不能報仇？謝詞安，你出來，還我姊姊！」陸伊卓一抬頭就看到院中慢慢而來的謝詞安。他想也沒想，幾步跑到謝詞安面前，一拳打了過去！

身旁的余亮想阻止，謝詞安卻搖頭阻攔。

陸伊卓的拳頭像雨點般落到謝詞安的臉上，余亮只能乾著急。

陸佩顯攔不住，大聲吼道：「卓兒，夠了！想想循哥兒吧，他沒了娘，你想讓他再沒有了爹嗎？」

陸伊卓這才悲鳴一聲，停了手。

誰知，下一瞬，鼻青臉腫的謝詞安卻拉著陸伊卓不放。

謝詞安痛苦不堪，近似瘋魔地喊道：「殺了我！來呀，為你姊姊報仇！殺了我呀，殺了我呀！」

循哥兒抱頭大哭起來，他最不想看到的就是這一幕。

陸伊卓見循哥兒如此，毫不留情地一掌劈暈謝詞安。

謝詞安的身子已是撐到了極限，這一掌讓他昏睡了好幾日。

等他醒過來時，陸伊冉已被陸佩顯他們安葬了。

他慌張地趕到謝家陵墓，當看到陸伊冉新壘起來的墳碑時，不禁撕心裂肺的大哭起來……

接下來的日子，謝詞安始終活在自己的世界裡，每日像上早朝一般，卯時就出府去陸伊冉的墳前，直到亥時才回到府上。

這樣過了半個月，他對外界的一切都不聞不問。

元月十五這日，循哥兒和陸伊卓找了過來。

兩人來時，謝詞安正在幫陸伊冉打掃墓碑。

舅甥倆就坐在一邊，默不作聲地看著謝詞安毫無意義地忙碌著。

這是循哥兒最難熬的一個新歲，身邊沒有娘親了，爹爹也是成日不回府。

好在有自己外祖父跟外祖母一家陪著他。

過了許久，謝詞安終於停了下來。

循哥兒這才幽幽地說道：「娘親昨晚給我託夢了，她說要我們忘了她，好好照顧自己。」

謝詞安愣了好一會兒，沒出聲，心想她恨自己，是不會入自己夢的。

「我要走了，和舅舅一起去陳州。」循哥兒稚嫩的臉上，表情堅決。

謝詞安伸手想去拉循哥兒，循哥兒卻側身躲開。「循兒，你還太小了。」

「人總有長大的一天，曾祖母已經在那邊給我請了先生，外祖母也會隨我過去，您就不必費心了。」

陸伊冉一走，謝詞安對任何事都不甚在意，但聽到循哥兒要離開自己，空空的心口處依然有些痛，遂出聲勸道：「爹爹知道你恨爹爹，不願待在我身邊，那你就跟著你外祖母他們。此時離京，我不放心。」

「不放心又能如何？你連我娘都護不了，難道還能護好我嗎？我已經長大了，我自己會照顧好自己的。」說罷，循哥兒跪在陸伊冉墳前，重重地磕了幾個響頭後，哽咽道：「娘，循兒走了。」起身後，果斷地轉身離去。

謝詞安看著循兒乾脆的步子，不知所措地喚道：「循兒！」

循哥兒腳步一停，卻沒回頭，只是說道：「你把表舅扶上皇位後，難道就不管了嗎？你生前讓娘親失望，難道她死後，你還要讓她繼續失望？」

兩人的背影很快就消失在謝詞安的視線中，他淒慘地自嘲一笑。他已一無所有，有何資格挽留自己的兒子？

也許是循哥兒的話，給謝詞安提了醒。

正月十六這日，謝詞安終於回了朝堂。

新帝改年號盛元，還有兩年才親政。

謝詞安願意回朝，趙元啟心中安定了不少。

只要謝詞安坐鎮朝堂，便能壓住底下的群臣。

也許是血洗大殿那次，讓人看到了謝詞安的暴虐，如今無人敢與他多說一句話，除非是公務要事。

這倒如了謝詞安的願，一整日都沒人找他，他也不會說一句話。

太后陸佩瑤起初怨過謝詞安，讓自己的姪女不明不白地死去。

後來見他也受了不小的打擊，且自己的兒子還要靠他輔佐，也只能把這怨恨埋在心中。

轉眼半年過去，陸佩顯因為有謝詞安在背後幫扶，短短半年時間就升到侍郎之位。

太后謝詞微被囚禁在自己的寢宮，不但被人剜去雙眼，還要承受每日灌一次腹痛難忍的毒藥，被折磨得不成人樣，蒼老得如同一個七、八十歲的老嫗。

她的兒子不原諒她，情人也死了，如今的她過著苟延殘喘的日子，對她來說，就連死都是一種奢望。

陳氏因為謝詞微的事，受了打擊，從石梯上摔了下去，摔成癱瘓，終生下不了地，只能癱在床上。

整個榮安堂，再也無人問津。

她的小女兒謝詞儀，在梁家經常受夫家人虐待，日子艱難也無人幫她。

就算大房想相幫，也自顧不暇。

謝詞佑的正妻周氏日日夢到陸伊冉，說是撞見了鬼，人也變得瘋瘋癲癲的，一時清醒、一時糊塗，不但把謝詞佑的妾室推入井中，還把自己的婆母袁氏一刀捅死在家中，清醒過來後，後悔不已，自己也跳了井。

謝詞佑受不了一連串的打擊，年紀輕輕便辭了官。

年復一年，不知不覺日子過去了兩年，謝詞安不但變得越發沈默寡言，對公務也沒那麼上心了，時常忘記自己該做的事，余亮只好一次又一次地重複提醒。

人人都說侯府二房如意齋鬧鬼，可謝詞安卻無半點懼意，非要住到陸伊冉生前住的房間。

稍有風吹草動，謝詞安就會起身去窗邊尋找，自言自語地問道：「夫人，是妳嗎？」

夜深人靜時，他總會拿出那支被他拼接好的髮簪，看著出神。

膳食也不挑剔，余亮端什麼他就吃什麼，每頓都如同嚼蠟。

余亮想著法子讓廚娘按照他們夫人在世前的口味來煮，可效果不大。

謝詞安常常吃幾口就停箸，兩年下來，人也消瘦了不少。

余亮不但要照顧自己的主子，還要掛念著家裡的雲喜。

兩年前，余亮娶了傷心過度變得癡傻的雲喜。在他的用心呵護下，雲喜已從原來的任何人都不認，到如今願意讓身邊人靠近。

江氏隨循哥兒去了陳州，把玉娘留在尚京照顧雲喜，余亮大部分的時間才有辦法留在謝詞安身邊照顧他。

童飛被謝詞安派去陳州保護循哥兒。

皇帝親政後，謝詞安對朝政越來越不上心了。

他動不動就不上衙，一有空就去陸伊冉的墓前種花，冬日有陸伊冉生前愛的梅花，夏日則有陸伊冉愛的梨花和茶花。

除了種花，就是自言自語，在陸伊冉墳前說個不停。他嘮叨的都是循哥兒在陳州如何用心讀書、如何與他舅舅每日刻苦地練習武藝。

每年循哥兒的生辰，謝詞安都會去陳州一趟。

雖然循哥兒對他依然不理睬，可看著自己的兒子越來越懂事、越來越有主見，謝詞安心中欣慰不已。

見他短短兩年時間就蒼老了不少，而立之年已白髮蒼蒼，老太太只能在心中憐惜他，知道他的心病，半字都不敢提讓他再娶妻的打算。

八月，南蠻來犯大齊邊境，謝詞安作為主帥，領兵南下。

他作戰經驗豐富，兵分幾路，逐個擊破，接連幾日的捷報快速傳入尚京。

陸伊卓瞞著家人，主動請纓出戰。

他在陳州就入了軍，這一次建功心切，他一個小小統領，時時衝在軍隊最前面。因為心中懷著對謝詞安的濃濃恨意，謝詞安勸了幾次他也不聽。

兩個月後，謝詞安派人秘密把城裡的百姓們轉移到安全的地方。南蠻人也被他逼入絕境，全部被堵在幽南城中。

這也迎來了兩國最關鍵的一場戰役。

南蠻們不願放棄到手的肥肉，做著最後的掙扎。

城門一戰，十分激烈。

陸伊卓奮勇殺敵，躍上城牆時失了防備，一枝箭羽朝他背後射了過來。

在戰車上指揮戰況的謝詞安見狀，奮不顧身地飛身上前，撲了過去，用自己的身體替陸伊卓擋下了這一箭，隨後身子重重地落下城牆，砸起一片塵土，箭羽也貫穿整個胸膛。

余亮嚇得大聲哭喊起來，跑到謝詞安身邊，托起他已被鮮血染紅的身子。

陸伊卓的腦子一片空白，跳下城牆，茫然地問道：「為什麼要救我？為什麼不躲開？為什麼不用輕功……」

謝詞安嘴裡的鮮血流個不停，艱難地答道：「沒有你姊姊的日子……太難熬了，我……我早就想隨她而去，怕去……晚了，她、她把我忘了……」

余亮大聲地呼喊著眼神漸漸渙散的謝詞安，不死心地搖晃著他的身體。

喊殺聲漸漸遠去，謝詞安彌留之際，耳邊只聽見那溫婉動人的聲音：侯爺，你回來了……

將士們見自己的主帥倒地不起，個個悲憤不已，像凶狠的惡狼反撲。

不到半日，便把南蠻人趕出幽南城。

一個月後，幽南城大捷，大軍班師回朝，但人人臉上卻無一點喜色。主帥謝詞安戰死。

大齊人好似沒了主心骨兒，尚京城中到處掛滿了白幡和白燈籠。

幾日後，循哥兒回京，在陸佩顯夫婦的幫襯下，為謝詞安舉行了葬禮，並按他生前願望，把他葬在陸伊冉的墳邊。

回陳州那日，循哥兒又去了爹娘的墓前辭行。

把爹娘的墓碑打掃一番後，循哥兒擦乾淚水，輕聲道：「爹爹，這是您用性命換來的機會，到了那裡，可不能再讓娘失望了……」

謝詞安臨終前，把陳州軍的兵符傳給循哥兒了。

他的心腹幹將，也不離不棄地從旁協助。

循哥兒小小年紀，就肩負著陳州軍少帥的身分。

沒了娘，也沒了爹，身上還肩負著陳州軍的重擔。循哥兒變得越來越堅強，不敢有一絲懈怠。

番外二　來生篇：生同衾

一束刺眼的強光，刺得謝詞安睜開了眼，周身暖洋洋的。

他記得自己死在幽南城，以為如今已到了陰曹地府，可抬眸一看周圍的環境，卻好像是他以前的臥房，而此時，他正躺在床榻上。

這與人人口中陰森恐怖的地府，相差得有些大，他半天都沒緩過神來。

突然，門被人從外推開，謝詞安一看見來人，更是一愣。

余亮提著食盒走了進來，見謝詞安直勾勾地瞪著自己，嚇得他後退兩步，壯著膽子說：「侯爺，今日這膳食一定合您胃口，您就別再摔碗了。」

謝詞安心想，自己死在戰場了，余亮為何要跟過來？他怎會捨得丟下雲喜？

謝詞安眉頭微蹙，開口訓斥道：「誰讓你跟來的？我是來找我夫人，又不是來辦公的！」

余亮傻在當場，反應過來後，把食盒一放，驚慌失措地大喊道：「老太太，不得了了！侯爺他、侯爺他中邪了！」

這一嗓子一喊，把老太太嚇得魂都要沒了。孫子的腿好不了，難道人也傻了？

把秦大夫喊來，望聞問切一番，說謝詞安並無大礙後，老太太才把心放到肚子裡。

謝詞安在他們的一番折騰下，不得不認清一個事實——他竟然回到了自己二十二歲，因救皇上傷了腿的那一年。

他很快就接受了這匪夷所思的事實，甚至心中還十分歡喜，因為他終於有機會見到陸伊冉了。

若不是他腿傷未好，恨不得立刻插上翅膀飛到她身邊去。

他伸手端過余亮送來的湯藥，仰頭一口喝下，遞出空碗時，說道：「再去端一碗來。」

余亮還心有餘悸，不願相信他們侯爺無事。「侯爺，這是湯藥，不是香引子……」

「我說的就是湯藥，沒有了就繼續熬，快去！」隨後，他又拿起筷子開始用膳。

老太太最先反應過來，大笑幾聲後，對著還愣在一邊的余亮說道：「按你們侯爺的吩咐去辦，他呀，這是過了心中的坎了。」哪裡還見半點消沈。

「是，老太太。」

第二日，謝詞安就閒不下來，開始拄著枴杖在屋內練習，還讓秦大夫把需要抹的金瘡藥的次數增加，服的湯藥的藥量加大。

就這樣堅持不懈地努力，兩個月過去後，他終於可以下地走路了。

又過了一段時日，他的功夫也恢復了不少。

復原後的第一件事，就是去青陽找陸伊冉。

他怕余亮問東問西的，離開時沒帶上余亮，把童飛也留在尚京幫他處理公務。他自己則聲稱要外出辦公，身邊只帶了幾個暗衛。

經過十多日的跋涉，終於趕到青陽，按照上一世的記憶找到了陸宅。

這時的陸伊冉才十五歲，剛剛及笄不久。

謝詞安知道自己若貿然前去，肯定會嚇到她，因此按捺下急切的心，在陸宅附近守了數日，終於見到了年輕又鮮活的陸伊冉。

她頭戴紗帽，一身白色襦裙，膚色白得耀眼，手上拿著她喜歡的梨花團扇，與身旁的雲喜和阿圓說說笑笑。她笑容甜美可人，讓人不經意想起西楚人愛吃的牛乳糖，甜甜軟軟的。

謝詞安激動不已，心情也跟著好起來，嘴角上揚，豎起耳朵想聽聽她說了什麼。

他的心狂跳不止，眼中不自覺地泛起了一層水霧。

兩人已有三年沒見，他心中既歡喜又害怕。

此刻他好想奔過去，抱住自己日思夜想的妻子。

可想到這麼美好善良的女子，和自己成婚後，最後卻是那樣的結局，自己有何臉面去見她？他心中難過羞愧，只能癡癡地看著她上了馬車。

正當謝詞安失神糾結之時，陸伊冉的馬車已緩緩駛出巷口。

眼看馬車離自己越來越遠了，謝詞安心中一慌，躍上後面一輛敞篷的拉貨馬車。那馬伕正想開口喝斥，謝詞安已拿出一錠白銀在手上晃了晃。

「跟上前面那輛馬車，這就是你的了。」

馬伕給人拉一、兩年的貨，都掙不到這麼多銀子，當即兩眼發光，點頭哈腰道：「好咧，小的全都聽公子的！」

馬伕的馭車本事還算尚可，始終不近不遠地跟在陸伊冉的馬車後。

陸伊冉興高采烈地想著一會兒去郊外騎馬的場景。

她與雲喜事先就商量好了，等家中的馬伕把她們送到首飾鋪子後，就把他支回去，這樣她才能偷偷去馬場。

一個月前，陸伊冉自己練習馬術時摔斷了胳膊，在家靜養了一個月，胳膊才復原。

江氏知道她不會罷休，把府上的馬全部賣掉了，但這依然阻止不了她那顆狂熱的心。

只有雲喜知道她今日出門的真正目的，既擔心又不想讓她掃興。

傻傻的阿圓還以為自家姑娘只是要帶她去買糕點。

雲喜趁阿圓嗑瓜子看外面風景時，湊到陸伊冉耳邊小聲道：「姑娘，可說好了，今日只能騎，不能玩那些嚇人的花樣。」

陸伊冉敷衍地點點頭。

正當兩人交頭接耳時，阿圓對那馬伕喚道：「叔，糕點鋪到了，快停下來！」

謝詞安見主僕三人進了糕點鋪，心中猜到定是為阿圓挑糕點去了，也只好隨著陸伊冉的馬車，停在此處等她們。

之前他還十分嫌棄阿圓總愛黏著陸伊冉，後來見阿圓追隨陸伊冉跳崖，才明白她肚裡不但能裝零嘴，還有一顆忠心。

他暗自打算，以後與陸伊冉成婚後，定要為阿圓找一門好親事。

三人進去半天都沒出來，謝詞安把銀子付給馬伕後，小心翼翼地跟了進去。

他還沒走進鋪子，就聽到裡面的吵鬧聲，心中一緊，顧不得那麼多，忙大步走了進去，就見一個年輕女子，手上拿著一根鞭子，正大聲喝斥著阿圓。

「妳是哪家的丫鬟？沒長眼睛嗎？竟然敢踩本姑娘的衣裙！」

陸伊冉把一臉害怕的阿圓護在身後。「汪大姑娘，對不起，阿圓她不是故意的。」

「那我甩妳一鞭子，是不是也能說我不是故意的？」

汪家大姑娘平時囂張跋扈慣了，陸伊冉根本來不及躲，她一鞭子就抽了過來，幾人都是一愣。

謝詞安眼疾手快地一把抓住馬鞭，並反手給了汪大姑娘一耳光，冷喝道：「妳敢動她？簡直找死！」

反轉來得太過突然，鋪子裡的人都懵了。在青陽，誰敢打汪家的人？

謝詞安走近陸伊冉，將她從頭到腳打量一番後，擔憂地道：「夫人可有事？」

看見所有人驚詫的目光，還有陸伊冉防備地後退幾步後，謝詞安才反應過來自己有多失態，馬上改口道：「姑娘可有傷到？」

「無……無妨。」陸伊冉吞吞吐吐地答道。而後，她又忍不住偷眼打量起眼前這個五官深邃、劍眉星眼的英俊男子，剛剛他那聲「夫人」，她聽得清清楚楚。

一旁的汪家家奴見有人敢打他們大姑娘，紛紛亮出手上的長刀，向謝詞安招呼過去。

「敢打我們姑娘，我看你是不想活了！來啊，上！」

殊不知，此次汪大姑娘不但沒有生氣，失神許久後，竟出聲制止家奴們。「退下！敢問公子尊姓大名？小女子……」在青陽，這樣氣質尊貴、長相俊朗的男子，她還是第一次見，見他對陸伊冉那樣維護，心中更是起了結交之心。

「無可奉告。妳只須記住一點就行，再這麼囂張跋扈下去，我絕不輕饒。」說罷，自顧自地買了一包五色糕，放到阿圓手中，而後對三人說道：「走吧，這裡不宜久留。」

一切是那麼的自然熟悉，竟讓陸伊冉三人說不出半句反駁的話來。

三人隨他出了鋪子，謝詞安主動說要護送她們回陸宅。

見他坐到馬伕身邊，舉止中規中矩，並未做出過分之事，陸伊冉便默許了，只是心中不停地猜測起謝詞安的身分來。

路上，陸伊冉實在忍不住好奇，半撩起車簾，問道：「你究竟是誰？為何對我們如此熟悉？」

謝詞安心中苦澀，壓抑了半天，最終用極為疏遠客套的語氣回道：「青陽城中誰不知妳是陸縣令的姑娘？誰不知妳身邊的胖丫鬟愛吃五色糕？」

人人都說她圓潤，今日這人竟然直說她是胖丫鬟！這下阿圓覺得五色糕也不香了，嘴裡的五色糕久久不能下嚥。

陸伊冉和雲喜看得想笑又不敢笑，倒分散了她的注意力。

把三人送回陸宅後，謝詞安心中久久無法平靜。

上一世，離他和陸伊冉見面還有一年。

要他這一年就這麼遠遠看著，他做不到。

腦中突然想到一個人，謝詞安從住處出來後，臉上戴上了半邊面罩，就往陸佩顯的衙門走去。

等了許久，陸佩顯才得空見他。

謝詞安只露出半邊臉，哪怕是陸佩顯在朝中遠遠見過他幾次，也瞧不出半點端倪。

「這位公子找本官有何事？」

謝詞安拱手施禮，客氣地答道：「家父多年前曾受過陸大人的恩惠，如今草民長大成人，想一報大人當年的恩情。」

「你家父親是何人？」陸佩顯在青陽做縣令多年，他勤勤懇懇，幫助過許多人，對方這樣一說，他還真不記得。

謝詞安一本正經地回道：「從前在青陽的一個商戶，如今家中生意已做到尚京了。」

「哦，那是本宮應當做的，報恩一事就不用了。」一件小事罷了，陸佩顯本就不會計較。他公務繁忙，實在沒空話家常，便起身準備離開。

見陸佩顯起身，謝詞安不再兜圈子，開門見山地說道：「今日草民在糕點鋪子偶遇一姑娘被汪家大姑娘欺負，草民路見不平，幫那姑娘解決了麻煩。後來旁邊的人告知，草民才知那姑娘是陸大人的千金。」

陸佩顯步伐一頓，忙問道：「何時的事？」

「一個時辰前。大人若不信，可以讓人去打聽，便知草民所言非虛。」

謝詞安見陸佩顯並未再急著要離開，顯然此事讓他上了心，便趁熱打鐵，繼續說道：「草民的家父去世安葬後，草民也要在此待上一段時日，為了報答陸大人的恩情，草民願意保護陸姑娘一段時日。」

「這……」陸佩顯並未一口拒絕。

得罪了汪家的人，他們肯定還會再來找女兒的麻煩。

陸佩顯想到陸伊冉整天閒不住，總愛往外面跑，若有個人能護著她也好。

只是這個人來路不明，他也不敢輕易答應。

陸佩顯仔細打量著對方，見他氣度不凡，穿著華貴，不像是缺銀子的貧苦人家。

而後，陸佩顯讓人把他帶到客房，讓陸叔先去打探一番虛實。

沒過多久，陸叔回來稟報，那個年輕公子並未說謊。

陸佩顯有心留他，首先就要試試他的本事。

陸叔的拳腳功夫尚可，但不出三招，就被他制伏了。

縣衙的侍衛就更不用說了，他一個掃腿，把幾人全撂倒在地。

隨後他輕鬆躍上縣衙旁的大樹時，連陸佩顯都看呆了。

謝詞安身形俐落地落到陸佩顯身側，客氣道：「陸大人，草民對陸姑娘沒有惡意，只是想好好報答您的恩情。」言下之意，他如果有惡意，以他的功夫，又何須到陸佩顯面前來說這麼多？

陸佩顯沒有急著表態，疑惑地問道：「公子為何不能以真面目示人？」

為了表示誠心，謝詞安快速取下面罩，只見他臉上有一條長長的刀疤，隨即又快速戴上面罩。

太快了，陸佩顯根本就沒看清他的長相，但他愣了愣，總覺得似乎在何處見過此人……

通過層層考核後，謝詞安終於成了陸宅的一員。

管家把他帶到陸伊冉面前時，他依然戴著面罩。

「大姑娘，這是老爺給您找的護衛，平時您出府時，就帶著此人。」管家對他了解不多，只知道是老爺帶回來的，遂簡單地介紹。「他就住在隔壁的偏院，有事您讓兩個丫鬟喊一聲就成。」

見管家要把人帶下去，陸伊冉出聲把人留了下來。

「你究竟是誰？為何要來做我的護衛？你真正的目的是什麼？」陸伊冉一眼就認出了他。「哼，今日在鋪子裡你喊我什麼，我可是聽得清清楚楚。」

面對陸伊冉豔若桃李的臉龐，謝詞安克制著自己的情愫，不敢與她對視，垂首回道：「小的感念陸大人往日對亡父的幫助，想要為大人做些事，大人就讓小的來保護姑娘。大人今日在縣衙已經試過在下了，如果在下是有目的接近陸姑娘，憑陸大人的慧眼，難道識別不出來，還能讓在下到姑娘身邊來？」

這人對陸佩顯的一番誇讚，聽得陸伊冉心花怒放。

想到爹爹定不會糊塗地放一個可疑人到自己身邊，且自己這幾日還想出府，那汪連容睚眥必報，說不定正想著法子對付自己，有這麼一個人護衛也好，因此便沒反對。

幾日下來，見護衛安守本分，並沒做越界之事，陸伊冉便放鬆了對他的警惕。

晚上，謝詞安立於院落牆角下，就能聽見隔壁院子涼亭裡，陸伊冉與丫鬟們的說話聲。

「姑娘，新來的小廝總愛偷偷看妳，奴婢覺得他的目的肯定不單純。」阿圓一邊啃著香瓜，一邊抱怨道。

雲喜打趣道：「人家不是小廝，是護衛。妳見過誰家的小廝長這麼好看？我看他很好呀，老老實實的，那天還英雄救美呢！姑娘長得好，是個人都會偷看一眼的。也不知是誰，剛到府上時，看姑娘看得眼睛都直了，也沒人說啊！」

兩人不約而同想起阿圓小時候剛被陸伊冉撿回來時，成天盯著陸伊冉看，總問她是不是天上仙女的事。

憶起往事，陸伊冉和雲喜捂嘴偷笑。

阿圓嘟著嘴轉身一瞪，把兩人逮了個現行。

陸伊冉忙解釋道：「我們阿圓的眼光最好了，她說有問題，那人肯定有問題！」

謝詞安聽得清清楚楚，嘴角微微上揚，臉上一直掛著淺笑。

這日陽光明媚，陸伊冉趁江氏回娘家，早早就到了馬場。

一個月沒練，手也生疏許多。除了中規中矩騎馬，陸伊冉想試個別的技巧，立刻遭到兩個丫鬟的阻攔。

幾圈下來，陸伊冉也沒了多大興趣。

「姑娘如果想學，小的願意教。」謝詞安不忍她失望，主動說道。

在幾人驚詫的目光中，他飛身上馬，動作嫻熟，單腿立、倒掛身子、反跑、撿花籃，其中隨便一個動作就夠陸伊冉自己摸索練習許久，而他竟然全都能輕鬆駕馭。

陸伊冉兩眼發光，躍躍欲試。

雲喜立即出聲提醒道：「不可！姑娘，男女授受不親。」

「無妨，妳們稍等，小的去去就來。」謝詞安知道她們有所顧忌，不想讓陸伊冉掃興，早想好了對策。

看著穿著一身女裝出來的他，幾人瞬間僵住，說不出話。

他身形高大、肩寬腿長，一身女裝穿在他身上，頭髮高高豎起，從側面看過去有幾分俠女的味道，只是不能看正面，身材太過壯實。

「這樣，妳們就不用擔心妳們家姑娘的名譽了。」

陸伊冉心口微微一跳，為了迎合她，眼前這個男人把名聲都豁出去了。

她不再扭捏，當即對著他軟軟地喚了聲。「師傅。」

謝詞安教得很仔細，又極有耐心，為了不讓陸伊冉掉下馬來，他坐在馬背上，探出身子，手掌托住陸伊冉的整個身子，自己的身子也半懸在空中，幾天下來，手掌勒出一條長長的痕跡。

後面幾日，謝詞安讓暗衛買了兩匹馬，帶陸伊冉到城外寬闊的平地練習。

這樣自由自在，陸伊冉練得也更加用心。

半個月下來，陸伊冉終於學會了撿花籃和倒掛身子，她高興地抱著雲喜轉圈圈。

雲喜也只是面上笑笑，她早看出了護衛的心思。

這半個月，兩人自然避免不了身體上的接觸，護衛的手規規矩矩，放的地方也是安全的位置。動作雖沒踰矩，可眼神不對，非常炙熱。

雲喜雖是個沒出閣的姑娘，但男女情事她還是懂得的。

她這才明白，阿圓往日說的偷偷看是何意。

此時，陸伊冉氣喘吁吁，滿臉笑意地跑到他身前說道：「師傅，明日我要學單腿立！」

謝詞安一臉溫柔，寵溺地用衣袖擦了擦陸伊冉滿頭的汗水，輕聲道：「好。」

陸伊冉聽得一怔，隨即臉色通紅，有些不敢去看他的臉。

也只有這個時候，謝詞安才敢把自己的真實情緒表現出來。

然而，第二日他們根本無法出府，因為青陽縣城下起了瓢潑大雨，連著下了兩日，路上積水越來越多。

再這樣下去，只怕又要出現多年前的水災了，陸佩顯愁得水米未進。

好在，這日傍晚時，大雨轉小，停了下來。

陸佩顯大大地鬆了口氣，正準備去察看城中百姓和青陽河的堤壩情況時，卻見管家慌慌張張地跑進來，還沒來得及說明緣由，緊接著汪樹就帶著一群侍衛闖了進來，橫衝直撞，不由分說就要帶走陸佩顯。

一家人剛好都聚在正廳，一時間都懵了。

江氏最先醒過神來，先把陸伊冉護在身後，才大聲道：「汪大人為何要帶走我官人？他是朝廷命官，有什麼錯處也該是朝廷來罰，你這樣衝進我家抓人算什麼？」

汪樹這才不得不把目光從陸伊冉身上收回，冷喝道：「青陽河堤壩垮塌，下游百姓受災，房屋倒塌，人也被埋了不少，都是你這個縣令不稱職造成的，今日本官就要把你收押！」

陸佩顯一聽這話，嚇得臉色慘白，腳步踉蹌，憤怒地回擊道：「造孽呀、造孽呀！幾月前下官早就向大人上報過，堤壩要大修，你當時卻把下官轟了出來，說下官沒事找事，如今事到臨頭，不想想該如何補救，卻又要把責任全推給下官？造成這樣的大災，你我都逃不了！」

汪樹沒有半點悔過之意，反而幸災樂禍地道：「哈哈哈，那是你的事，與本官無關！來人，把他帶走！」

江氏攔在陸佩顯身前。「你這是幹什麼？我們老爺有何罪？」

侍衛們一把推開江氏。

「爹爹！」

「不准帶走我爹爹！」

陸伊冉和陸伊卓姊弟倆出手阻攔，也無濟於事。

「把人帶走！」

「誰敢！」一聲威嚴冷漠的聲音，從正門口傳來。

汪樹一見來人是謝詞安，立即哆哆嗦嗦地屈膝跪地。「下……下官參見都督大人！」

正廳裡的人，徹底傻住。

陸佩顯終於看清了這張沒有面罩遮擋的臉，認出了謝詞安。

謝詞安一臉怒意，大袖一揮，正色道：「江樹，你貪污官銀，釀成大禍，又想誣陷下屬，其罪當誅！該入大獄的人是你，而不是清正愛民的陸縣令。來人，把汪樹押入大牢！」

一支黑壓壓的軍隊，出現在眾人面前。

汪樹帶來的侍衛們自覺地讓出路來。

「不，下官不服！下官要見皇后娘娘！」汪樹搬出皇后謝詞微來，卻依然不見謝詞安有半分猶豫。

謝詞安擁有上一世的記憶，兩日前就趕到池州軍營，調集一部分兵力來鎮壓汪樹。

情況緊急，謝詞安轉身對著陸佩顯說道：「陸大人，下游的百姓，我已派人安置、救濟，事不宜遲，我們還是先去現場看看。」

「好、好。」陸佩顯沒有拒絕的理由，想也不想，起身離開。

臨走前，謝詞安走到陸伊冉跟前，溫聲說道：「冉冉，等我回來後，會把一切都告訴妳。」

接連十多日，謝詞安和陸佩顯兩人一直沒回府。

江氏旁敲側擊，也問出了這半個月以來，謝詞安是如何與陸伊冉接觸的。

她氣得當場發火，罰雲喜和阿圓跪了半個時辰的地板。

「他這明顯就是在打妳的主意，妳還看不出來嗎？」江氏狠狠地戳了戳陸伊冉的額頭，想以此罵醒她。

聽到娘親道出真相，陸伊冉除了氣謝詞安瞞著身分，對於打她主意這件事，她竟然沒有一點怒意。

比起汪樹讓她噁心的眼神，謝詞安凝視自己時，竟讓她心中有些小小的歡喜，她也不知自己這是怎麼了。

隨後，陸伊冉聽到娘親對門房說，不讓謝詞安再踏進陸宅一步時，心中甚至有些失落。

他教自己馬術時，再熱再累都沒有半點不耐煩，只有鼓勵和讚美。

那份耐心和呵護，就連她爹娘都做不到，而且還不收她一錢銀子。

無奈娘親當家，娘親的一句話，連父親都反駁不了，更何況是她？

半個月過去，依然不見陸佩顯回府，江氏便讓人給他送些換洗衣物去。

陸伊冉想起了謝詞安，便偷了幾件陸伊卓的衣袍，交代人務必送給她的護衛。

一個月後，陸佩顯終於回府，他狼狽不堪，瘦得不成人樣。

回來剛漱洗一番，用過晚膳後，管家就來稟報，說謝大人來了。

江氏滿臉戒備，陸伊卓一臉崇拜，陸佩顯則是左右為難。

公務上，謝詞安幫了陸佩顯大忙；可私事上，大家都是男人，陸佩顯有何看不明白的？

陸伊冉兩眼期待，當看到自己娘親掃來的生氣目光時，只好收斂起自己的情緒。

被人帶到大廳後，謝詞安深深地看了眼陸伊冉，嘴角上揚，目光如水。

江氏把茶盞重重一放，謝詞安才把視線轉移到堂上的兩人。

突然，他撩袍跪在兩人跟前。

陸佩顯嚇得整個人直挺挺地從圈椅上滑到地下，接著就是一陣人仰馬翻。

陸佩顯彎腰要去拉起跪在地上的謝詞安，但他一個文官，哪有對方的力氣？謝詞安一動也不動，陸佩顯拉不動磐石一樣的謝詞安，還差點栽倒。

「都督大人，你這是折煞下官，下官可受不起呀！」

「晚輩謝詞安，尚京人士，今年二十有二。對陸姑娘一見傾心，心裡再也裝不下別的女子，一心只想求娶她。上次魯莽隱瞞身分，實在不該，希望兩位念在晚輩對陸姑娘一片真心的分上，能應下晚輩這門親事。」

江氏昨日跟陸伊卓到茶樓一坐，說書先生說的都是謝詞安的豐功偉績：大齊戰神、謝家的國舅爺，想忽視都難。「謝大人，你出身尚京的名門望族，還是國舅爺，我們實在高攀不起，謝大人還是請回吧。此次你幫了我們家老爺大忙，這點薄禮還請收下。」

陸伊冉聽到謝詞安對自己的一片心意後，滿臉愕然，但聯想到他教自己馬術的情形，便相信了謝詞安的話。可想到他的身分尊貴，與自己姑母又是敵對的陣營，兩人定是不可能的，臉上不禁浮現一片失望和哀傷。

「兩位長輩，我能不能單獨和你們說幾句？」

兩人猶豫一番後，還是答應了他的要求。

一個時辰後，三人從客房出來，江氏竟出乎意料地給謝詞安安排了客房。

謝詞安路過陸伊冉身邊時，腳下好似被黏住似的，走不動道，停了下來。

他眼神癡纏，有太多的話想告訴陸伊冉。

陸伊冉臉色通紅，目光羞澀，不敢與他對視。

「冉冉……」

江氏一聲輕咳，打斷了兩人間曖昧的氛圍。

翌日一早，阿圓偷偷摸摸地走了進來。「姑娘，那個大官走了。他說讓您等著他，一個月後會讓人接您和夫人去尚京。」

陸伊冉把被褥一掀，問道：「他人呢？」

「早走了。」阿圓說道。

陸伊冉有些失望，怨道：「為何不早些告訴我？」

「夫人不讓啊！」

一個月後，謝詞安果然特地派了童飛來接江氏母女倆。

十日後，到達尚京城，童飛把兩人送到了惠康坊的宅子。

當母女倆被帶進伊冉苑時，徹底傻住了。

屋裡的擺設，桌椅床榻，全是按照陸伊冉的閨房布置和喜好做的。

陸伊冉心口狂跳不止，根本沒發現江氏吃人的目光。

雲喜忙替自己姑娘解釋道：「夫人，他可從沒進過姑娘的房間！」

隨後，童飛拿來一本厚厚的帳本。「陸夫人，這是我們侯爺的聘禮，請您收下。」

江氏翻開一看，全是謝詞安的私庫。

上面的私產有鋪子、良田、銀票、華貴布料、金銀珠寶等等，江氏十輩子都掙不到這麼多，驚得母女倆心中久久不能平靜。

不但位高權重、身分貴重，還家財萬貫。

江氏忍不住小聲呢喃道：「只怕這世上沒有第二個人會這麼毫無保留地給聘禮了……」

這話讓陸伊冉也有同感，心想，這世上應該也不會有第二個朝廷大官會為了不掃她的興而穿女裝了吧？

江氏想起謝詞安那晚說的，除了保他們陸家人的平安和仕途，還有宮中安貴妃母子倆的安危；再給陸伊冉重新購買宅子，不讓她伺候公婆長輩，讓她自己當家作主。

這樣的誠意，她哪還能開口拒絕？

江氏雖然口頭上答應了謝詞安，但她也提出了另一個要求——必須等到陸伊冉過完十六歲生辰，兩人才能成婚。

江氏帶陸伊冉去宮中拜見過安貴妃後，次日就準備回青陽。

謝詞安聽聞後，早早就從軍營回來，親自挑選了陸伊冉愛吃的零嘴、果乾，為江氏和陸佩顯還有陸家的其他人，人人都備了一份豐厚的禮品。

陸伊冉看到有她愛吃的龍井酥時，心中微甜，對謝詞安微微一笑。

那甜美明朗的笑容，看得謝詞安一顆心軟得似一灘水，恨不得立即把人攬到懷裡，不讓她離開自己半步。

兩人中間隔了一個空位，眼神卻早已旁若無人地黏在一起了。

江氏對謝詞安的確很滿意，但也對他防備很深，當即從上首挪到兩人中間的空椅上坐，視線一擋，謝詞安與陸伊冉才各自移開眼。

江氏輕咳一聲，說道：「謝侯爺……」

聽未來的岳母這麼客套地稱呼自己，顯得與他這個未來的女婿過於生疏，謝詞安忙道：

「伯母叫我應淮即可。」他的小字是祖父取的，在府上，甚至在尚京城都沒幾個人知道，這還是他第一次主動說出來。

江氏一愣，微微頷首，繼續說道：「應淮，你與冉冉還有一年才成婚，你公務也繁忙，平常就不用走動了，與冉冉書信往來就可。」

兩人要一年多的時間不能見面，這對謝詞安來說簡直度日如年，他的心瞬間就涼了半截。

謝詞安眼中的不捨和落寞，陸伊冉看得清清楚楚。

兩人相識不久，但眼前之人為她做的一切、對她的重視，說不感動是假的。

晚上安歇時，陸伊冉腦中想的都是自己與謝詞安兩人日後的新婚生活，充滿了期待。

娘親要兩人一年不能見面，她也捨不得謝詞安。「娘，女兒還想在尚京多留幾日，多陪陪姑母。」

江氏如何看不明白兩人的小心思？不是她狠心，她也是過來人，這兩情相悅的人待在一起，是要出事的，她可不想讓女兒大著肚子出嫁，那樣換不來男人的半分珍惜，待日後情淡時，只有嫌棄，她可不要女兒做出後悔之事。

「妳姑母在宮中好好的，不用擔心。來尚京已五、六日，把你們的婚事定下就好了，可不能再久留。」

謝詞安不想再過著與陸伊冉分離、煎熬的日子，想起陸佩顯擢升的聖旨，腦中突然有了主意。

「伯母，如今青陽通判空缺，我推薦了伯父，皇上已經應允了。兩日前，宣旨的公公就出發去青陽了，皇上口諭，讓我抽空多幫扶伯父。既然妳們明日就要回青陽，那擇日不如撞日，我明日就隨妳們一起回青陽吧！」

此事幾日前就宣旨了，但謝詞安只想著陸伊冉，反倒把正事忘在一邊了。

若不是江氏不讓兩人見面，他到此時還想不起來。

皇上有沒有這個口諭，江氏根本無法求證。

她一個外縣的婦人，對朝堂之事知之甚少，也就不知道謝詞安假傳聖諭。

他救駕受傷後，皇上並未特意給他指派公務，只讓他好好養傷。

謝詞安的功績已經夠多了，皇上本就忌憚他的勢力，他這樣散漫些，還能讓孝正帝放鬆警戒。

江氏徹底沒法子了，只能答應。

謝詞安如願到了青陽。

他與陸伊冉訂親的事，侯府無人知道，就連回陳州祭祖的老太太都不知情。

這一世，他通透許多，只想和陸伊冉好好過日子。

按時間算，皇上賜婚的聖旨是在明年新歲之時，到時大家都會知曉，也不用他此時多費口舌。

陸佩顯升職，許多人上門祝賀，江氏需要應酬、接待，哪還有心思管兩人？

謝詞安趁著這個空檔，帶著陸伊冉外出練習馬術。

雲喜和阿圓兩人的任務重，謹記著江氏的囑託，不敢有絲毫懈怠，緊盯著兩人。

看著兩人的身影越來越遠，兩個丫鬟正想追去時，一陣強烈的睏意突然襲來。

兩人紛紛倒在草坪上，睡了過去。

陸伊冉今日學的是單腿獨立，一個不小心摔了下來，在落地那一刻，謝詞安快速接住了她。

她從驚嚇中緩過神來後，正好對上謝詞安熾熱幽深的眼神，好似要把她吸進去，她有些心慌，想起身。

謝詞安卻用力擁緊了她的身子，聲音沙啞，哀傷地喚道：「冉冉別走，別走……我想妳好久了，日日想，想得夜不能寐……」

她從未見過這般無助的謝詞安，心中有些疼，輕聲道：「好，我不走。」

謝詞安目光癡戀，一對星眼黏在陸伊冉臉上，癡纏不放，最後帶著幾分試探，小心翼翼地蹭上陸伊冉的嘴角。

「冉冉、冉冉，我的冉冉……」他忍著衝動，動情呼喚著陸伊冉。

兩人臉龐緊緊相貼，陸伊冉一陣迷茫，好似這場面兩人已經歷過許多次。

見陸伊冉飽滿水潤的紅唇一張一合，謝詞安就像是乾渴已久的路人，看到了朝思暮想的甘露，他忍得實在難受，急切地吻上陸伊冉的紅唇。

舌頭撬開她的貝齒後，攻城掠池地霸占著她。

反應過來的陸伊冉，手上推搡著謝詞安，嘴裡卻不自覺地發出輕吟聲。

這一聲，徹底刺激了謝詞安身體裡的慾望，他含著陸伊冉的丁香就不鬆口，追逐纏繞著她，貪婪地想要更多，輾轉又到了陸伊冉的臉龐、脖頸和鎖骨。

陸伊冉從最初的抗拒，到慢慢的笨拙回應。那一聲聲深情的呼喊，像是在她心口不停地抹著蜜糖，帶著侵略和誘惑，剛開始她只能被迫接受，到了後面不自覺已甜到心坎上。

兩人的身子糾纏著，忘情地在草坪上來回滾動，從一個斜坡滾到另一個斜坡，最終又滾落到一塊平地。

即使如此，依然沒能分開情濃的兩人。

謝詞安把陸伊冉牢牢擁在自己懷裡，不傷到她分毫。

他珍惜陸伊冉，大手像是有自己的意識般，並沒觸碰她身子的禁區，也沒做出更進一步的動作。

他像是乾渴已久的路人，卻只能淺嚐，不敢暢飲。

直到上空傳來鳥叫聲，才讓兩人冷靜下來。

陸伊冉害臊地從謝詞安懷中起身，眼中有淚，害怕又慌張。

謝詞安拍掉她身上的草屑，既心疼又自責。「冉冉別怕，不到成婚，我不會的。」

就這樣，謝詞安在尚京和青陽來回奔波。

這其間，他帶著陸伊冉去了一趟她嚮往已久的草原。

陸伊冉參加了草原上的馬術比賽，雖然沒在實力雄厚的草原霸主們面前拿到名次，卻贏了許多草原姑娘，還結交了幾個草原好友。

對於謝詞安來說，這樣的日子才是他所期望的。

一年後，終於迎來了兩人的大婚，這是他等了兩世才等到的。

當挑開陸伊冉的紅蓋頭，看著面前明豔溫柔的妻子時，謝詞安激動不已，眼中淚水奪眶而出。他深情地凝望著眼前的陸伊冉，柔聲道：「冉冉，這一生，我為妳而活，再也不會把妳弄丟了……」

洞房花燭夜，新婚夫婦蓄積的激情和愛意釋放，屋外伺候的方嬤嬤和雲喜一晚上都在往兩人的新房裡送熱水。

方嬤嬤知道阿圓是個憨傻性子，只讓她燒水，自己和雲喜則提水到浴室。

雲喜第一次進去時，忍不住瞟了一眼，看見地上自己姑娘的裹胸、中衣還有婚服，與姑爺的衣袍糾結在一起，扔了一地後，就再也不敢亂瞧了，一張臉羞得通紅。

床榻咯吱咯吱，響個不停。

直到天色大亮，裡面才安靜下來。

午時兩人才起身，陸伊冉一身的痕跡，哪敢讓方嬷嬷和兩個丫鬟伺候。

最後，還是謝詞安把她從浴桶裡抱起來的。

不用伺候公婆，這樣瀟灑自在的日子，誰人不羨慕？

護國侯府上下，人人皆不滿謝詞安這麼寵愛一個新婦。

尤其是陳氏，她帶著袁氏和鄭氏找上門來，要給陸伊冉立規矩。

誰知，三人卻被拒於門外。

知道此事後，老太太也懶得再管這個孫子的事了。

兩人進宮謝恩時，安貴妃見陸伊冉短短兩日時間像是變了一個人，一身衮袍華貴無比，臉上嬌嫩得能掐出水來，一臉的幸福滿足。

唯一讓她擔心的，就是陸伊冉眼下的烏青。

「冉冉，妳……可要注意身子，新婚燕爾的……不可過勤。」

「知道了……姑母。」

陸伊冉滿臉通紅，心虛得有些不敢與姑母對視。

謝詞安寵愛新婦陸氏的謠言早就傳開了，安貴妃此時得到證實，心中自然替姪女開心。

姑姪倆還沒說幾句話，外面伺候的丫鬟就來稟報，說謝都督在院中等了。

陸伊冉聽到這一聲，立即兩眼含光，要不是有旁人在此，只怕早已歡騰地撲過去了。

馬車裡，兩人十指相握，陸伊冉兩眼柔情，輕聲問道：「夫君，我們何時回青陽？」

謝詞安哪受得了她那雙脈脈含情的杏眼？

當即把陸伊冉抱到腿上，兩人溫存了半天，他才放開陸伊冉，聲音沙啞地道：「今日我已向皇上奏稟，明日就回。」

兩人大婚三月後，陸伊冉有了身孕。

謝詞安更加寶貝自己的嬌妻，府上的事務一律不讓陸伊冉做，每日早早下衙回府，陪著陸伊冉。

惠康坊的鄰里們，傍晚時分經常能看到大腹便便的陸娘子牽著她相公的手，漫步消食。

她夫君一表人才，對陸娘子卻寵得很。

次年七月十七，陸伊冉生下二房的長子長孫，循哥兒。

謝家老太太從陳州趕了回來，看著康健的曾孫，心中對兩人的怒意也消了大半。
待循哥兒大了些，陸伊冉終於騰出點空檔管生意，有了謝詞安的幫扶，她手上的生意也越做越大。
三年後，陸伊冉又為謝詞安誕下紫姐兒，眉眼像極了陸伊冉。
紫姐兒成了謝詞安的第二個寶貝，就連處理公務時，懷中都抱著她。
陸伊冉活成了尚京城中人人羨慕的大娘子。
如此年復一年，兩人從年少夫妻到老夫老妻。
循哥兒完美繼承了陳州軍，紫姐兒則成為大齊的第一個女太傅。
兒女雙全，孩子們都有出息。
謝詞安和陸伊冉沒了負擔，兩人終於可以一圓四處雲遊的夙願了……

——全書完

2024年5月出版

算是劫也是緣

文創風 1261~1262

她這個大俗人是真的不明白，
卜卦神準的國師明明算過與她結親是命定大劫，
最終竟然還是同意皇帝的賜婚？
如果他不是窺得天機的非凡之人，
要麼就是下凡的時候腦子著了地……

縱使知悉天命，終也敵不過有情人／墨脫秘境

大婚之日，新郎官未能親迎，新娘只能與一隻大雁拜堂成親?!
身穿喜服的孟夷光縱有萬般無奈，也只能接受帝王亂點鴛鴦譜。
原以為深居簡出的國師是個又老又醜的，沒想到竟是性情如稚子的美少年，
偌大府邸就他一個主子和兩隨從，雖然上無公婆要伺候、下無妯娌需應對，
但是環顧四周，除了他倆的院落還堪用，其他則荒蕪得像是百廢待興，
更令人吃驚的是，這三個大男人還是妥妥的吃貨，不知柴米油鹽貴，
即使他上繳身家俸祿，她有娘家的十里紅妝陪嫁，也禁不起花銷如流水啊！
孟夷光驚覺結這門親根本是跳入火坑，想過佛系生活根本癡人說夢，
她只能當個俗人，平日看帳冊精打細算，找門路投資鋪面和海船以生財。
一向嫌棄錢為阿堵物的國師也被她賺銀子的熱情所感化，搗鼓起棋攤、書畫，
她正覺孺子可教也，怎料，一日他突地口吐鮮血，就此不省人事。
當初他算過自己有大劫避不過，難道是……她讓他動了凡心鑄成大錯？

別出心裁，與眾不同／雁中亭

2024年6月出版

廢柴么女勞碌命

荒唐恣意，是保住一條命的小心機；
兼容並蓄，是引領國家進步的真諦。
且看她融合古今科技，成為前無來者的女帝！

文創風 1263 1

身為一名頂尖外科醫師，卻在為患者動完馬拉松手術後猝死，
若要問這個悲慘的經歷帶給了趙瑾什麼教訓的話，
她會說：無論如何，「保住一條小命」最要緊。
正因如此，當趙瑾發現自己穿越成武朝的嫡長公主，
且可能被捲入皇儲之爭時，立刻偽裝成「學渣」，
怎麼荒唐就怎麼來，被當成混吃等死的廢柴也無所謂。

文創風 1264 2

趙瑾實在是想不通，選了一個出乎眾人意料的駙馬又怎麼了，
覬覦皇位的那個人，有必要在他們新婚三天就把她擄走，
甚至揚言要她替自己生下子嗣嗎？也太心急了。
不管怎樣，雖然火速平安獲救，她的信念卻更堅定了；
絕對不生孩子，說什麼都要遠離紛紛擾擾的朝堂。
於是乎，趙瑾拉著把她當女神的丈夫——侯府次子唐韞修，
結伴同去青樓競標花魁，大把大把銀兩往外撒……

文創風 1265 3

解決水災與瘟疫事件之後，趙瑾與唐韞修兩人「死性不改」，
堅定地過著你儂我儂、逍遙自在的享樂人生，
然而，意外到來的小生命卻引發波瀾，讓局勢變得更加複雜，
先是有人企圖用藥改變孩子性別，後有王爺帶兵謀反。
就在趙瑾接受自己即將落得「一屍兩命」的悲劇下場時，
她那平時一副紈袴子弟模樣的駙馬竟大顯神威，
率軍降服逆賊，無懈可擊地瀟灑了一回。

文創風 1266 4

儘管擺脫了通敵的嫌疑，趙瑾仍選擇帶著一家人離開京城，
只不過「天高皇帝遠」的生活終究有個盡頭，
一回到宮裡，她就悲劇地發現當年努力接生的皇姪竟有心疾，
偏偏皇帝哥哥還指名她代理朝政，然後自己閉關不見人？
這下趙瑾算是真切體驗到一國之主到底有多悲哀了，
她不但被剝奪了在一旁嗑瓜子看朝臣吵架的樂趣，
更差點遭堆積如山的奏摺淹死，簡直生無可戀。

文創風 1267 5 完

說起那幫認定只有男人擔得起重責大任的迂腐臣子，
趙瑾實在懶得理會他們，橫豎這個監國不是她想當的，
什麼蒙蔽聖上、謀害皇子、篡位奪權……愛怎麼說就怎麼說。
遺憾的是，利慾薰心者根本不管如今還在打仗，
傢伙一抄就上門逼宮，讓人想當作沒這回事都難，
既然如此，她乾脆來個一網打盡，順勢為朝廷大換血！

2024年5月出版

我們一家不炮灰

文創風 1258～1260

穿成農村小丫頭，親爹受傷瘸腿，娘親越過越糊塗，
她只得自立自強為自家這一房打算，趁早分家免得被其他人拖累！
只是怎麼一切跟計畫的不一樣，各房還搶著照顧他們這一家?!

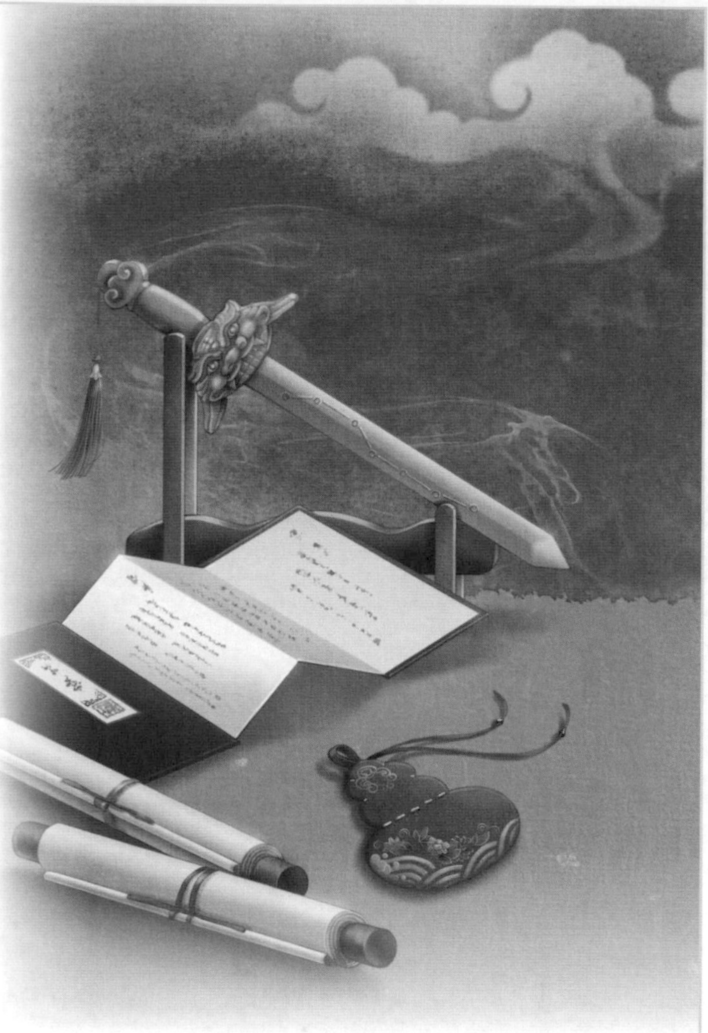

手足齊心協力發家致富，
全家分工合作造生機／白梨

明明是好好在睡覺，穿越這種事為什麼就輪到自己身上了？
穿成一個農村的六歲小丫頭就算了，偏偏親爹打獵傷了雙腿，
娘親懷著身孕又是個不濟事的，家裡還有一個任性無腦的極品奶奶；
最要命的是，她知道再過幾年，這一家子在故事裡就是炮灰配角，
再怎麼努力怕也是沒用，王晴嵐鬱悶得只想找死穿回去！
為了求生，她打算趁著爹爹受傷的情況，順勢提出分家，
但是……這個原本的極品奶奶怎麼不極品了?!
而且其他各房怎麼還搶著要照顧他們三房?!

2024年5月出版

心有柒柒

文創風 1255~1257

儘管年幼，卻比誰都更加堅忍不拔……
人生嘛，就是看誰能在惡劣的環境下奮戰不懈、尋找出路，
只要留著一口氣，定能等到撥雲見日的一天！

溫馨色彩揮灑高手／素禾

在「吃飽」跟「養一個來路不明又渾身是毛病」的人之間，
柒柒同時選擇了兩者，哪一邊都不打算落下。
先說啊，她可不是看上了慕羽崢過人的俊美外表，
而是深感亂世不易、生命可貴，何況她孤孤單單一個人，
就算他不是條可愛的小奶狗，多個家人也不錯嘛！
為了改善生活條件，柒柒典當母親的遺物、去醫館幹活賺錢，
然而慕羽崢此人的身分似乎有些蹊蹺，
先有追兵搜索，後有神秘的鄰居用心關照，
就在柒柒終於察覺到不對勁的時候，才發現……
她認了多年的「哥哥」，是傳說中手段狠辣的太子殿下！

風 文創
1290

今朝有錢今朝賺 3 完

國家圖書館出版品預行編目資料

今朝有錢今朝賺 / 綠色櫻桃著. --
初版. -- 臺北市 : 狗屋出版社有限公司, 2024.09
冊 ; 公分. --(文創風 ; 1288-1290)
ISBN 978-986-509-553-6(第3冊 : 平裝). --

857.7　　113011258

著作者	綠色櫻桃
編輯	黃淑珍
校對	沈毓萍
發行所	狗屋出版社有限公司
地址	台北市104中山區龍江路71巷15號1樓
電話	02-2776-5889～0
發行字號	局版台業字845號
法律顧問	蕭雄淋律師
總經銷	知遠文化事業有限公司
電話	02-2664-8800
初版	2024年9月
國際書碼	ISBN-13　978-986-509-553-6

本著作物由北京晉江原創網絡科技有限公司授權出版

定價290元

狗屋劃撥帳號：19001626

網址：love.doghouse.com.tw　E-mail：love@doghouse.com.tw